はじめに

日本文学史において、明治から昭和にかけての文学は近現代に分類される。とはいえ現代を生きる私たちは明治や大正なんて時代を実際には知らない。昭和も63年間あったわけで、それどころか昭和が終わって平成を挟み、ついに令和の時代になってしまった。これでは昭和に現代というイメージは持ちにくい。その結果、「近現代に活躍した文豪の名前は知っているけれども、縁遠い気がして読むのを避けてきてしまった」という人もいるはず。

本書を手に取ったあなたは、作家を志す方なのだろう。そのようなあなたは、日常的に「今」のエンターテインメント……ライトノベル、漫画、アニメ、ゲームなどに親しみ、そうであるからこそ自分でも創作をしたいと考えたのではないか。明治から昭和にかけて活躍した文豪たちなどを縁遠い存在と感じているのではないか。

だが、発表から数十年を超えてなお、読まれている作品たちがある。作品は読まれていなくても、名前を知られている文豪たちがいる。それはなぜだろう? 答えは簡単で、作品が素晴らしいからだ。もっと言えば、過去の文壇だけでなく、現代の読者にも評価されているからにほかならない。

これらの作品が問うテーマは重々しいものが多いが、その中でも人間の本質に迫るものが多い。現代の私達でも読んだ作品にはっとさせられ、考えさせられる。考えれば考えるほど違う側面が見えてきたり、逆にわからなくなったりもするのだが、それが作品を読み解く面白さに繋がる。味わっても味わっても、尽きることがない。文章もすばらしい。古文調で読みにくいものもあるが、太宰治『走れメロス』の情景描写や、梶井基次郎『檸檬』の独特な感性の表現など、読者に主人公の見ている景色、感じているものをリアルに想像させる。

あなたがプロ作家を目指すなら、過去から現代に渡って評価される文豪たちと、その作品群、その創作術を盗まない手はない。そんな思いから本書の旧版『ライトノベルのための日本文学で学ぶ創作術』（秀和システム）は刊行された。今回は『文学で「学ぶ／身につく／力がつく」創作メソッド』とタイトルを改めて、新たにオー・ヘンリー『最後の一枚の葉』および、日本文学の近現代史を概観する文章を収録した。この関係から、一部作品においては作品本文を収録せず、解説のみを残す決断をした。ご了承いただきたい。また、おすすめ作品においてはライト文芸やエンタメ小説も紹介するなどの増補改訂作業を行った形でＤＢジャパン様より刊行でき、大変嬉しい。

本書では、誰もが一度は聞いたことがある文豪と、その代表作（ただし短編に限った）の中から選定したものを紹介する。実際に現代の著名な作家や作品の中にも、これらの影響を受けたものは多い。

また、本書で作家を紹介する際、年齢はその年に何歳だったかという満年齢で表記した。

読者であるあなたにしてほしいのは、

1　まず作品を読むこと

2　そして自分なりに作品について考えること

である。それがつまり、作品を読み解いて文豪たちの創作術を学ぶことになる。そのあとで

3　自分の作品にどう活かすか考えること

につなげてもらいたい。この好例になるのが本書の中でも紹介している森見登美彦の『新釈 走れメロス 他四篇』だ。古典名作を現代の京都に置き換えているのだが、作中で起きていることは必ずしも同じではない。しかし、読み取ったテーマを噛み砕き、自分のものにしている。ぜひ参考にしてほしい。

ただ本書の読者に断っておきたいのは、本書の内容（作品についての感想や考察など）は、あくまで筆者サイドの個人的な見解であるということだ。無責任に思われるかもしれないが、そうではない。先に述べたように、本書で紹介する作品たちは、長く人々に愛され、評価されてきたものばかりだ。それらについて、過去から現在にわたって、識者たちが研究に研究を重ねている。本書はその研究論文に及ぶものではないし、長年文学研究に携わっている識者たちに、最大の敬意を払う。興味があれば、そういった論文にもぜひ触れてもらいたい。専門書はやはり敷居の高いものが多く、本書はそういった専門書に当たる前の一例、入り口の意味を持つものと思って読んでほしい。

榎本秋・粟江都萌子

もくじ

☆がついている作品は紙幅の都合上、本文は割愛し、あらすじのみの掲載となっている。「青空文庫」で本文が読めるため、ご一読いただいてから本書解説をお読みいただけると幸いである。

※本書で収録あるいは引用している作品については、ウェブサイト「青空文庫」（https://www.aozora.gr.jp）に基づくものである。

本書で学ぶ前に

本書の目的は、文学作品を読んでいただくことで創作力を身につけることである。そのために16の文学作品とその解説を収録した。

だが、その本題に入る前に、
・なぜ本をたくさん読むと創作力が身につくのか
・文学作品をすすめる理由
・本書の構成と活用方法
を述べておきたい。そして、本書をより活用する手がかりとしていただけたら幸いである。

♠なぜ本をたくさん読むと創作力が身につくのか

「1万冊読めば作家になれる」。

そんな言葉を、聞いたことはないだろうか。1日1冊読んだとして、1年で365冊。そのペースでいっても、27年以上かかる計算になる。

全く現実離れした数字で、「とてもできないよ」と思うだろう。実際、冊数についてはかなり極端なものだ。「八百万の神々」「白髪三千丈」「三千世界」などなど、「多い」「沢山」という概念をとてつもない大きさの数字によって表現することは珍しくない。この場合、数字にあまり意味はなく、30年近く（人によっては5年10年で読破できるかもしれないが）かけないと作家になれないということではない。

私がみなさんにこの言葉を紹介することで伝えたかったのは、「書く」ことよりも「発想力を鍛える」ことよりも、まずは「読む」ことが大事だ、ということだ。

スケールを大きくしすぎてしまったので、もっとミクロな話をしてみよう。

たとえば中学校や高校の現代国語のテストで、特に勉強もせずに高得点を取る人がいる。皆さんの周りにもいたのではないか。あるいは皆さん自身がそうかもしれない。そういう人はたいてい本を読むのが好きで、暇があれば本を読んでいる、国語の教科書の習っていない部分を、勉強というより読書感覚で読んでいることさえある。

そういった人はそもそも読書に興味があるから、国語の授業もまじめに聞いている、それはつまり勉強しているじゃないかと思われるかもしれない。なるほど、そういった人もいるだろう。

だがそれだけではない。そうやって数多くの作品に触れることで、自然と頭の中に入ってくるものがあるのだ。それは、

- **良い文章の形**
- **語彙力（言葉についての知識）**
- **台詞と地の文のバランス**
- **どんな描写をすれば読者に意図が伝わるか**

といったものだ。

これらは意識して学ばなければ身につかないところもあるが、読書によって無意識に学ぶのも同時並行でやった方が効率的だ。特に語彙力が豊富であれば、作品を読むときのストレスがずいぶん軽くなるので、本書で文学作品を読む際には、辞書を用意するのがおすすめだ。いちいち引くのが面倒であれば各種電子辞書や、コトバンク（https://kotobank.jp/）のようなネット辞書を活用するとよい。

そうして読んでいると、言外の意味、つまり行間を読む力も備わってくる。これが読解力である。多く本を読んでいる人は、その読解力が身についている。この作品のどこがすばらしいのか、なにが面白いのか、読み解くことができる。

そして理解できるということは、それを応用できるということでもある。何を書いたら面白い作品になるのか。どういう表現をすれば、読者に感動を与えられるのか。多読の人はそれがわかるようになるのだ。

つまり「本をたくさん読むこと」は、創作力を鍛えることであり、プロ作家になるための近道なのである。

♠文学作品をすすめる理由

ではなぜ、近年のエンタメ作品ではなく、明治から昭和の文学作品をオススメするのか。第一の理由として、文学作品には、エンタメ作品にはないものがあるからだ。

文学作品とエンタメ作品の違いにはいろいろあるが、ここでは、

- **文学作品は答えをぼかす**
- **エンタメ作品は答えをはっきり言う**

という傾向に注目したい。

ここでいう「答え」にはいろいろな意味がある。それは物語の真相であったり、主人公や重要なキャラクターのバックボーン（どうしてそんなことをしたのか？）であったり、作中での変身や決断の理由であったり、作品のテーマであったり、登場人物やアイテムが何かの象徴であったり、あるいは主人公

たちのその後のことであったりする。このような答えが明確でなく、ぼかされる文学作品は非常に多い。例えば、芥川龍之介『羅生門』の主人公である下人は当初自分がどのように生きるか迷っているように見えるが、やがて決断を下す。そのきっかけは描かれているが、主人公にどのような心の動きがあったのか、はっきりと物語の中に現れていない。また、物語の後に下人がどうなったかも描かれていない。

こうすることで、

「下人は何を思ったのだろうか」

「その後、彼はどうなったのだろうか」

と読者が思いを巡らせることができる。想像の余地が多分にあるわけだ。

対してエンタメ作品は、答えがわかりやすいことが多い。多少ぼやかすことはあっても、それは作品として特別なギミックであったり、あるいはわかりやすいヒントだったり、というケースが多いようだ。というのも、不明瞭な部分が多すぎると、「答えはなんだろう?」という疑問が残り、素直に「面白い」と思えなくなってしまうからだろう。エンタメ作品は「わかりやすく面白い」がポイントになってくる。対照的に文学作品はこの「答えはなんだろう?」が大事であり、それが作品を味わう醍醐味になっている。

この点から、「文学作品のほうが高尚である」「エンタメ作品は低俗である」などと考える人もいるかもしれない。しかし、それはあまりにも軽率というものだ。わかりやすいものはくだらない、難しいものは素晴らしい、というのは様々な文化・芸術でよくある考え方だが、皆さんにはそのように思ってほしくない。

作品の良さは「面白い、面白くない」にある。ある人にとっては「真実がぼかされていてわかりにくく、それだけに想像力を刺激する」作品が面白くて、またある人にとっては「真実がはっきりと出ていて、ストレスなく読める」作品が面白い、ということだ。

「たくさん本を読む人ほど複雑な構成や、変わった仕掛けの作品を読みたがる」という傾向があるが、「たくさん本を読んでいる人は普通の、あるいはシンプルな作品に飽きているから変わった作品が読みたい」だけ、などというのが珍しくない。

少し話がずれた。ここでは文学作品のほうが面白い、エンタメ作品のほうが面白い、という話をしたいのではない。大事なのは、皆さんの多くはエンタメ作品に慣れていて、文学作品の「ぼかす」手法は新鮮だろう、ということなのだ。

さらに言えば、そうしてぼやかされた真相について考え、その疑問の答えを思うことは、作品をより深く理解すると同時に、発想力の訓練になる。


また第二の理由として、本書で取り上げた作品をはじめとする文学作品、また文豪たちが、日本の「小説」というものを作り上げたからである。

中学校や高校で、誰しもが古典作品に触れる。『源氏物語』や『伊勢物語』など、著名な作品も多い。しかし平安時代、「物語」というものは非常に価値の低いものだったことを、あなたはご存知だろうか。

しばしば句会が開かれたり、天皇の命によって勅撰和歌集が作られたり、「和歌」は公的に認められていた。それどころか室町幕府の将軍足利氏の働きによって天皇が勅撰和歌集を作らせたという歴史からもわかるように、権力の象徴としても使われていた。

それが、物語はどうだろう。当時は女性の、それも身分や教養の低い人が読むもので、男性が読むなどもってのほかという扱いだ。当時は印刷技術などないので手書きで書き写して広められたが、その際に勝手に改変を加える（現代で言う二次創作に近いだろうか）ことなど当たり前だった。その結果、作者がわからないものも多いし、誤記や付け加えの結果として展開や結末が違う作品が伝わっていたりもする。著作権もなにもあったものではない。

ちなみに『源氏物語』は当時から大変な流行作品であった。身分の高い女性も、貴族男性すらも読んだであろうが、おそらくは物語を読んでいることは隠していたはずだ。けれど、そんな中でときの天皇が『源氏物語』を読んでいる」と公言したのである。至高の存在である天皇が読んだ物語として、『源氏物語』は当時から別格であった。

話がそれたが、そのように社会的価値の低かった物語の流れを継ぎ、西洋の思想や外国文学の影響を受け、明治以降の文豪らによって「小説」として完成された。現代の小説の祖ともいえるかもしれない。その時代の作品に、ぜひ触れていただきたい。

♠本書の構成

本書の目的と意義について語ったところで、ここからは本書の構成について紹介したい。内容をしっかり読んで、本書を使いこなしてほしい。

◉作家紹介

本書では作品本文の前に、まず作家の紹介コーナーを用意している。書き手がどんな人で、その人生に何があったのか、それを想像しながら読むと、ただ何も考えずに物語を追うのとは一味違う面白さがあるはずだ。

◉作品あらすじ

作品のあらすじを用意している。三作品を除き、すぐ後ろに本文があるから不要だと思うかもしれないが、文学作品はしばしば皆さんにとって「読みにくい」ものになっていることがある。改行が少なかったり、描写が個性的だったり、現実と幻想の境目が曖昧だったり、先述したように「真相が明らかになっていなかったり」するわけだ。ものによっては古文調で書かれているから、そもそも何を言っているのかわからない、ということさえあるかもしれない。

そんな時、道しるべになるのはあらすじだ。本書のものはネタバレを回避して途中までしか物語を紹介していないが、どうしてもわからないならインターネットや解説書をあたり、最後まで追いかけたあらすじを探してもいい。勿論、本当は自分の力で最初から最後まで追った方がいいに決まっているのだが、それも時によりけりだ。

頑張りすぎて力尽きて、ついにその作品が嫌いになってしまった、というのではあまりにも意味がない。限界なら、既にある便利なものの力を借りるのはいい手だ。

◉作品を読み解くポイント

あらすじの後に、「作品を読み解くポイント」を提示した。問いかけの形になっていて、そこに注目すればテーマや重要ポイントが見えやすいだろうと考えたものだ。

このポイントについてもなるべくネタバレを避けてはいるが、先入観なく読みたい読者は、最初は読み飛ばしていただいてもかまわない。「これを押さえておけば読み解きやすいだろう」という筆者なりの提案として利用して欲しい。

◉作品本文

本書のメインは言うまでもなく、文学作品の本文をそのまま掲載していることだ。これらを読むことで「これはこういうことかな?」「ああいうことかな?」と考えてほしいのだが、ただ作品を掲載するだけでは創作力の向上にはつながりにくいため、このあと解説やポイントもあわせて活用してほしい。

◉作品を読み解くポイント（解説編）

本文の後に、ポイントの解説編もあわせて掲載した。ぜひ「答え合わせ」をして、もしあなたのイメージと食い違っていたならば、どういうことかな、と改めて考えてほしい。

だが、あなたにお願いしたいのは、それらのポイントや解説は、あくまで一例と捉えて欲しいということだ。先にも述べているように、それらは筆者サイドの意見である。あなたの考察するにあたって、ヒントにしてもらえれば幸いだ。

もちろん、筆者が提示した以外の部分に注目して読み、考察していただくことも大いに歓迎する。作品にどんな感想を抱き、どんな考察をするかは自由なのだ。

◉エンタメに役立つポイント

作品の内容についての解説やちょっとした小ネタも用意したのだが、特に注目してほしいコーナーとして「エンタメに役立つポイント」というものがある。

文学作品のテーマやキャラクターは、エンタメ作品にも役立つ。

先に挙げたように、文学作品とエンタメ作品には差異がある。だが文学作品で隠されている味をわかりやすく前面に押し出せば、いいエンタメ作品になる。

また本書で取り上げる文学作品は明治から昭和にかけての作品であるため、現代作品とは決定的に時代が違う。

現代に生きる私たちが現代の作品を読んでも、作品の時代性というものは感じにくいだろう（現代は変化が激しいので、携帯の有無やネットの進化など、ちゃんと見るところを見れば時代性はあるのだが）。しかし本書の作品では現代とは違う当時の時代性を感じていただけるはずだ。本書のなかでは、特に樋口一葉『十三夜』が、その時代の結婚観が読み取れる。

時代性の違う作品を読むと時代への理解が深まるし、また、時代性を現代に寄せると現代エンタメに近づく。あるいは時代物の作品を書くときに、よりリアリティを持たせることができるだろう。

◉「若手女流作家が選ぶ推しの一文」

ただただ筆者サイドの解説を連ねるばかりでは役に立っても本として単調になるし、面白みにも欠けるというものだ。そこで、本書の特別な企画として、「エンタメに役立つポイント」の次には若手女流作家3名のコーナーを設定することにした。

これは彼女たちが実際に各作品を読んだうえで「その作品の中でおすすめしたい一文を選ぶ」というものだ。

20代からプロ作家として活躍する彼女達は、作家を志すあなたの先輩といえるだろう。そんな彼女達が思い思いに選んだ文章（「推しの一文」と題してはいるが、選出理由によっては一文以上になっている）と、その理由もあわせて紹介している。

他者がどういった観点で作品を読んでいるのか、どういったところに感動したのか。そういったものに触れてみると面白いと思う。これをきっかけに、友人同士で意見交換をするのもいいだろう。さてあなたなら、どの文章を選ぶだろうか。

各項目の最後には、「この作品を読んで気に入ったなら、ぜひこんな作品も！」というおすすめ作品のコーナー二種類を用意した。

◉「同作者の代表的作品」

作者の代表的な作品をピックアップしたものだ。

本書はその性質上、短編しか掲載できない。これは仕方がないことではあるが、残念でもある。たとえば太宰治なら『人間失格』、森鴎外なら『舞姫』、夏目漱石なら『吾輩は猫である』……こうした長編作品もぜひ紹介し、解説し、創作力をつけるためにいかに役立つのかを語りたかったのだが、とてもスペースが足りない。勿論、短編にも紹介したい作品はもっとあったのだ。

そこで、本書では残念ながら紹介できなかったものを中心に、同作者の代表的な、そしてぜひ皆さんに読んでほしい作品をピックアップした。その多くはインターネットサイト・青空文庫で無料で公開されているため、手軽に読むことができる。

◉「今回の作品を読んだ後におすすめのライトノベル・エンタメ作品」

こちらは、まさに読んで字のごとくである。各文学作品と似たような特徴を持っていたり、あるいはジャンル的なつながりや、作者が影響を受けた作品などをピックアップしている。

文学作品とエンタメ作品。違いはあるが、共通点も意外としっかりある。あわせて読むことで、学ぶことも多いだろう。

推しの一文作家紹介

粟江都萌子（あわえともこ）

1990 年生まれの 30 歳。

別名義でこれまでに小説を 7 冊出版。

実家にあった絵本や童話を読んで育つ。

高校生の頃、島本理生の『ナラタージュ』を読む。女性ならではの感性、自分には思いつかない表現に感銘を受ける。少し遅れて結城光流の『少年陰陽師』シリーズに出逢い、個性溢れるキャラクターやファンタジックなストーリーに心奪われる。

ラノベに限らずエンタメ作品を広く読みたい。が、「女性ならでは」の感性や美しい表現を好むらしく、気づけば女性作家の作品ばかり読んでいる。

鳥居彩音（とりいあやね）

1988 年生まれの 32 歳。

入江棗名義で女性向け小説や時代小説など 10 冊出版。

小さな頃から小説や漫画をよく読む。

学生時代、友人に薦められた島本理生、壁井ユカコにはまり、島本理生は現在でも最も好きな作家である。

その他、乙一、桜庭一樹、有川浩、『キノの旅』『戯言』シリーズなどを読んで過ごした。

一般文芸を好み、琴線に触れる描写が際立つ女性作家の作品を手に取ることが多い。

菅沼由香里（すがぬまゆかり）

1987 年生まれの 32 歳。
菅沼友加里名義で時代小説 1 冊、別名義でも 3 冊の出版と 1 作の電子書籍を配信。
小学生の頃は実家にあった赤川次郎を読み漁り、のちに小野不由美の『悪霊』シリーズや『十二国記』と出会い、個性的なキャラクターや台詞まわし、世界観に惹かれる。
学生時代に読んだあさのあつこの『ガールズ・ブルー』をきっかけに、自然でリアリティのある心理描写と独特な表現に強く影響を受け、以降青春小説を好むようになる。

〔2020 年 6 月現在〕

文学作品の世界

『走れメロス』

太宰治
Dazai Osamu

◎作家紹介

太宰治：1909年6月19日～1948年6月13日

昭和期に活躍した小説家。本名津島修治。父源右衛門、母たねの6男として青森に生まれる。そのうち兄2人は若死しており、3人の兄と4人の姉、弟がいる。それに曾祖母、祖母、叔母とその娘らと暮らす大家族であった。

1923年（14歳）、父を亡くす。この頃から友人らと同人誌を作っていた。

18歳頃から泉鏡花、芥川龍之介の文学に傾倒。芥川の自殺に強い衝撃を受けた。

1930年、東京帝国大学仏文科に入学。が、まったくといっていいほど登校しなかった。その年、井伏鱒二に面会し、その後長く師事する。のちに井伏の紹介で石原美知子と結婚することになる（30歳のとき）。

1933年（24歳）、初めて「太宰治」の筆名を用いた『田舎者』を発表。

1935年（26歳）4月、盲腸炎から腹膜炎を併発し、夏まで療養。その年の8月、第一回芥川賞候補に『逆行』が挙げられたが、次席となる。

1940年（31歳）、新進作家としての地位も定まり、作品の発表が増えた。今回紹介する『走れメロス』も同年発表である。

翌年の12月、太平洋戦争突入。終戦の玉音放送は、疎開していた生家で聞いた。その後も数々の作品を発表。『人間失格』に代表される破滅的な作風で知られ、坂口安吾などと共に無頼派（新戯作派）と呼ばれた。

一方、賞にこだわり、名声を欲するような心もあったのか、芥川賞に落選した際には以前より縁が深かった選考委員の佐藤春夫に嘆願の手紙を送った、などというエピソードもある。

破滅的な態度は私生活にも及び、数度の自殺未遂の末、ついに愛人とともに入水自殺を果たした。この時、38歳だった。この日は作品から取って桜桃忌と呼ぶ。

◎『走れメロス』あらすじ

たった2人で暮らしてきた妹の結婚準備のためにシラ

クスの市を訪れたメロスは、王の暴虐を知ってしまった。直情的なメロスは世を正すため、無謀にも国王暗殺を企てる。

だが企みは失敗し、処刑されることとなったメロスは、妹に結婚式を挙げさせてやりたいと望む。友人セリヌンティウスを人質に、メロスは3日間の猶予を得て、走る。

◎作品を読み解くポイント

おそらく小学生くらいの頃に、だれもが読んだ作品なのではないだろうか。本書で紹介する作品はだいたいそうといえばそうなのだが、その中でもこの作品の知名度、また子どもの頃に一度読んでほしいメッセージ性は図抜けているように思う。

すでに読んだことのある読者には、今更、と思われるかもしれない。けれど作家を志す今だからこそ、気づくものがあるはず。新鮮な気持ちになって、取り掛かってほしい。

A：主人公のキャラクター性に注目する。メロスはどんな人間だろうか？
B：雰囲気を盛り上げる描写
C：王の心を打ったものはなにか

〔作品本文〕

メロスは激怒した。必ず、かの邪智暴虐（じゃちぼうぎゃく）の王を除かなければならぬと決意した。メロスには政治がわからぬ。メロスは、村の牧人である。笛を吹き、羊と遊んで暮して来た。けれども邪悪に対しては、人一倍に敏感であった。きょう未明メロスは村を出発し、野を越え山越え、十里はなれた此（こ）のシラクスの市にやって来た。メロスには父も、母も無い。女房も無い。十六の、内気な妹と二人暮しだ。この妹は、村の或る律気な一牧人を、近々、花婿（はなむこ）として迎える事になっていた。結婚式も間近かなのである。メロスは、それゆえ、花嫁の衣裳やら祝宴の御馳走やらを買いに、はるばる市にやって来たのだ。先ず、その品々を買い集め、それから都の大路をぶらぶら歩いた。メロスには竹馬の友があった。セリヌンティウスである。今は此のシラクスの市で、石工をしている。その友を、これから訪ねてみるつもりなのだ。久しく逢わなかったのだから、訪ねて行くのが楽しみである。歩いているうちにメロスは、まちの様子を怪しく思った。ひっそりしている。もう既に日も落ちて、まちの暗いのは当りまえだが、けれども、なんだか、夜のせいばかりでは無く、市全体が、やけに寂しい。のんきなメロスも、だんだん不安になって来た。路で逢った若い衆をつかまえて、何かあったのか、二年まえに此の市に来たときは、夜でも皆が歌をうたって、まちは賑やかであった筈だが、と質問した。若い衆は、首を振って答えなかった。しばらく歩いて老爺に逢い、こんどはもっと、語勢を強くして質問した。老爺は答えなかった。メロスは両手で老爺のからだをゆすぶって質問を重ねた。老爺は、あたりをはばかる低声で、わずか答えた。

「王様は、人を殺します。」

「なぜ殺すのだ。」

「悪心を抱いている、というのですが、誰もそんな、悪心を持っては居りませぬ。」

「たくさんの人を殺したのか。」

「はい、はじめは王様の妹婿さまを。それから、御自身のお世嗣を。それから、妹さまを。それから、妹さまの御子さまを。それから、皇后さまを。それから、賢臣のアレキス様を。」

「おどろいた。国王は乱心か。」

「いいえ、乱心ではございませぬ。人を、信ずる事が出来ぬ、というのです。このごろは、臣下の心をも、お疑いになり、少しく派手な暮しをしている者には、人質ひとりずつ差し出すことを命じて居ります。御命令を拒めば十字架にかけられて、殺されます。きょうは、六人殺されました。」

　聞いて、メロスは激怒した。「呆れた王だ。生かして置けぬ。」

　メロスは、単純な男であった。買い物を、背負ったままで、のそのそ王城にはいって行った。たちまち彼は、巡邏の警吏に捕縛された。調べられて、メロスの懐中からは短剣が出て来たので、騒ぎが大きくなってしまった。メロスは、王の前に引き出された。

「この短刀で何をするつもりであったか。言え！」暴君ディオニスは静かに、けれども威厳を以て問いつめた。その王の顔は蒼白で、眉間の皺は、刻み込まれたように深かった。

「市を暴君の手から救うのだ。」とメロスは悪びれずに答えた。

「おまえがか？」王は、憫笑した。「仕方の無いやつじゃ。おまえには、わしの孤独がわからぬ。」

「言うな！」とメロスは、いきり立って反駁した。「人の心を疑うのは、最も恥ずべき悪徳だ。王は、民の忠誠をさえ疑って居られる。」

「疑うのが、正当の心構えなのだと、わしに教えてくれたのは、おまえたちだ。人の心は、あてにならない。人間は、もともと私慾のかたまりさ。信じては、ならぬ。」暴君は落着いて呟き、ほっと溜息をついた。「わしだって、平和を望んでいるのだが。」

「なんの為の平和だ。自分の地位を守る為か。」こんどはメロスが嘲笑した。「罪の無い人を殺して、何が平和だ。」

「だまれ、下賤の者。」王は、さっと顔を挙げて報いた。「口では、どんな清らかな事でも言える。わしには、人の腹綿の奥底が見え透いてならぬ。おまえだって、いまに、磔になってから、泣いて詫びたって聞かぬぞ。」

「ああ、王は悧巧だ。自惚れているがよい。私は、ちゃんと死ぬる覚悟で居るのに。命乞いなど決してしない。ただ、――」と言いかけて、メロスは足もとに視線を落し瞬時ためらい、「ただ、私に情をかけたいつもりなら、処刑までに三日間の日限を与えて下さい。たった一人の妹に、亭主を持たせてやりたいのです。三日のうちに、私は村で結婚式を挙げさせ、必ず、ここへ帰って来ます。」

「ばかな。」と暴君は、嗄れた声で低く笑った。「とんでもない嘘を言うわい。逃がした小鳥が帰って来るというのか。」

「そうです。帰って来るのです。」メロスは必死で言い張った。「私は約束を守ります。私を、三日間だけ許して下さい。妹が、私の帰りを待っているのだ。そんなに私を信じられないならば、よろしい、この市にセリヌンティウスという石工がいます。私の無二の友人だ。あれを、人質としてここに置いて行こう。私が逃げてしまって、三日目の日暮まで、ここに帰って来なかったら、あの友人を絞め殺して下さい。たのむ、そうして下さい。」

　それを聞いて王は、残虐な気持で、そっと北叟笑んだ。生意気なことを言うわい。どうせ帰って来ないにきまっている。この嘘つきに騙された振りして、放してやるのも面白い。そうして身代りの男を、三日目に殺してやるのも気味がいい。人は、これだから信じられぬと、わしは悲しい顔して、その身代りの男を磔刑に処してやるのだ。世の中の、正直者とかいう奴輩にうんと見せつけてやりたいものさ。

「願いを、聞いた。その身代りを呼ぶがよい。三日目には日没までに帰って来い。おくれたら、その身代りを、きっと殺すぞ。ちょっとおくれて来るがいい。おまえの罪は、永遠にゆるしてやろうぞ。」

「なに、何をおっしゃる。」

「はは。いのちが大事だったら、おくれて来い。おまえの心は、わかっているぞ。」

　メロスは口惜しく、地団駄踏んだ。ものも言いたくなった。

　竹馬の友、セリヌンティウスは、深夜、王城に召された。暴君ディオニスの面前で、佳き友と佳き友は、二年ぶりで相逢うた。メロスは、友に一切の事情を語った。セリヌンティウスは無言で首肯き、メロスをひしと抱きしめた。友と友の間は、それでよかった。セリヌンティウスは、縄打たれた。メロスは、すぐに出発した。初夏、満天の星である。

　メロスはその夜、一睡もせず十里の路を急ぎに急いで、村へ到着したのは、翌る日の午前、陽は既に高く昇って、村人たちは野に出て仕事をはじめていた。メロスの十六の妹も、きょうは兄の代りに羊群の番をしていた。よろめいて歩いて来る兄の、疲労困憊の姿を見つけて驚いた。そうして、うるさく兄に質問を浴びせた。

「なんでも無い。」メロスは無理に笑おうと努めた。「市に用事を残して来た。またすぐ市に行かなければならぬ。あす、おまえの結婚式を挙げる。早いほうがよかろう。」

妹は頬をあからめた。

「うれしいか。綺麗な衣裳も買って来た。さあ、これから行って、村の人たちに知らせて来い。結婚式は、あすだと。」

　メロスは、また、よろよろと歩き出し、家へ帰って神々の祭壇を飾り、祝宴の席を調え、間もなく床に倒れ伏し、呼吸もせぬくらいの深い眠りに落ちてしまった。

　眼が覚めたのは夜だった。メロスは起きてすぐ、花婿の家を訪れた。そうして、少し事情があるから、結婚式を明日にしてくれ、と頼んだ。婿の牧人は驚き、それはいけない、こちらには未だ何の仕度も出来ていない、葡萄の季節まで待ってくれ、と答えた。メロスは、待つことは出来ぬ、どうか明日にしてくれ給え、と更に押してたのんだ。婿の牧人も頑強であった。なかなか承諾してくれない。夜明けまで議論をつづけて、やっと、どうにか婿をなだめ、すかして、説き伏せた。結婚式は、真昼に行われた。新郎新婦の、神々への宣誓が済んだころ、黒雲が空を覆い、ぽつりぽつり雨が降り出し、やがて車軸を流すような大雨となった。祝宴に列席していた村人たちは、何か不吉なものを感じたが、それでも、めいめい気持を引きたて、狭い家の中で、むんむん蒸し暑いのも怺え、陽気に歌をうたい、手を拍った。メロスも、満面に喜色を湛え、しばらくは、王とのあの約束をさえ忘れていた。祝宴は、夜に入っていよいよ乱れ華やかになり、人々は、外の豪雨を全く気にしなくなった。メロスは、一生このままここにいたい、と思った。この佳い人たちと生涯暮して行きたいと願ったが、いまは、自分のからだで、自分のものでは無い。ままならぬ事である。メロスは、わが身に鞭打ち、ついに出発を決意した。あすの日没までには、まだ十分の時が在る。ちょっと一眠りして、それからすぐに出発しよう、と考えた。その頃には、雨も小降りになっていよう。少しでも永くこの家に愚図愚図とどまっていたかった。メロスほどの男にも、やはり未練の情というものは在る。今宵呆然、歓喜に酔っているらしい花嫁に近寄り、

「おめでとう。私は疲れてしまったから、ちょっとご免こうむって眠りたい。眼が覚めたら、すぐに市に出かける。大切な用事があるのだ。私がいなくても、もうおまえには優しい亭主があるのだから、決して寂しい事は無い。おまえの兄の、一ばんきらいなものは、人を疑う事と、それから、嘘をつく事だ。おまえも、それは、知っているね。亭主との間に、どんな秘密でも作ってはならぬ。おまえに言いたいのは、それだけだ。おまえの兄は、たぶん偉い男なのだから、おまえもその誇りを持っていろ。」

花嫁は、夢見心地で首肯(うなず)いた。メロスは、それから花婿の肩をたたいて、

「仕度の無いのはお互さまさ。私の家にも、宝といっては、妹と羊だけだ。他には、何も無い。全部あげよう。もう一つ、メロスの弟になったことを誇ってくれ。」

花婿は揉(も)み手して、てれていた。メロスは笑って村人たちにも会釈(えしゃく)して、宴席から立ち去り、羊小屋にもぐり込んで、死んだように深く眠った。

眼が覚めたのは翌る日の薄明の頃である。メロスは跳ね起き、南無三、寝過したか、いや、まだまだ大丈夫、これからすぐに出発すれば、約束の刻限までには十分間に合う。きょうは是非とも、あの王に、人の信実の存するところを見せてやろう。そうして笑って磔の台に上ってやる。メロスは、悠々と身仕度をはじめた。雨も、いくぶん小降りになっている様子である。身仕度は出来た。さて、メロスは、ぶるんと両腕を大きく振って、雨中、矢の如く走り出た。

私は、今宵、殺される。殺される為に走るのだ。身代りの友を救う為に走るのだ。王の奸佞(かんねい)邪智を打ち破る為に走るのだ。走らなければならぬ。そうして、私は殺される。若い時から名誉を守れ。さらば、ふるさと。若いメロスは、つらかった。幾度か、立ちどまりそうになった。えい、えいと大声挙げて自身を叱りながら走った。村を出て、野を横切り、森をくぐり抜け、隣村に着いた頃には、雨も止(や)み、日は高く昇って、そろそろ暑くなって来た。メロスは額(ひたい)の汗をこぶしで払い、こ

こまで来れば大丈夫、もはや故郷への未練は無い。妹たちは、きっと佳い夫婦になるだろう。私には、いま、なんの気がかりも無い筈だ。まっすぐに王城に行き着けば、それでよいのだ。そんなに急ぐ必要も無い。ゆっくり歩こう、と持ちまえの呑気さを取り返し、好きな小歌をいい声で歌い出した。ぶらぶら歩いて二里行き三里行き、そろそろ全里程の半ばに到達した頃、降って湧いた災難、メロスの足は、はたと、とまった。見よ、前方の川を。きのうの豪雨で山の水源地は氾濫し、濁流滔々と下流に集り、猛勢一挙に橋を破壊し、どうどうと響きをあげる激流が、木葉微塵に橋桁を跳ね飛ばしていた。彼は茫然と、立ちすくんだ。あちこちと眺めまわし、また、声を限りに呼びたててみたが、繋舟は残らず浪に浚われて影なく、渡守りの姿も見えない。流れはいよいよ、ふくれ上り、海のようになっている。メロスは川岸にうずくまり、男泣きに泣きながらゼウスに手を挙げて哀願した。「ああ、鎮めたまえ、荒れ狂う流れを！　時は刻々に過ぎて行きます。太陽も既に真昼時です。あれが沈んでしまわぬうちに、王城に行き着くことが出来なかったら、あの佳い友達が、私のために死ぬのです。」

　濁流は、メロスの叫びをせせら笑う如く、ますます激しく躍り狂う。浪は浪を呑み、捲き、煽り立て、そうして時は、刻一刻と消えて行く。今はメロスも覚悟した。泳ぎ切るより他に無い。ああ、神々も照覧あれ！　濁流にも負けぬ愛と誠の偉大な力を、いまこそ発揮して見せる。メロスは、ざんぶと流れに飛び込み、百匹の大蛇のようにのた打ち荒れ狂う浪を相手に、必死の闘争を開始した。満身の力を腕にこめて、押し寄せ渦巻き引きずる流れを、なんのこれしきと掻きわけ掻きわけ、めくらめっぽう獅子奮迅の人の子の姿には、神も哀れと思ったか、ついに憐愍を垂れてくれた。押し流されつつも、見事、対岸の樹木の幹に、すがりつく事が出来たのである。ありがたい。メロスは馬のように大きな胴震いを一つして、すぐにまた先きを急いだ。一刻といえども、むだには出来ない。陽は既に西に傾きかけている。ぜいぜい荒い呼吸をしながら峠をのぼり、のぼり切って、ほっとした時、突然、目の前に一隊の山賊が躍り出た。

「待て。」

「何をするのだ。私は陽の沈まぬうちに王城へ行かなければならぬ。放せ。」

「どっこい放さぬ。持ちもの全部を置いて行け。」

「私にはいのちの他には何も無い。その、たった一つの命も、これから王にくれてやるのだ。」

「その、いのちが欲しいのだ。」

「さては、王の命令で、ここで私を待ち伏せしていたのだな。」

山賊たちは、ものも言わず一斉に棍棒（こんぼう）を振り挙げた。メロスはひょいと、からだを折り曲げ、飛鳥の如く身近かの一人に襲いかかり、その棍棒を奪い取って、

「気の毒だが正義のためだ！」と猛然一撃、たちまち、三人を殴り倒し、残る者のひるむ隙（すき）に、さっさと走って峠を下った。一気に峠を駈け降りたが、流石（さすが）に疲労し、折から午後の灼熱（しゃくねつ）の太陽がまともに、かっと照って来て、メロスは幾度となく眩暈（めまい）を感じ、これではならぬ、と気を取り直しては、よろよろ二、三歩あるいて、ついに、がくりと膝を折った。立ち上る事が出来ぬのだ。天を仰いで、くやし泣きに泣き出した。ああ、あ、濁流を泳ぎ切り、山賊を三人も撃ち倒し韋駄天（いだてん）、ここまで突破して来たメロスよ。真の勇者、メロスよ。今、ここで、疲れ切って動けなくなるとは情無い。愛する友は、おまえを信じたばかりに、やがて殺されなければならぬ。おまえは、稀代（きたい）の不信の人間、まさしく王の思う壺（つぼ）だぞ、と自分を叱ってみるのだが、全身萎（な）えて、もはや芋虫（いもむし）ほどにも前進かなわぬ。路傍の草原にごろりと寝ころがった。身体疲労すれば、精神も共にやられる。もう、どうでもいいという、勇者に不似合いな不貞腐（ふてくさ）れた根性が、心の隅に巣喰った。私は、これほど努力したのだ。約束を破る心は、みじんも無かった。神も照覧、私は精一ぱいに努めて来たのだ。動けなくなるまで走って来たのだ。私は不信の徒では無い。ああ、できる事なら私の胸を截（た）ち割って、真紅の心臓をお目に掛けたい。愛と

信実の血液だけで動いているこの心臓を見せてやりたい。けれども私は、この大事な時に、精も根も尽きたのだ。私は、よくよく不幸な男だ。私は、きっと笑われる。私の一家も笑われる。私は友を欺いた。中途で倒れるのは、はじめから何もしないのと同じ事だ。ああ、もう、どうでもいい。これが、私の定った運命なのかも知れない。セリヌンティウスよ、ゆるしてくれ。君は、いつでも私を信じた。私も君を、欺かなかった。私たちは、本当に佳い友と友であったのだ。いちどだって、暗い疑惑の雲を、お互い胸に宿したことは無かった。いまだって、君は私を無心に待っているだろう。ああ、待っているだろう。ありがとう、セリヌンティウス。よくも私を信じてくれた。それを思えば、たまらない。友と友の間の信実は、この世で一ばん誇るべき宝なのだからな。セリヌンティウス、私は走ったのだ。君を欺くつもりは、みじんも無かった。信じてくれ！ 私は急ぎに急いでここまで来たのだ。濁流を突破した。山賊の囲みからも、するりと抜けて一気に峠を駈け降りて来たのだ。私だから、出来たのだよ。ああ、この上、私に望み給うな。放って置いてくれ。どうでも、いいのだ。私は負けたのだ。だらしが無い。笑ってくれ。王は私に、ちょっとおくれて来い、と耳打ちした。おくれたら、身代りを殺して、私を助けてくれると約束した。私は王の卑劣を憎んだ。けれども、今になってみると、私は王の言うままになっている。私は、おくれて行くだろう。王は、ひとり合点して私を笑い、そうして事も無く私を放免するだろう。そうなったら、私は、死ぬよりつらい。私は、永遠に裏切者だ。地上で最も、不名誉の人種だ。セリヌンティウスよ、私も死ぬぞ。君と一緒に死なせてくれ。君だけは私を信じてくれるにちがい無い。いや、それも私の、ひとりよがりか？ ああ、もういっそ、悪徳者として生き伸びてやろうか。村には私の家が在る。羊も居る。妹夫婦は、まさか私を村から追い出すような事はしないだろう。正義だの、信実だの、愛だの、考えてみれば、くだらない。人を殺して自分が生きる。それが人間世界の定法ではなかったか。ああ、何もかも、ばかばかしい。私は、醜い裏切り者だ。どうとも、勝手にするがよい。やんぬる哉。――四肢を投げ出して、うとうと、まどろんでしまった。

ふと耳に、潺々、水の流れる音が聞えた。そっと頭をもたげ、息を呑んで耳をすました。すぐ足もとで、水が流れているらしい。よろよろ起き上って、見ると、岩の裂目から滾々と、何か小さく囁きながら清水が湧き出ているのである。その泉に吸い込まれるようにメロスは身をかがめた。水を両手で掬って、一くち飲んだ。ほうと長い溜息が出て、夢から覚めたような気がした。歩ける。行こう。肉体の疲労恢復と共に、わずかながら希望が生れた。義務遂行の希望である。わが身を殺して、名誉を守る希望である。斜陽は赤い光を、樹々の葉に投じ、葉も枝も燃えるばかりに輝いている。日没までには、まだ間がある。私を、待っている人があるのだ。少しも疑わず、静かに期待してくれている人があるのだ。私は、信じられている。私の命なぞは、問題ではない。死んでお詫び、などと気のいい事は言って居られぬ。私は、信頼に報いなければならぬ。いまはただその一事だ。走れ！　メロス。

私は信頼されている。私は信頼されている。先刻の、あの悪魔の囁きは、あれは夢だ。悪い夢だ。忘れてしまえ。五臓が疲れているときは、ふいとあんな悪い夢を見るものだ。メロス、おまえの恥ではない。やはり、おまえは真の勇者だ。再び立って走れるようになったではないか。ありがたい！　私は、正義の士として死ぬ事が出来るぞ。ああ、陽が沈む。ずんずん沈む。待ってくれ、ゼウスよ。私は生れた時から正直な男であった。正直な男のままにして死なせて下さい。

路行く人を押しのけ、跳ねとばし、メロスは黒い風のように走った。野原で酒宴の、その宴席のまっただ中を駈け抜け、酒宴の人たちを仰天させ、犬を蹴とばし、小川を飛び越え、少しずつ沈んでゆく太陽の、十倍も早く走った。一団の旅人と颯っとすれちがった瞬間、不吉な会話を小耳にはさんだ。「いまごろは、あの男も、磔にかかっているよ。」ああ、その男、その男のために私は、いまこんなに走っているのだ。その男を死なせてはならない。急げ、メロス。おくれてはならぬ。愛と誠の力を、いまこそ知らせてやるがよい。風態なんかは、どうでもいい。メロスは、いまは、ほとんど全裸体であった。呼吸も出来ず、二度、三度、口から血が噴き出た。見える。はるか向うに小さく、シラクスの市の塔楼が見える。塔楼は、夕陽を受けてきらきら光っている。

「ああ、メロス様。」うめくような声が、風と共に聞えた。

「誰だ。」メロスは走りながら尋ねた。

「フィロストラトスでございます。貴方のお友達セリヌンティウス様の弟子でございます。」その若い石工も、メロスの後について走りながら叫んだ。「もう、駄目でございます。むだでございます。走るのは、やめて下さい。もう、あの方(かた)をお助けになることは出来ません。」

「いや、まだ陽は沈まぬ。」

「ちょうど今、あの方が死刑になるところです。ああ、あなたは遅かった。おうらみ申します。ほんの少し、もうちょっとでも、早かったなら！」

「いや、まだ陽は沈まぬ。」メロスは胸の張り裂ける思いで、赤く大きい夕陽ばかりを見つめていた。走るより他は無い。

「やめて下さい。走るのは、やめて下さい。いまはご自分のお命が大事です。あの方は、あなたを信じて居りました。刑場に引き出されても、平気でいました。王様が、さんざんあの方をからかっても、メロスは来ます、とだけ答え、強い信念を持ちつづけている様子でございました。」

「それだから、走るのだ。信じられているから走るのだ。間に合う、間に合わぬは問題でないのだ。人の命も問題でないのだ。私は、なんだか、もっと恐ろしく大きいものの為に走っているのだ。ついて来い！　フィロストラトス。」

「ああ、あなたは気が狂ったか。それでは、うんと走るがいい。ひょっとしたら、間に合わぬものでもない。走るがいい。」

言うにや及ぶ。まだ陽は沈まぬ。最後の死力を尽して、メロスは走った。メロスの頭は、からっぽだ。何一つ考えていない。ただ、わけのわからぬ大きな力にひきずられて走った。陽は、ゆらゆら地平線に没し、まさに最後の一片の残光も、消えようとした時、メロスは疾風の如く刑場に突入した。間に合った。

「待て。その人を殺してはならぬ。メロスが帰って来た。約束のとおり、いま、帰って来た。」と大声で刑場の群衆にむかって叫んだつもりであったが、喉がつぶれて嗄れた声が幽かに出たばかり、群衆は、ひとりとして彼の到着に気がつかない。すでに磔の柱が高々と立てられ、縄を打たれたセリヌンティウスは、徐々に釣り上げられてゆく。メロスはそれを目撃して最後の勇、先刻、濁流を泳いだように群衆を掻きわけ、掻きわけ、

「私だ、刑吏！　殺されるのは、私だ。メロスだ。彼を人質にした私は、ここにいる！」と、かすれた声で精一ぱいに叫びながら、ついに磔台に昇り、釣り上げられてゆく友の両足に、齧りついた。群衆は、どよめいた。あっぱれ。ゆるせ、と口々にわめいた。セリヌンティウスの縄は、ほどかれたのである。

「セリヌンティウス。」メロスは眼に涙を浮べて言った。「私を殴れ。ちから一ぱいに頬を殴れ。私は、途中で一度、悪い夢を見た。君が若し私を殴ってくれなかったら、私は君と抱擁する資格さえ無いのだ。殴れ。」

　セリヌンティウスは、すべてを察した様子で首肯き、刑場一ぱいに鳴り響くほど音高くメロスの右頬を殴った。殴ってから優しく微笑み、

「メロス、私を殴れ。同じくらい音高く私の頬を殴れ。私はこの三日の間、たった一度だけ、ちらと君を疑った。生れて、はじめて君を疑った。君が私を殴ってくれなければ、私は君と抱擁できない。」

　メロスは腕に唸りをつけてセリヌンティウスの頬を殴った。

「ありがとう、友よ。」二人同時に言い、ひしと抱き合い、それから嬉し泣きにおいおい声を放って泣いた。

群衆の中からも、歔欷（きょき）の声が聞えた。暴君ディオニスは、群衆の背後から二人の様を、まじまじと見つめていたが、やがて静かに二人に近づき、顔をあからめて、こう言った。

「おまえらの望みは叶（かな）ったぞ。おまえらは、わしの心に勝ったのだ。信実とは、決して空虚な妄想ではなかった。どうか、わしをも仲間に入れてくれまいか。どうか、わしの願いを聞き入れて、おまえらの仲間の一人にしてほしい。」

どっと群衆の間に、歓声が起った。

「万歳、王様万歳。」

ひとりの少女が、緋（ひ）のマントをメロスに捧げた。メロスは、まごついた。佳き友は、気をきかせて教えてやった。

「メロス、君は、まっぱだかじゃないか。早くそのマントを着るがいい。この可愛い娘さんは、メロスの裸体を、皆に見られるのが、たまらなく口惜しいのだ。」

勇者は、ひどく赤面した。

（古伝説と、シルレルの詩から。）

底本：『太宰治全集3』ちくま文庫、筑摩書房
1988（昭和63）年10月25日初版発行
1998（平成10）年6月15日第2刷
底本の親本：『筑摩全集類聚版太宰治全集』筑摩書房
1975（昭和50）年6月～1976（昭和51）年6月

◎作品を読み解くポイント（解説編）

A：主人公のキャラクター性に注目する。メロスはどんな人間だろうか？

頭がいいとはいえず、考えなしで、こころの弱いところもある（親友を見捨てかける）。だからこそ共感や同情を受け、また覚悟を決めることの美しさを持つ。

B：雰囲気を盛り上げる描写

太陽が落ちるあたりなど、非常に臨場感を演出している。

C：王の心を打ったものはなにか

メロスが示した真の友情。体を張った奮闘、命をかけた奮闘は、誰かを説得するためのエピソードとして、また読者が主人公を応援したくなるためのイベントとして適している。

芥川龍之介と並び、太宰治の知名度は高い。

しかし、芥川と比べた時、太宰のほうが難解、という印象を持っている人も多いはず（その中で今回の『走れメロス』は例外的かもしれないが）。とはいえ食わず嫌いせず、作品の奥にあるメッセージ性を読み取る努力をしてほしい。それはこの後の様々な作家たちの作品から何を見出すか、という訓練にもなるはずだ。

さて、今作『走れメロス』のメッセージとは、いったいなんだろう。友情の大切さだろうか。約束を守る（嘘をつかない）ことへの戒めだろうか。人を信じることの尊さだろうか。あるいは、どれほど信じていても、人は猜疑心を抱いてしまうという人間の弱さだろうか。または、それさえも乗り越える強さだろうか。

どれでもありそうだが、あなたはどう感じただろう。この本であなたに投げかけたいことのひとつは、まさにこれだ。「あなたはなにを読み取っただろうか」と。そこにこそ本書の価値はあり、また『走れメロス』という多様なメッセージを内包した作品は「自分が何を感じたか」と考えるのに適している。じっくり考えてほしい。

また読み解くポイントでも言及しているように、描写にも着目したい。道中メロスを襲った濁流、諦めかけたメロスの独白、沈みゆく寸前の夕日、いまにも処刑されんとしているセリヌンティウスの様子。いかにも臨場感たっぷりなものや、メロスの心情を投影した文言も多く、読者を物語に引き込む。

先に述べたように、『走れメロス』は、誰もが一度は読んだことのある作品だろう。だが、今読み返してみてどうだっただろうか。印象が変わったり、ストーリーは覚えていたけれども新たな発見があったと驚く人もいるのではないだろうか。そういった変化があなたの中に起きたなら、大変うれしい。

◎エンタメに役立つポイント

エンタメ作品では主要キャラクターのカッコよさも大事だが、一方で弱点や本性、裏の顔というべき視点もきちんと持たないと、どうしても薄っぺらいものになってしまいがちである。

『走れメロス』の要素は、いくつかの調整で十分エンタメになる。では具体的にどうするか。メロスの前に山賊や天気の変化などアクシデントを用意したり、王の側に立つキャラクターも登場させるなどの手が思いつくが、他にもやりようはある。みなさんが、自分なりに考えてほしい。

◎若手女流作家が選ぶ推しの一文

殺される為に走るのだ。

処刑の日の朝、メロスの決意が表れている。メロスの強い信念が感じられる、印象に残る一文だ。

（粟江）

私は信頼されている。私は信頼されている。

同じ言葉が二度繰り返されている。一度は友を見捨てようとしたメロスが再び立ち上がり、己を奮起させるための力強い言葉に思えた。

（鳥居）

初夏、満点の星である。

2年ぶりに再会した友人を残しメロスが妹の元へ出発するシーンだ。夏の夜空に溢れるような星空が広がっている様は、穏やかでただただ美しいイメージだけれど、メロスは友の死をかけて星空のもと一晩中必死で駆け抜ける。その対比が印象的な一文だ。

（菅沼）

◎同作者の代表的な作品

・『人間失格』

人間の営みを理解できない男が、いくつかの悲劇を経てついに狂気へ落ちるまでを記録した手記。太宰の代表作。暗く深い魅力に囚われた人も多いのでは。

・**『ヴィヨンの妻』**

放蕩詩人の妻の視点で描く日常。

ドラマチックではないけれど心を刺す物語。読者の心を刺激するやり方のサンプルになるはず。

・**『斜陽』**

作品の題材である没落貴族を称して「斜陽族」という言葉が生まれたほどのヒット作。

戦後すぐの世相の中で没落する貴族が社会の混乱に押し流されていく様子を、美しく描く。

・**『女生徒』**

思春期の少女の1日を描くことで、彼女の（本人には大問題であるところの）葛藤と鬱屈を表現する。

太宰らしさがある一方で、主人公の可愛らしさは萌えキャラとしても成り立ちそうな、意外な作品。

・**『お伽草紙』**

お伽話がベースの短編連作。太宰の解釈を参考に「自分ならどうするのか」と考えてみるのも良い。

今回の作品を読んだ後におすすめの ライトノベル・エンタメ作品

・**又吉直樹『火花』**

2人のお笑い芸人の複雑で微妙な関係と、そのカッコ悪くもカッコいい生き様を描く物語。

太宰の熱狂的ファンとして知られる芸人の処女小説。影響が見られるか考えながら読んでみよう。

・**野村美月『文学少女』シリーズ**

「食べる」ほどに本を愛する文学少女と、創作にトラウマを持つ少年によるミステリ。毎回ひとつの文学作品が主題。第1巻が『人間失格』なのだ。

・**籐真千歳『スワロウテイル人工少女販売処』**

近未来を舞台にしたＳＦ。自己卑下の強い主人公という方向性は重なる。舞台設定やキャラ性の変化で、同種テーマでもいくらでも印象を変えられる見本である。

・**森見登美彦『新釈　走れメロス　他四篇』**

『走れメロス』他5作を京都を舞台にパロディした短編連作。思いもよらぬ転換・発想に刺激される。

・**伊藤たかみ『ぎぶそん』**

「ガンズ・アンド・ローゼス」に心酔した少年と仲間たちの青春バンド物語。『走れメロス』も『人間失格』も青春の色々な側面を描いた部分があり、今時の青春ものをどう描くのかも見て欲しい。

『羅生門』

芥川龍之介

Akutagawa Ryunosuke

◎作家紹介

芥川龍之介：1892年3月1日～1927年7月24日

主に大正期に活躍した小説家。

新原敏三・フク夫妻の長男として生まれる。しかし母フクが精神に異常を来し、母方の実家である芥川家で育てられる。実母代わりとなった伯母フキの影響により物語に親しむ。龍之介11歳で実母フクが死去し、芥川家の養子となる。

1913年、東京帝国大学文科大学英文科に入学。

1914年、22歳のときに処女小説『老年』を発表。

1915年、夏目漱石の木曜会に出席。漱石門下となる。漱石没後、漱石の長女筆子の結婚相手として、先輩たちの念頭にまず芥川の名があったほど、漱石山房での評価は高かった。しかし芥川は、既に婚約中だった塚本文とそのまま結婚している。

30歳頃より体調を崩し、静養のために何度か居を移す。

1927年7月、自宅にて服毒自殺。享年35歳。遺言として残された言葉の一節【唯ぼんやりとした不安】が有名。命日は作品から、河童忌と呼ばれる。

彼の名を冠した文学賞・芥川賞は純文学が対象。

◎『羅生門』あらすじ

時は平安。地震や辻風など災いが続き、衰退した京都。荒れ果てた羅生門には死人が棄てられていた。

職を失った下人は行くあてもなく、もう盗賊にでもなるしかないが、決心がつかずにいた。そんな中、下人は羅生門で、死骸のそばにうずくまる老婆を発見する。老婆は女の死骸から、髪を抜いていたのだった。

◎作品を読み解くポイント

ここに描かれているのは人の生きざまそのものだ。「自分とは関係のない話だ」などと思わずに、「自分だったら」と考えながら読んでほしい。

A：共感できるキャラクターはいたか

B：下人は善人か、悪人か

C：その後、下人はどうなっただろうか

〔作品本文〕

ある日の暮方の事である。一人の下人が、羅生門の下で雨やみを待っていた。

広い門の下には、この男のほかに誰もいない。ただ、所々丹塗の剥げた、大きな円柱に、蟋蟀が一匹とまっている。羅生門が、朱雀大路にある以上は、この男のほかにも、雨やみをする市女笠や揉烏帽子が、もう二三人はありそうなものである。それが、この男のほかには誰もいない。

何故かと云うと、この二三年、京都には、地震とか辻風とか火事とか饑饉とか云う災がつづいて起った。そこで洛中のさびれ方は一通りではない。旧記によると、仏像や仏具を打砕いて、その丹がついたり、金銀の箔がついたりした木を、路ばたにつみ重ねて、薪の料に売っていたと云う事である。洛中がその始末であるから、羅生門の修理などは、元より誰も捨てて顧る者がなかった。するとその荒れ果てたのをよい事にして、狐狸が棲む。盗人が棲む。とうとうしまいには、引取り手のない死人を、この門へ持って来て、棄てて行くと云う習慣さえ出来た。そこで、日の目が見えなくなると、誰でも気味を悪るがって、この門の近所へは足ぶみをしない事になってしまったのである。

その代りまた鴉がどこからか、たくさん集って来た。昼間見ると、その鴉が何羽となく輪を描いて、高い鴟尾のまわりを啼きながら、飛びまわっている。ことに門の上の空が、夕焼けであかくなる時には、それが胡麻をまいたようにはっきり見えた。鴉は、勿論、門の上にある死人の肉を、啄みに来るのである。——もっとも今日は、刻限が遅いせいか、一羽も見えない。ただ、所々、崩れかかった、そうしてその崩れ目に長い草のはえた石段の上に、鴉の糞が、点々と白くこびりついているのが見える。下人は七段ある石段の一番上の段に、洗いざらした紺の襖の尻を据えて、右の頬に出来た、大きな面皰を気にしながら、ぼんやり、雨のふるのを眺めていた。

作者はさっき、「下人が雨やみを待っていた」と書いた。しかし、下人は雨がやんでも、格別どうしようと云う当てはない。ふだんなら、勿論、主人の家へ帰る可き筈である。所がその主人からは、四五日前に暇を出された。前にも書いたように、当時京都の町は一通りならず衰微（すいび）していた。今この下人が、永年、使われていた主人から、暇を出されたのも、実はこの衰微の小さな余波にほかならない。だから「下人が雨やみを待っていた」と云うよりも「雨にふりこめられた下人が、行き所がなくて、途方にくれていた」と云う方が、適当である。その上、今日の空模様も少からず、この平安朝の下人の Sentimentalisme に影響した。申（さる）の刻下（こくさが）りからふり出した雨は、いまだに上るけしきがない。そこで、下人は、何をおいても差当り明日（あす）の暮しをどうにかしようとして——云わばどうにもならない事を、どうにかしようとして、とりとめもない考えをたどりながら、さっきから朱雀大路にふる雨の音を、聞くともなく聞いていたのである。

　雨は、羅生門をつつんで、遠くから、ざあっと云う音をあつめて来る。夕闇は次第に空を低くして、見上げると、門の屋根が、斜につき出した甍（いらか）の先に、重たくうす暗い雲を支えている。

　どうにもならない事を、どうにかするためには、手段を選んでいる遑（いとま）はない。選んでいれば、築土（ついじ）の下か、道ばたの土の上で、饑死（うえじに）をするばかりである。そうして、この門の上へ持って来て、犬のように棄てられてしまうばかりである。選ばないとすれば——下人の考えは、何度も同じ道を低徊（ていかい）した揚句（あげく）に、やっとこの局所へ逢着（ほうちゃく）した。しかしこの「すれば」は、いつまでたっても、結局「すれば」であった。下人は、手段を選ばないという事を肯定しながらも、この「すれば」のかたをつけるために、当然、その後に来る可き「盗人（ぬすびと）になるよりほかに仕方がない」と云う事を、積極的に肯定するだけの、勇気が出ずにいたのである。

　下人は、大きな嚏（くさめ）をして、それから、大儀（たいぎ）そうに立上った。夕冷えのする京都は、もう火桶（ひおけ）が欲しいほどの寒さである。風は門の柱と柱との間を、夕闇と共に遠慮なく、吹きぬける。丹塗（にぬり）の柱にとまっていた蟋蟀（きりぎりす）も、もうどこかへ行ってしまった。

　下人は、頸（くび）をちぢめながら、山吹（やまぶき）の汗衫（かざみ）に重ねた、紺の襖（あお）の肩を高くして門のまわりを見まわした。雨風の患（うれえ）のない、人目にかかる惧（おそれ）のない、一晩楽にねられそうな所があれば、そこでともかくも、夜を明かそうと思ったからである。すると、幸い門の上の楼へ上る、幅の広い、これも丹を塗った梯子（はしご）が眼についた。上なら、人がいたにしても、どうせ死人ばかりである。下人はそこで、腰にさげた聖柄（ひじりづか）の太刀（たち）が鞘走（さやばし）らないように気をつけながら、藁草履（わらぞうり）をはいた足を、その梯子の一番下の段へふみかけた。

それから、何分かの後である。羅生門の楼の上へ出る、幅の広い梯子の中段に、一人の男が、猫のように身をちぢめて、息を殺しながら、上の容子（ようす）を窺っていた。楼の上からさす火の光が、かすかに、その男の右の頬をぬらしている。短い鬚の中に、赤く膿（うみ）を持った面皰（にきび）のある頬である。下人は、始めから、この上にいる者は、死人ばかりだと高を括（くく）っていた。それが、梯子を二三段上って見ると、上では誰か火をとぼして、しかもその火をそこここと動かしているらしい。これは、その濁った、黄いろい光が、隅々に蜘蛛（くも）の巣をかけた天井裏に、揺れながら映ったので、すぐにそれと知れたのである。この雨の夜に、この羅生門の上で、火をともしているからは、どうせただの者ではない。

下人は、守宮（やもり）のように足音をぬすんで、やっと急な梯子を、一番上の段まで這うようにして上りつめた。そうして体を出来るだけ、平（たいら）にしながら、頸を出来るだけ、前へ出して、恐る恐る、楼の内を覗（のぞ）いて見た。

見ると、楼の内には、噂に聞いた通り、幾つかの死骸（しがい）が、無造作に棄ててあるが、火の光の及ぶ範囲が、思ったより狭いので、数は幾つともわからない。ただ、おぼろげながら、知れるのは、その中に裸の死骸と、着物を着た死骸とがあるという事である。勿論、中には女も男もまじっているらしい。そうして、その死骸は皆、それが、かつて、生きていた人間だと云う事実さえ疑われるほど、土を捏（こ）ねて造った人形のように、口を開（あ）いたり手を延ばしたりして、ごろごろ床の上にころがっていた。しかも、肩とか胸とかの高くなっている部分に、ぼんやりした火の光をうけて、低くなっている部分の影を一層暗くしながら、永久に唖(おし)の如く黙っていた。

下人(げにん)は、それらの死骸の腐爛(ふらん)した臭気に思わず、鼻を掩(おお)った。しかし、その手は、次の瞬間には、もう鼻を掩う事を忘れていた。ある強い感情が、ほとんどことごとくこの男の嗅覚を奪ってしまったからだ。

下人の眼は、その時、はじめてその死骸の中に蹲(うずくま)っている人間を見た。檜皮色(ひわだいろ)の着物を着た、背の低い、痩(や)せた、白髪頭(しらがあたま)の、猿のような老婆である。その老婆は、右の手に火をともした松の木片(きぎれ)を持って、その死骸の一つの顔を覗きこむように眺めていた。髪の毛の長い所を見ると、多分女の死骸であろう。

下人は、六分の恐怖と四分の好奇心とに動かされて、暫時(ざんじ)は呼吸(いき)をするのさえ忘れていた。旧記の記者の語を借りれば、「頭身(とうしん)の毛も太る」ように感じたのである。すると老婆は、松の木片を、床板の間に挿して、それから、今まで眺めていた死骸の首に両手をかけると、丁度、猿の親が猿の子の虱(しらみ)をとるように、その長い髪の毛を一本ずつ抜きはじめた。髪は手に従って抜けるらしい。

その髪の毛が、一本ずつ抜けるのに従って、下人の心からは、恐怖が少しずつ消えて行った。そうして、それと同時に、この老婆に対するはげしい憎悪が、少しずつ動いて来た。――いや、この老婆に対すると云っては、語弊(ごへい)があるかも知れない。むしろ、あらゆる悪に対する反感が、一分毎に強さを増して来たのである。この時、誰かがこの下人に、さっき門の下でこの男が考えていた、饑死(うえじに)をするか盗人(ぬすびと)になるかと云う問題を、改めて持出したら、恐らく下人は、何の未練もなく、饑死を選んだ事であろう。それほど、この男の悪を憎む心は、老婆の床に挿した松の木片(きぎれ)のように、勢いよく燃え上り出していたのである。

下人には、勿論、何故老婆が死人の髪の毛を抜くかわからなかった。従って、合理的には、それを善悪のいずれに片づけてよいか知らなかった。しかし下人にとっては、この雨の夜に、この羅生門の上で、死人の髪の毛を抜くと云う事が、それだけで既に許すべからざる悪であった。勿論、下人は、さっきまで自分が、盗人になる気でいた事なぞは、とうに忘れていたのである。

そこで、下人は、両足に力を入れて、いきなり、梯子から上へ飛び上った。そうして聖柄の太刀に手をかけながら、大股に老婆の前へ歩みよった。老婆が驚いたのは云うまでもない。

老婆は、一目下人を見ると、まるで弩にでも弾かれたように、飛び上った。

「おのれ、どこへ行く。」

下人は、老婆が死骸につまずきながら、慌てふためいて逃げようとする行手を塞いで、こう罵った。老婆は、それでも下人をつきのけて行こうとする。下人はまた、それを行かすまいとして、押しもどす。二人は死骸の中で、しばらく、無言のまま、つかみ合った。しかし勝敗は、はじめからわかっている。下人はとうとう、老婆の腕をつかんで、無理にそこへ扭じ倒した。丁度、鶏の脚のような、骨と皮ばかりの腕である。

「何をしていた。云え。云わぬと、これだぞよ。」

下人は、老婆をつき放すと、いきなり、太刀の鞘を払って、白い鋼の色をその眼の前へつきつけた。けれども、老婆は黙っている。両手をわなわなふるわせて、肩で息を切りながら、眼を、眼球が瞼の外へ出そうになるほど、見開いて、唖のように執拗く黙っている。これを見ると、下人は始めて明白にこの老婆の生死が、全然、自分の意志に支配されていると云う事を意識した。そうしてこの意識は、今までけわしく燃えていた憎悪の心を、いつの間にか冷ましてしまった。後に残ったのは、ただ、ある仕事をして、それが円満に成就した時の、安らかな得意と満足とがあるばかりである。そこで、下人は、老婆を見下しながら、少し声を柔らげてこう云った。

「己は検非違使の庁の役人などではない。今し方この門の下を通りかかった旅の者だ。だからお前に縄をかけて、どうしようと云うような事はない。ただ、今時分この門の上で、何をして居たのだか、それを己に話しさえすればいいのだ。」

すると、老婆は、見開いていた眼を、一層大きくして、じっとその下人の顔を見守った。眶の赤くなった、肉食鳥のような、鋭い眼で見たのである。それから、皺で、ほとんど、鼻と一つになった唇を、何か物でも噛んでいるように動かした。細い喉で、尖った喉仏の動いているのが見える。その時、その喉から、鴉の啼くような声が、喘ぎ喘ぎ、下人の耳へ伝わって来た。

「この髪を抜いてな、この髪を抜いてな、鬘にしようと思うたのじゃ。」

下人は、老婆の答が存外、平凡なのに失望した。そうして失望すると同時に、また前の憎悪が、冷やかな侮蔑と一しょに、心の中へはいって来た。すると、その気色が、先方へも通じたのであろう。老婆は、片手に、まだ死骸の頭から奪った長い抜け毛を持ったなり、蟇のつぶやくような声で、口ごもりながら、こんな事を云った。

「成程な、死人の髪の毛を抜くと云う事は、何ぼう悪い事かも知れぬ。じゃが、ここにいる死人どもは、皆、そのくらいな事を、されてもいい人間ばかりだぞよ。現在、わしが今、髪を抜いた女などはな、蛇を四寸ばかりずつに切って干したのを、干魚だと云うて、太刀帯の陣へ売りに往んだわ。疫病にかかって死なんだら、今でも売りに往んでいた事であろ。それもよ、この女の売る干魚は、味がよいと云うて、太刀帯どもが、欠かさず菜料に買っていたそうな。わしは、この女のした事が悪いとは思うていぬ。せねば、饑死をするのじゃて、仕方がなくした事であろ。されば、今また、わしのしていた事も悪い事とは思わぬぞよ。これとてもやはりせねば、饑死をするじゃて、仕方がなくする事じゃわいの。じゃて、その仕方がない事を、よく知っていたこの女は、大方わしのする事も大目に見てくれるであろ。」

老婆は、大体こんな意味の事を云った。

下人は、太刀を鞘におさめて、その太刀の柄を左の手でおさえながら、冷然として、この話を聞いていた。勿論、右の手では、赤く頬に膿を持った大きな面皰を気にしながら、聞いているのである。しかし、これを聞いている中に、下人の心には、ある勇気が生まれて来た。それは、さっき門の下で、この男には欠けていた勇気である。そうして、またさっきこの門の上へ上って、この老婆を捕えた時の勇気とは、全然、反対な方向に動こうとする勇気である。下人は、饑死をするか盗人になるかに、迷わなかったばかりではない。その時のこの男の心もちから云えば、饑死などと云う事は、ほとんど、考える事さえ出来ないほど、意識の外に追い出されていた。

「きっと、そうか。」

老婆の話が完(おわ)ると、下人は嘲(あざけ)るような声で念を押した。そうして、一足前へ出ると、不意に右の手を面皰(にきび)から離して、老婆の襟上(えりがみ)をつかみながら、噛みつくようにこう云った。

「では、己(おれ)が引剥(ひはぎ)をしようと恨むまいな。己もそうしなければ、饑死をする体なのだ。」

下人は、すばやく、老婆の着物を剥ぎとった。それから、足にしがみつこうとする老婆を、手荒く死骸の上へ蹴倒した。梯子の口までは、僅に五歩を数えるばかりである。下人は、剥ぎとった檜皮色(ひわだいろ)の着物をわきにかかえて、またたく間に急な梯子を夜の底へかけ下りた。

しばらく、死んだように倒れていた老婆が、死骸の中から、その裸の体を起したのは、それから間もなくの事である。老婆はつぶやくような、うめくような声を立てながら、まだ燃えている火の光をたよりに、梯子の口まで、這って行った。そうして、そこから、短い白髪(しらが)を倒(さかさま)にして、門の下を覗きこんだ。外には、ただ、黒洞々(こくとうとう)たる夜があるばかりである。

下人の行方(ゆくえ)は、誰も知らない。

（大正四年九月）

底本：「芥川龍之介全集1」ちくま文庫、筑摩書房
1986（昭和61）年9月24日第1刷発行
1997（平成9）年4月15日第14刷発行
底本の親本：「筑摩全集類聚版芥川龍之介全集」筑摩書房
1971（昭和46）年3月～1971（昭和46）年11月

◎作品を読み解くポイント（解説編）

A：共感できるキャラクターはいたか

考えが途中で変わる下人に共感する人も、言い訳はするが一貫している老婆に共感する人も、誰にも全く共感できないという人もいるはず。

しかし、誰もが人間臭いということが共感を誘う効果になっている。

B：下人は善人か、悪人か

これも人により違うだろう。最初から悪人だったのが本性が出てきたのだとも、老婆に影響されて悪人になったのだとも、あるいは「善悪両方持った普通の人」とも。

C：その後、下人はどうなっただろうか

盗賊になったのかもしれない。普通の人として生きていくのかもしれない。こうやって想像させる力は文学作品ならでは。

芥川龍之介は本書の目的に非常に合致した作家であり、収録した作品以外もぜひ読んでほしい。

理由はいくつかある。まず、知名度が高く、一度は読んだことのある人が多いので、興味も引かれやすいこと。殆どの作品が短編であり、読みやすいこと。文章がシンプルで目標・模写の手本とするのに適していること。

加えて作品のメッセージ性が強いので、どういう意味かな？　ほかの人ならどう考えるかな？　と考えやすく、本書で重視する「作中の意図や工夫について想像を巡らせる題材としての文学」として最適なのだ。

ほぼ全ての作品が青空文庫にあって手に取りやすいということもあり、ぜひたくさん読んでほしい。

◎若手女流作家が選ぶ推しの一文

しかし、これを聞いている中に、下人の心には、ある勇気が生まれて来た。

犯罪に手を染めることを決心した一文だ。

「勇気」という言葉には、「犯罪」や「悪」といった負のイメージではなく、どちらかというと「親切」や「正義」などと言った正のイメージがある。

だが作品冒頭で「（前略）**「盗人になるよりほかに仕方がない」と云う事を、積極的に肯定するだけの、勇気が出ずにいたのである。**」と表現されているように、敢えて「勇気」とすることで、犯罪への肯定感が強められている。あるいは悪に染まることに、下人が罪悪感を失ったともいえるだろうか。

文章表現において、言葉の意味や用法は合っていても、言葉の持つイメージというのは無視できない。しかしこれはあえて裏切ることで、下人の心情を読者に共感させている表現ではないだろうか。

（粟江）

下人は、老婆の答が存外、平凡なのに失望した。

盗人になる選択肢が見えてくるくらいに未来がない己、死体が転がる羅生門、その中にいた謎の老婆。下人にとって非日常の塊のような状況といえる。しかし、謎の老婆の目的は抜いた髪で鬘を作るという、なんてことのないもの。この返答を聞いた瞬間、下人は夢から覚めたといってもいいのではないだろうか。

（鳥居）

そうして、一足前へ出ると、不意に右の手を面皰から離して、老婆の襟上をつかみながら、噛みつくようにこう云った。

下人が老婆に手をかける直前の動作を現す一文だ。それまでは頬の面皰を気にしていた下人は、老婆の話を聞いているうち、心情に変化が生まれる。若い人なら面皰は早く消えて欲しい嫌な存在ではないだろうか。生きていくため盗人になることを肯定する勇気もない未熟な若者が、己の行為に正当性を見つけたとき面皰から手を離すのが、「悪」を受け入れたことを表現しているように思える。

（菅沼）

◎同作者の代表的な作品

・**『河童』**

河童の国に迷い込んだ主人公が、人間社会と正反対な河童の国の有り様に大いに驚く、というお話である。

この作品は人間社会への痛烈な指摘・皮肉になっている。「社会の問題をファンタジックな世界に当てはめることで、問題を直接に描くよりも印象的になる」という手法はエンタメ小説でもよく使われるので覚えておいて損はない。

・**『蜘蛛の糸』**

お釈迦様は地獄に落ちた泥棒の、たったひとつの善行を評価して救おうとするが……？

お話の筋だけなら芥川作品の中でもトップクラスに

有名で、知っている人は多いはず。しかし、実際読んでみるとまた感じることがあるのでは。

・**『地獄変』**

平安時代の画家を主人公に、芸術家の執念と、その中に現れた地獄を描いた作品。

皆さんも創作を志すなら、主人公の有り様と結末に思うところがあるはず。

・**『邪宗門』**

地獄変とも登場人物を共有する、貴族と邪教の人間の対立を描こうとした長編。

芥川の作品では珍しい長編だが、未完になっている。なぜ未完なのか、続きがあるとしたらどんなものになりうるか、考えてみるといいだろう。

・**『トロッコ』**

鉄道敷設のためのトロッコに興味を持った少年が、ある日ついにトロッコ押しを手伝わせてもらうことになる。それは彼にとって大きな旅だった……。

「どこかへ行き、そして帰ってくる物語」は物語の基本中の基本で、ファンタジー小説にさえ通じる形だ。この作品はそれが非常にシンプルな形で描かれている。

今回の作品を読んだ後におすすめの ライトノベル・エンタメ作品

・**平坂読『僕は友達が少ない』**

学校で浮いている少年と「残念」な美少女たちのラブコメディ。近年の青春・恋愛小説にも、実はこの時代の文学作品の「悩み」「迷い」というものはつながっているところがある。どこが同じで、どこが違うのか、考えてみよう。

・**三枝零一『ウィザーズ・ブレイン』**

地球が特殊な雲に閉ざされた未来の物語。

「極限状態において人は何をするか」がひとつのキーになっている作品。『羅生門』もまた苦しさの中で人の本性が出る話であり、通じるものがある。

・**駒井和緒『リライトノベル 邪宗門』**

芥川の作品を現代風にしたもの。読み比べて同じところ、違うところを考えると「今の時代の物語とはなにか」が見えてくるはず。

・**渡瀬草一郎『陰陽ノ京』**

平安時代が舞台。陰陽師が多数登場し、オカルト・怪奇の色が強い作品ではあるが、雰囲気やキャラの葛藤などで共通するところがある。

芥川龍之介
Akutagawa Ryunosuke

☆『藪の中』

『羅生門』に続いて、芥川龍之介からもう一作。テーマ性や雰囲気には近いものがありつつ、しかしこの作品には大きなギミックがある。それをどう感じるだろうか。

◎『藪の中』あらすじ

藪の中で男の死体が見つかり、関係者がそれぞれ語る。第一発見者の木こりは男が殺される前に抵抗したであろうことを語る。死ぬ前の男が妻と共に旅をしていたと証言したのは旅法師だ。多襄丸という盗人を捕まえた放免は、殺したのは多襄丸だろうと答える。いなくなった女の母である老婆の証言で男女の素性もわかる。

ところがここから話がおかしくなる。多襄丸は確かに男を殺したのは自分だが、女が2人に決闘しろとけしかけたから堂々戦って殺したという。清水寺に駆け込んだ女は、盗人に辱められたあと、2人ともに死ぬつもりで男を殺したのだという。ところが、巫女の口を借りて現れた男の死霊は、女が盗賊に殺せと唆し、盗賊はこれを拒否して立ち去り、女が去って、その後自殺したと語る。

映画『羅生門』と小説『藪の中』

黒澤明が監督を務めた映画『羅生門』は、実は『藪の中』の物語をかなりの部分でベースにした作品である。

映画の中では、第一発見者の杣売り(そま)（原作における木こり）が一部始終を見届けていた。

杣売り曰く、女は辱めを受け盗人の求婚を受けたあと、男の縄を解いて両者が決闘するように求めた。ところが男は女と離婚すると言い出し、盗人も求婚を諦めて去ろうとする。しかし女が2人を詰ったので決闘することになるが、2人とも戦い慣れていないので無様になる。かろうじて勝った盗人が男を殺すが、女は逃げてしまい、盗人もその場を立ち去ったのだ……。

この語りが映画の結末につながっていくのだが、そこからの展開は伏せる。是非、作品を実際に見てほしい。この映画の展開は、文学作品的な結末をぼかして読者の想像に任せるというやり方から、エンタメ的な事の真相をしっかり明かしてそこからの人々の気持ちや決断を描くやり方への転換例として大いに助けになるはず。

◎作品を読み解くポイント（解説編）

A：この作品の特殊な構成にどんな意味があるか

物語ではなく「証言の集まり」にすることで、「作り話」の匂いが薄れて、あたかも実際の事件をまとめたノンフィクションのようにさえ感じさせる。

B：誰の言っていることが正しいと思ったか

この答えはない。誰かが本当のことを言っているのかもしれないし、実は少しずつ嘘を吐いている、という可能性もある。これについて考えることに意味がある。

C：この作品のテーマはなんだろうか

色々と考えられるが、ひとつには「真実というのは明らかにならない」ことがあるだろう。

こうやって様々に想像させるのが文学作品の面白さで、ライトノベルなどの若者向けエンタメでは明確な答えを見せたほうが受け入れられやすい、というのが違いのひとつ。

芥川龍之介『藪の中』は、タイトルが『藪の中』（真相がわからないの意）という慣用句として使われるようになるほど、世間に影響を与えた作品である。

一読目の読者は、おそらく頭が混乱したことだろう。ポイントでも解説しているように、誰が真実を言い、誰が嘘の証言をしているか、判別することができないからだ。これは登場人物たちの証言のみで構成されているところにあるだろう。

数人の証言によって、見えなかった部分を少しずつ補いながら、大まかな真実が見えてくる。人間なのだから、記憶に曖昧な部分もある。話の齟齬が生じるのは致し方ない……と思いきや、さすがにおかしい。一体誰が、男を殺したのか。何の疑いもなく信じられる話が出てこない。

物語を読んで、誰を信じていいかわからないままだった人は多いはずだ。清水寺に駆け込んだ女が、本当に死んだ男の妻なのか。巫女の口を借りた死霊が、本当に藪の中で殺された男の霊なのか（本当に巫女に霊が取り憑いているのか）さえも、怪しく思えてくる。おそらく死んだ男の妻なのだろう、おそらく死んだ男の霊なのだろうと読者に思わせはするが、同一人物であるとの名言も、確かな証拠もないのである。

またそれぞれの証言では、見えてくるキャラクター像がまったく異なってくる。特に死んだ男の妻においていえる。そのせいで混乱した読者も、多いのではないだろうか。これは誰かが嘘を吐いている（であろう）からでもあるが、ひとつに、見る人によって捉え方が違う、ということでもあるように思う。

◎エンタメに役立つポイント

文学作品のあやふやな答え、想像の余地を埋めていくと、エンタメ的な「悩む主人公」「決断する主人公」が描ける。

この話をエンタメ的にするなら、どんな答えを設定すればいいのか考えよう。

◎若手女流作家が選ぶ推しの一文

一度でもこのくらい憎むべき言葉が、人間の口を出たことがあろうか？　一度でもこのくらい呪わしい言葉が、人間の耳に触れた事があろうか？　一度でもこのくらい、――（突然迸るごとき嘲笑）

これは同じ言い回しが三度続き、三度目は嘲笑に取って代わる。

小説を書く上で、同じ言葉や言い回しが続くことはあまり好まれない。そう解説している指南書もあるだろう。しかしこの部分では、あえて繰り返すことによって、男の無念を強めている。しかもこの文章は反語（～か？（いや、ない）の形）であり、反語は強調するために用いられる表現だ。また三度目が最後まで言われないのも、かえって男の悔しさを表現しているようで胸が詰まり、男の語りに引き込まれる。

（粟江）

しかしそこに閃いていたのは、怒りでもなければ悲しみでもない、――ただわたしを蔑んだ、冷たい光だったではありませんか？

手ごめにされたことで、夫にとって女は何の価値もなくなるどころか忌む存在にまでなってしまった。その思いを言葉ではなく瞳のみで語られた時の女の絶望感は計り知れない（女の話が本当であるなら）。

（鳥居）

わたしの太刀は二十三合目に、相手の胸を貫きました。二十三合目に、――どうかそれを忘れずに下さい。

男を殺した多襄丸の白状の一部。結局誰が嘘を言い、何が真実なのかは作品の中で答えが出ない。多襄丸は己の罪を告白するだけでなく、男に敬意を示すような発言をし、さらに念押ししている。彼はなぜ殺した男のことをこのように言ったのだろうか。

（菅沼）

今回の作品を読んだ後におすすめの ライトノベル・エンタメ作品

・上遠野浩平『ブギーポップ』シリーズ

世界の敵を感知して自動的に浮かび上がるという謎の存在ブギーポップと、様々な事情からそれにかかわることになった人々の物語。

これも複数の視点から物語を追うタイプの作品だが、「不確かな真実を追う」かというと、少し毛色が違う。このシリーズでは、どちらかといえば物語の秘密や登場人物の心情を、ドラマチックに浮かび上がらせるための仕掛けとして活用しているように思われる。

・山形石雄『六花の勇者』

その世界では、復活してくる魔神と戦うために印を持つ6人の勇者（六花の勇者）が現れることになっていた。だがその時、集った勇者は7人で、しかも死者が出てしまう……。

『藪の中』もある意味そうだが、必ずしもミステリー小説でなくともミステリー的な謎解きが絡む話は当たり前にある。だからファンタジーでうまいこと殺人事件を組み込んでもいい。この作品はそのお手本だ。

・岡本綺堂『半七捕物帳』

意外かもしれないが、「歴史」と「ミステリー」は相性がいい。たとえば、時代小説には「捕物帳もの」といって江戸時代の同心や岡っ引き、今でいう刑事を主人公にして事件を追うジャンルが存在するほどだ。

また、歴史の謎――坂本龍馬はなぜ殺されたのか、どうして明智光秀は織田信長に謀反を起こしたのか、などを主題にした作品も多数存在する。

前者は舞台を変えて目先が変わり、登場人物たちの価値観も変わることの面白さ（これは『藪の中』に共通する）、後者は「歴史の謎」そのものが持つ面白さが、ミステリーというジャンルと相性がいいということなのだろう。

そうした歴史＋ミステリーの中でおすすめなのがこの『半七捕物帳』。ほとんど古典的な作品ではあるが、ストーリー展開といい、推理の仕掛けといい、いまだに古びない魅力がある。

『山月記』

中島敦
Nakajima Atsushi

◎作家紹介

中島敦：１９０９年５月５日～１９４２年12月４日

　大正から昭和にかけて活躍した小説家。

　儒家の家系の父田人、母チヨの長男として東京都に誕生。教師であった父の転勤に伴い、何度も居を移す。

　１９２６年４月（17歳）、第一高等学校文科甲類入学。その翌年、寄宿舎に入るも、肋膜炎により休学。11月、『下田の女』を『校友会雑誌』に発表。

　１９３０年３月（21歳）、第一高等学校卒業。４月、東京帝国大学文学部国文学科に入学。

　１９３２年（23歳）、橋本たかと結婚。翌年、東京帝国大学大学院に入学。同年横浜高等女学校の教諭となる。

　１９３４年（25歳）、大学院を中退。９月、喘息発作で生命が危ぶまれる。以後もたびたび喘息に苦しむ。

　１９４１年（32歳）、『山月記』を脱稿。６月、パラオ島に赴任する。

　翌年２月、『山月記』『文字禍』を発表。同年、帰京。この年、芥川賞候補となるも亡くなる。享年33歳。

◎『山月記』あらすじ

　李徴は若くして科挙に合格したエリートだったが、官吏に甘んじることをよしとせず、詩人になることを選んだ。しかし文名はあがらず、生活に窮して、再び官吏となる。だがプライドから発狂して姿を消す。翌年、李徴のかつての同僚袁傪は、人食い虎に遭遇する……。

◎作品を読み解くポイント

　中島は英文学や中国古典の研究者であり、それに題材を求めた作品が多い。本作はいわゆる変身譚で、李徴の獣らしさとともに、彼の利己心（エゴ）が強調される。

A：李徴は何故虎になったのか。そこにどんな意味があるのか

B：李徴が変身した理由は、ベースの逸話（末亡人との逢瀬を妨げられたため、一家を焼き殺した報いで変身）と異なる。そこにどんな意味があるのか

C：袁傪が感じた「李徴の詩に欠けているもの」とはなにか

〔作品本文〕

隴西の李徴は博学才穎、天宝の末年、若くして名を虎榜に連ね、ついで江南尉に補せられたが、性、狷介、自ら恃むところ頗る厚く、賤吏に甘んずるを潔しとしなかった。いくばくもなく官を退いた後は、故山、虢略に帰臥し、人と交を絶って、ひたすら詩作に耽った。下吏となって長く膝を俗悪な大官の前に屈するよりは、詩家としての名を死後百年に遺そうとしたのである。しかし、文名は容易に揚らず、生活は日を逐うて苦しくなる。李徴は漸く焦躁に駆られて来た。この頃からその容貌も峭刻となり、肉落ち骨秀で、眼光のみ徒らに炯々として、曾て進士に登第した頃の豊頬の美少年の俤は、何処に求めようもない。数年の後、貧窮に堪えず、妻子の衣食のために遂に節を屈して、再び東へ赴き、一地方官吏の職を奉ずることになった。一方、これは、己の詩業に半ば絶望したためでもある。曾ての同輩は既に遥か高位に進み、彼が昔、鈍物として歯牙にもかけなかったその連中の下命を拝さねばならぬことが、往年の儁才李徴の自尊心を如何に傷けたかは、想像に難くない。彼は怏々として楽しまず、狂悖の性は愈々抑え難くなった。一年の後、公用で旅に出、汝水のほとりに宿った時、遂に発狂した。或夜半、急に顔色を変えて寝床から起上ると、何か訳の分らぬことを叫びつつそのまま下にとび下りて、闇の中へ駈出した。彼は二度と戻って来なかった。附近の山野を捜索しても、何の手掛りもない。その後李徴がどうなったかを知る者は、誰もなかった。

　翌年、監察御史、陳郡の袁傪という者、勅命を奉じて嶺南に使し、途に商於の地に宿った。次の朝未だ暗い中に出発しようとしたところ、駅吏が言うことに、これから先の道に人喰虎が出る故、旅人は白昼でなければ、通れない。今はまだ朝が早いから、今少し待たれたが宜しいでしょうと。袁傪は、しかし、供廻りの多勢なのを恃み、駅吏の言葉を斥けて、出発した。残月の光をたよりに林中の草地を通って行った時、果して一匹の猛虎が叢の中から躍り出た。虎は、あわや袁傪に躍りかかるかと見えたが、忽ち身を飜して、元の叢に隠れた。叢の中から人間の声で「あぶないところだった」と繰返し呟くのが聞えた。その声に袁傪は聞き憶えがあった。驚懼の中にも、彼は咄嗟に思いあたって、叫んだ。「その声は、我が友、李徴子ではないか?」袁傪は李徴と同年に進士の第に登り、友人の少かった李徴にとっては、最も親しい友であった。温和な袁傪の性格が、峻峭な李徴の性情と衝突しなかったためであろう。

叢の中からは、暫く返辞が無かった。しのび泣きかと思われる微かな声が時々洩れるばかりである。ややあって、低い声が答えた。「如何にも自分は隴西の李徴である」と。

袁傪は恐怖を忘れ、馬から下りて叢に近づき、懐かしげに久闊を叙した。そして、何故叢から出て来ないのかと問うた。李徴の声が答えて言う。自分は今や異類の身となっている。どうして、おめおめと故人の前にあさましい姿をさらせようか。かつ又、自分が姿を現せば、必ず君に畏怖嫌厭の情を起させるに決っているからだ。しかし、今、図らずも故人に遇うことを得て、愧赧の念をも忘れる程に懐かしい。どうか、ほんの暫くでいいから、我が醜悪な今の外形を厭わず、曾て君の友李徴であったこの自分と話を交してくれないだろうか。

後で考えれば不思議だったが、その時、袁傪は、この超自然の怪異を、実に素直に受容れて、少しも怪もうとしなかった。彼は部下に命じて行列の進行を停め、自分は叢の傍に立って、見えざる声と対談した。都の噂、旧友の消息、袁傪が現在の地位、それに対する李徴の祝辞。青年時代に親しかった者同志の、あの隔てのない語調で、それ等が語られた後、袁傪は、李徴がどうして今の身となるに至ったかを訊ねた。草中の声は次のように語った。

今から一年程前、自分が旅に出て汝水のほとりに泊った夜のこと、一睡してから、ふと眼を覚ますと、戸外で誰かが我が名を呼んでいる。声に応じて外へ出て見ると、声は闇の中から頻りに自分を招く。覚えず、自分は声を追うて走り出した。無我夢中で駈けて行く中に、何時しか途は山林に入り、しかも、知らぬ間に自分は左右の手で地を攫(つか)んで走っていた。何か身体(からだ)中に力が充(み)ち満ちたような感じで、軽々と岩石を跳び越えて行った。気が付くと、手先や肱(ひじ)のあたりに毛を生じているらしい。少し明るくなってから、谷川に臨んで姿を映して見ると、既に虎となっていた。自分は初め眼を信じなかった。次に、これは夢に違いないと考えた。夢の中で、これは夢だぞと知っているような夢を、自分はそれまでに見たことがあったから。どうしても夢でないと悟らねばならなかった時、自分は茫然(ぼうぜん)とした。そうして懼(おそ)れた。全く、どんな事でも起り得るのだと思うて、深く懼れた。しかし、何故こんな事になったのだろう。分らぬ。全く何事も我々には判(わか)らぬ。理由も分らずに押付けられたものを大人しく受取って、理由も分らずに生きて行くのが、我々生きもののさだめだ。自分は直(す)ぐに死を想(おも)うた。しかし、その時、眼の前を一匹の兎(うさぎ)が駈け過ぎるのを見た途端に、自分の中の人間は忽ち姿を消した。再び自分の中の人間が目を覚ました時、自分の口は兎の血に塗(まみ)れ、あたりには兎の毛が散らばっていた。これが虎としての最初の経験であった。それ以来今までにどんな所行をし続けて来たか、それは到底語るに忍びない。ただ、一日の中に必ず数時間は、人間の心が還(かえ)って来る。そういう時には、曾ての日と同じく、人語も操(あやつ)れれば、複雑な思考にも堪え得るし、経書(けいしょ)の章句を誦(そら)んずることも出来る。その人間の心で、虎としての己(おのれ)の残虐(ざんぎゃく)な行(おこない)のあとを見、己の運命をふりかえる時が、最も情なく、恐しく、憤(いきどお)ろしい。しかし、その、人間にかえる数時間も、日を経るに従って次第に短くなって行く。今までは、どうして虎などになったかと怪しんでいたのに、この間ひょいと気が付いて見たら、己(おれ)はどうして以前、人間だったのかと考えていた。これは恐しいことだ。今少し経(た)てば、己(おれ)の中の人間の心は、獣としての習慣の中にすっかり埋(うも)れて消えて了(しま)うだろう。ちょうど、古い宮殿の礎(いしずえ)が次第に土砂に埋没するように。そうすれば、しまいに己は自分の過去を忘れ果て、一匹の虎として狂い廻り、今日のように途で君と出会っても故人(とも)と認めることなく、君を裂き喰(くら)うて何の悔も感じないだろう。一体、獣でも人間でも、もとは何か他のものだったんだろう。初めはそれを憶えているが、次第に忘れて了い、初めから今の形のものだったと思い込んでいるのではないか？　いや、そんな事はどうでもいい。己の中の人間の心がすっかり消えて了えば、恐らく、その方が、己はしあわせになれるだろう。だのに、己の中の人間は、その事を、この上なく恐しく感じているのだ。ああ、全く、どんなに、恐しく、哀しく、切なく思っているだろう！　己が人間だった記憶のなくなることを。この気持は誰にも分らない。誰にも分らない。己と同じ身の上に成った者でなければ。ところで、そうだ。己がすっかり人間でなくなって了う前に、一つ頼んで置きたいことがある。

　袁傪はじめ一行は、息をのんで、叢中の声の語る不思議に聞入っていた。声は続けて言う。

　他でもない。自分は元来詩人として名を成す積りでいた。しかも、業未だ成らざるに、この運命に立至った。曾て作るところの詩数百篇、固より、まだ世に行われておらぬ。遺稿の所在も最早判らなくなっていよう。ところで、その中、今も尚記誦せるものが数十ある。これを我が為に伝録して戴きたいのだ。何も、これに仍って一人前の詩人面をしたいのではない。作の巧拙は知らず、とにかく、産を破り心を狂わせてまで自分が生涯それに執着したところのものを、一部なりとも後代に伝えないでは、死んでも死に切れないのだ。

　袁傪は部下に命じ、筆を執って叢中の声に随って書きとらせた。李徴の声は叢の中から朗々と響いた。長短凡そ三十篇、格調高雅、意趣卓逸、一読して作者の才の非凡を思わせるものばかりである。しかし、袁傪は感嘆しながらも漠然と次のように感じていた。成程、作者の素質が第一流に属するものであることは疑いない。しかし、このままでは、第一流の作品となるのには、何処か（非常に微妙な点に於て）欠けるところがあるのではないか、と。

　旧詩を吐き終った李徴の声は、突然調子を変え、自らを嘲るか如くに言った。

羞しいことだが、今でも、こんなあさましい身と成り果てた今でも、己は、己の詩集が長安風流人士の机の上に置かれている様を、夢に見ることがあるのだ。岩窟の中に横たわって見る夢にだよ。嗤ってくれ。詩人に成りそこなって虎になった哀れな男を。（袁傪は昔の青年李徴の自嘲癖を思出しながら、哀しく聞いていた。）そうだ。お笑い草ついでに、今の懐を即席の詩に述べて見ようか。この虎の中に、まだ、曾ての李徴が生きているしるしに。

袁傪は又下吏に命じてこれを書きとらせた。その詩に言う。

偶因狂疾成殊類　災患相仍不可逃
今日爪牙誰敢敵　当時声跡共相高
我為異物蓬茅下　君已乗軺気勢豪
此夕渓山対明月　不成長嘯但成嘷

時に、残月、光冷やかに、白露は地に滋く、樹間を渡る冷風は既に暁の近きを告げていた。人々は最早、事の奇異を忘れ、粛然として、この詩人の薄倖を嘆じた。李徴の声は再び続ける。

何故こんな運命になったか判らぬと、先刻は言ったが、しかし、考えように依れば、思い当ることが全然ないでもない。人間であった時、己は努めて人との交を避けた。人々は己を倨傲だ、尊大だといった。実は、それが殆ど羞恥心に近いものであることを、人々は知らなかった。勿論、曾ての郷党の鬼才といわれた自分に、自尊心が無かったとは云わない。しかし、それは臆病な自尊心とでもいうべきものであった。己は詩によって名を成そうと思いながら、進んで師に就いたり、求めて詩友と交って切磋琢磨に努めたりすることをしなかった。かといって、又、己は俗物の間に伍することも潔しとしなかった。共に、我が臆病な自尊心と、尊大な羞恥心との所為である。己の珠に非ざることを惧れるが故に、敢て刻苦して磨こうともせず、又、己の珠なるべきを半ば信ずるが故に、碌々として瓦に伍することも出来なかった。己は次第に世と離れ、人と遠ざかり、憤悶と慙恚とによって益々己の内なる臆病な自尊心を飼いふとらせる結果になった。人間は誰でも猛獣使であり、その猛獣に当るのが、各人の性情だという。己の場合、この尊大な羞恥心が猛獣だった。虎だったのだ。これが己を損い、妻子を苦しめ、友人を傷つけ、果ては、己の外形をかくの如く、内心にふさわしいものに変えて了ったのだ。今思えば、全く、己は、己の有っていた僅かばかりの才能を空費して了った訳だ。人生は何事をも為さぬには余りに長いが、何事かを為すには余りに短いなどと口先ばかりの警句を弄しながら、事実は、才能の不足を暴露するかも知れないとの卑怯な危惧と、刻苦を厭う怠惰とが己の凡てだったのだ。己よりも遥かに乏しい才能でありながら、それを専一に磨いたがために、堂々たる詩家となった者が幾らでもいるのだ。虎と成り果てた今、己は漸くそれに気が付いた。それを思うと、己は今も胸を灼かれるような悔を感じる。己には最早人間としての生活は出来ない。たとえ、今、己が頭の中で、どんな優れた詩を作ったにしたところで、どういう手段で発表できよう。まして、己の頭は日毎に虎に近づいて行く。どうすればいいのだ。己の空費された過去は？　己は堪らなくなる。そういう時、己は、向うの山の頂の巖に上り、空谷に向って吼える。この胸を灼く悲しみを誰かに訴えたいのだ。己は昨夕も、彼処で月に向って咆えた。誰かにこの苦しみが分って貰えないかと。しかし、獣どもは己の声を聞いて、唯、懼れ、ひれ伏すばかり。山も樹も月も露も、一匹の虎が怒り狂って、哮っているとしか考えない。天に躍り地に伏して嘆いても、誰一人己の気持を分ってくれる者はない。ちょうど、人間だった頃、己の傷つき易い内心を誰も理解してくれなかったように。己の毛皮の濡れたのは、夜露のためばかりではない。

　漸く四辺の暗さが薄らいで来た。木の間を伝って、何処からか、暁角が哀しげに響き始めた。

　最早、別れを告げねばならぬ。酔わねばならぬ時が、（虎に還らねばならぬ時が）近づいたから、と、李徴の声が言った。だが、お別れする前にもう一つ頼みがある。それは我が妻子のことだ。彼等は未だ虢略にいる。固より、己の運命に就いては知る筈(はず)がない。君が南から帰ったら、己は既に死んだと彼等に告げて貰えないだろうか。決して今日のことだけは明かさないで欲しい。厚かましいお願だが、彼等の孤弱を憐(あわ)れんで、今後とも道途(どうと)に飢凍(きとう)することのないように計らって戴けるならば、自分にとって、恩倖(おんこう)、これに過ぎたるは莫(な)い。

言終って、叢中から慟哭(どうこく)の声が聞えた。袁もまた涙を泛(うか)べ、欣(よろこ)んで李徴の意に副(そ)いたい旨(むね)を答えた。李徴の声はしかし忽(たちま)ち又先刻の自嘲的な調子に戻(もど)って、言った。

本当は、先(ま)ず、この事の方を先にお願いすべきだったのだ、己が人間だったなら。飢え凍えようとする妻子のことよりも、己(おのれ)の乏しい詩業の方を気にかけているような男だから、こんな獣に身を堕(おと)すのだ。

そうして、附加(つけくわ)えて言うことに、袁傪が嶺南からの帰途には決してこの途(みち)を通らないで欲しい、その時には自分が酔っていて故人(とも)を認めずに襲いかかるかも知れないから。又、今別れてから、前方百歩の所にある、あの丘に上ったら、此方(こちら)を振りかえって見て貰いたい。自分は今の姿をもう一度お目に掛けよう。勇に誇ろうとしてではない。我が醜悪な姿を示して、以(もっ)て、再び此処(ここ)を過ぎて自分に会おうとの気持を君に起させない為であると。

袁傪は叢に向って、懇(ねんご)ろに別れの言葉を述べ、馬に上った。叢の中からは、又、堪(た)え得ざるが如き悲泣(ひきゅう)の声が洩(も)れた。袁傪も幾度か叢を振返りながら、涙の中に出発した。

一行が丘の上についた時、彼等は、言われた通りに振返って、先程の林間の草地を眺(なが)めた。忽ち、一匹の虎が草の茂みから道の上に躍り出たのを彼等は見た。虎は、既に白く光を失った月を仰いで、二声三声咆哮(ほうこう)したかと思うと、又、元の叢に躍り入って、再びその姿を見なかった。

底本：『李陵・山月記』新潮文庫、新潮社
1969(昭和44)年9月20日発行

◎作品を読み解くポイント（解説編）

A：李徴は何故虎になったのか。そこにどんな意味があるのか

自らの欲や攻撃性、猛獣のような性格によって虎になったと推測されるが、はっきりしたものではない。しかし、「心が体に投影される」というメッセージは感じられる。

B：李徴が変身した理由は、ベースの逸話（未亡人との逢瀬を妨げられたため、一家を焼き殺した報いで変身）と異なる。そこにどんな意味があるのか

「悪行をなした悪人が地獄行きになる」のように原因がはっきりした逸話を、より精神的で奥深い物語に変化させた。

C：袁傪が感じた「李徴の詩に欠けているもの」とはなにか

これは様々に解釈があるが、やはり「愛情」や「人間性」、「他者への理解」ではないか。

本作は非常にメッセージ性が強い作品だ。エンタメ作品も含めて、小説は全般に「誰かに何かを伝えたい」からこそ書かれる傾向にあるが、中島敦の作品には特にそれが感じられる。

作者がこの作品に何を込めているのか、何を言いたいのか、何をよしとしているのか、自分の何を投影しているのか。それらを考えながら作品を味わうことで、単に創作に活かすということ以上の収穫があるのではないだろうか。

メッセージをどのように作品の中に盛り込むのか。どうすればそのメッセージがぶれることなく、読者に伝わり、逆にどうすると「受け手にとってはどちらとも取れる」ものになるのか。どちらにも取れる場合、その曖昧さが想像力をかきたて、またそのテーマについて読者が考える機会となる。他の人がどんな印象を受けたのか、自分と似たような印象を受けた人がどのくらいいるのか、ということにも、機会があればアンテナを向けて欲しい。また新しい発見があることだろう。

そして『山月記』を語る上で外せない、重要なキーワードがあと2つある。それは「臆病な自尊心」と「尊大な羞恥心」である。作品の中で、この2つのために自分は虎になったのだろうと李徴は語っている。この言葉が印象に残った読者も、多いのではないだろうか。

では、それが意味するところはなんだろうか？

これはぜひ、読者であるあなたに、自分なりの答えを出してもらいたい。だから敢えて、筆者サイドの考えを述べることは控えようと思う。とはいえ、考えるきっかけは提示しておきたい。

「自尊心」とはつまりプライド。それには自己肯定の気持ちが、少なからず存在する。場合によっては「自信」「自負」の意味を含むこともあるだろう。だが、それが「臆病」であるというのだ。

「羞恥心」は言わずもがな、恥ずかしがる気持ちだ。自信がなく、なかなか表に出せない、隠してしまうような感情だろう。だが、それが「尊大」、つまり偉そう、威張っているというのだ。

これら2つのキーワードは、ともにちぐはぐな2つの言葉の組み合わせなのである。しかし、だからこそこれらの言葉は、李徴の性質を表している。さてつまり……？

あなたなりの答えは、見つかっただろうか。

◎エンタメに役立つポイント

読者にとってうつしかがみのような存在になり得る、李徴というキャラクター（才能に溺れる、というのはありそう）。「自己が変化する恐怖」はホラーの定番。

◎若手女流作家が選ぶ推しの一文

本当は、先ず、この事の方を先にお願いすべきだったのだ、己が人間だったなら。

李徴が袁傪に、詩のことを頼み、そして最後に妻子について頼んだ後の台詞。李徴が自分の利己心に気づき、また人間であることを諦めてしまったようにも取れる、寂しいシーンだ。李徴の後悔を、読者に切々と訴えかける。

また作家として身を立てたい私も、ここまでではないにしろ、利己心とモラル、あるいは世間とのズレを感じることがある。私にとって、我が身を振り返らせる一文でもあった。

（粟江）

理由も分らずに押付けられたものを大人しく受取って、理由も分らずに生きて行くのが、我々生きもののさだめだ。

言われてみればそうだと気づくが、普段は意識せずに日々を過ごしているからか、ハッとさせられた一文。理性的で冷静な考えを持ちつつも、己の欲望が一番だったから虎になってしまった李徴。誰もが彼になり得るのではないか。

（鳥居）

しかし、その時、眼の前を一匹の兎が駆け過ぎるのを見た途端に、自分の中の人間は忽ち姿を消した。

虎になった李徴が初めて我を失い、初めて虎としての狩りを行う直前の一文。きっかけはたった1羽の兎であった。次に我に返った時、口元は血にまみれ、辺りには兎の毛が散らばっている。この一文から彼の身に何が起こったのか、容易に想像出来てしまうだけでなく、その先に待ち受ける絶望もまた見えてくる、とても印象的で悲しい一文ではないだろうか。

（菅沼）

◎同作者の代表的な作品

・『名人伝』

弓の名人になろうと欲した男は、弓を引かないのに鳥が落ちる「不射之射」を身に着けようとする。修業が終わった男は別人のようで、他人に弓の技を見せないが、周囲の人は彼を名人と褒める。

『山月記』と並んで知られた作品で、ぜひ読んでほしい。果たして男は名人になれたのか、それとも……？

・『悟浄出世』『悟浄歎異―沙門悟浄の手記―』

ともに『西遊記』において三蔵一行の中でも脇役的存在である沙悟浄（日本では河童として知られる）を主人公にした短編。この他にも『西遊記』ものは書かれる予定であったとされるが、著者没により途絶。

内向的なキャラクター性、また鬱屈と懊悩（おうのう）とそこからの脱出はライトノベルにも通じる。また「脇役の苦しみ」「普通の人の苦しみと英雄へのあこがれ」というのは、多くの読者にとって身近で親しみやすいものではないだろうか。

・『李陵』

古代中国、前漢の時代を生きた3人の人物――異民族に囚われてその家臣となった李陵、同じく囚われながらその忠誠を曲げなかった蘇武、そして李陵を庇ったがゆえにひどい目にあった歴史家・司馬遷（史記の作者）――を描いた物語。

3人はそれぞれの人生、それぞれの末路を遂げる。

人によっては「誰の生き方が好ましい」と感じるかもしれないが、作中においては優劣はついていないように見える。このようなキャラクターの対比と運命の残酷さを感じさせる手法は、エンタメ作品においても多用され、有効に活用できるやり方である。

今回の作品を読んだ後におすすめのライトノベル・エンタメ作品

・白川紺子『後宮の烏』

後宮の妃は皇帝の夜伽（よとぎ）をするのが役目だ。しかし、ひとりだけその役目を果たさぬ女がいる。不思議な術を用いる烏妃と皇帝が出会う時、怪奇な物語が始まる。

中国もの定番の後宮ものにファンタジックな色合いを足した作品。中国のオカルチックな匂いもなじむ。

・隆慶一郎『鬼麿斬人剣』

伝説的な刀鍛冶・源清麿の弟子の鬼麿が、師匠の遺命により彼が残した駄作を折るための旅をする物語。

芸術家、達人の心のあり方を盛り込みつつ、『名人伝』よりも強烈にエンターテインメントに仕上げている。メッセージの中にいかに面白味を与えていくか、という点では大いに参考になるのではないか。

・田中芳樹『岳飛伝』

中国を舞台にしつつ、架空ではなく史実を存分に使って……という点でおすすめのシリーズのひとつである。『水滸伝』の少し後の時代、乱れた中国を正すために活躍する英雄たちの物語。

『三国志』『水滸伝』などは有名だが、それ以外の時代の中国にも魅力的な物語は多数存在する。その点にも注目してもらいたい。

・小野不由美『十二国記』

古代中国風世界でファンタジー、といえばやはりこれ。現代人が異世界に渡ることでの共感、過酷な世界で生きることへの苦しさと喜び、さらには箱庭的世界への違和感と、多くのメッセージが詰め込まれつつ、キャラクターの魅力によってしっかりとエンターテインメントが成立していることに注目してほしい。

・雪乃紗衣『彩雲国物語』

同じ中国ものでもぐっと軽くしてこういう作品も。頑張る女の子と周りを固める美形たちという少女系ライトノベルの基本パターンを踏襲しつつ、中国風世界ならではの官僚制も丁寧に描いている。物語は見せ方次第ということの見本だ。

『桜の森の満開の下』

坂口安吾

Sakaguchi Ango

◎作家紹介

坂口安吾：1906年10月20日～1955年2月17日

昭和期に活躍した作家。新潟県生まれ。父坂口仁一郎、母アサの五男で、13人兄妹の12番目。本名は炳吾。父は新潟新聞社社長で衆議院議員という名家だった。

中学校ではほとんど授業に出席せず小説に耽溺し、落第。中学卒業後は代用教員になるも、1926年（20歳）に、仏教を研究するため東洋大学印度哲学科に入学。在学中に語学学校にも通う。

大学を卒業した1930年（24歳）11月、友人らと同人誌『言葉』を創刊。翌年、処女作『木枯の酒倉から』を発表。以後、次々に作品を発表し、文壇に認められる。

1947年（41歳）6月、雑誌『肉体』に『桜の森の満開の下』を発表。

1955年2月、高知からの取材旅行から帰宅して2日後、脳出血を起こして急逝。享年48歳。

太宰治と並んで無頼派（反俗、反秩序を基とする無頼的姿勢を特徴とする作家集団）の代表的な作家である。

◎『桜の森の満開の下』あらすじ

鈴鹿峠に、山賊の男が住んでいた。山賊はこの山も谷もすべて自分のものだと思っていたが、桜の森だけは恐ろしさを感じて近寄らなかった。

山賊はある日、都からの旅人である夫婦を襲う。女の美しさに心奪われた山賊は、亭主を殺し、女を自分の8人目の女房にする。山賊は女が望むままに人を殺し……。

◎作品を読み解くポイント

残忍なシーンも多いが、そのインパクトにのみ囚われることなく、その中に込められているメッセージを探し、もらいたい。

A：山賊と8番目の妻の関係性にどんなメッセージ性があるか

B：なぜ山賊は桜の森に恐れを感じていたのか、そして後に戻ってきたとき、その恐れを感じなかったのはなぜか

C：山賊が最後に消えてしまったのはなぜか

〔作品本文〕

桜の花が咲くと人々は酒をぶらさげたり団子をたべて花の下を歩いて絶景だの春ランマンだのと浮かれて陽気になりますが、これは嘘です。なぜ嘘かと申しますと、桜の花の下へ人がより集って酔っ払ってゲロを吐いて喧嘩して、これは江戸時代からの話で、大昔は桜の花の下は怖しいと思っても、絶景だなどとは誰も思いませんでした。近頃は桜の花の下といえば人間がより集って酒をのんで喧嘩していますから陽気でにぎやかだと思いこんでいますが、桜の花の下から人間を取り去ると怖ろしい景色になりますので、能にも、さる母親が愛児を人さらいにさらわれて子供を探して発狂して桜の花の満開の林の下へ来かかり見渡す花びらの陰に子供の幻を描いて狂い死して花びらに埋まってしまう（このところ小生の蛇足）という話もあり、桜の林の花の下に人の姿がなければ怖しいばかりです。

昔、鈴鹿峠にも旅人が桜の森の花の下を通らなければならないような道になっていました。花の咲かない頃はよろしいのですが、花の季節になると、旅人はみんな森の花の下で気が変になりました。できるだけ早く花の下から逃げようと思って、青い木や枯れ木のある方へ一目散に走りだしたものです。一人だとまだよいので、なぜかというと、花の下を一目散に逃げて、あたりまえの木の下へくるとホッとしてヤレヤレと思って、すむからですが、二人連は都合が悪い。なぜなら人間の足の早さは各人各様で、一人が遅れますから、オイ待ってくれ、後から必死に叫んでも、みんな気違いで、友達をすてて走ります。それで鈴鹿峠の桜の森の花の下を通過したとたんに今迄仲のよかった旅人が仲が悪くなり、相手の友情を信用しなくなります。そんなことから旅人も自然に桜の森の下を通らないで、わざわざ遠まわりの別の山道を歩くようになり、やがて桜の森は街道を外れて人の子一人通らない山の静寂へとり残されてしまいました。

そうなって何年かあとに、この山に一人の山賊が住みはじめましたが、この山賊はずいぶんむごたらしい男で、街道へでて情容赦なく着物をはぎ人の命も断ちましたが、こんな男でも桜の森の花の下へくるとやっぱり怖しくなって気が変になりました。そこで山賊はそれ以来花がきらいで、花というものは怖しいものだな、なんだか厭なものだ、そういう風に腹の中では呟いていました。花の下では風がないのにゴウゴウ風が鳴っているような気がしました。そのくせ風がちっともなく、一つも物音がありません。自分の姿と跫音ばかりで、それがひっそり冷めたいそして動かない風の中につつまれていました。花びらがぽそぽそ散るように魂が散っていのちがだんだん衰えて行くように思われます。それで目をつぶって何か叫んで逃げたくなりますが、目をつぶると桜の木にぶつかるので目をつぶるわけにも行きませんから、一そう気違いになるのでした。

　けれども山賊は落付いた男で、後悔ということを知らない男ですから、これはおかしいと考えたのです。ひとつ、来年、考えてやろう。そう思いました。今年は考える気がしなかったのです。そして、来年、花がさいたら、そのときじっくり考えようと思いました。毎年そう考えて、もう十何年もたち、今年も亦、来年になったら考えてやろうと思って、又、年が暮れてしまいました。

　そう考えているうちに、始めは一人だった女房がもう七人にもなり、八人目の女房を又街道から女の亭主の着物と一緒にさらってきました。女の亭主は殺してきました。

　山賊は女の亭主を殺す時から、どうも変だと思っていました。いつもと勝手が違うのです。どこということは分らぬけれども、変てこで、けれども彼の心は物にこだわることに慣れませんので、そのときも格別深く心にとめませんでした。

　山賊は始めは男を殺す気はなかったので、身ぐるみ脱がせて、いつもするようにとっとと失せろと蹴とばしてやるつもりでしたが、女が美しすぎたので、ふと、男を斬りすてていました。彼自身に思いがけない出来事であったばかりでなく、女にとっても思いがけない出来事だったしるしに、山賊がふりむくと女は腰をぬかして彼の顔をぼんやり見つめました。今日からお前は俺の女房だと言うと、女はうなずきました。手をとって女を引き起すと、女は歩けないからオブっておくれと言います。山賊は承知承知と女を軽々と背負って歩きましたが、険しい登り坂へきて、ここは危いから降りて歩いて貰おうと言っても、女はしがみついて厭々、厭ヨ、と言って降りません。

「お前のような山男が苦しがるほどの坂道をどうして私が歩けるものか、考えてごらんよ」

「そうか、そうか、よしよし」と男は疲れて苦しくても好機嫌でした。「でも、一度だけ降りておくれ。私は強いのだから、苦しくて、一休みしたいというわけじゃないぜ。眼の玉が頭の後側にあるというわけのものじゃないから、さっきからお前さんをオブっていてもなんとなくもどかしくて仕方がないのだよ。一度だけ下へ降りてかわいい顔を拝ましてもらいたいものだ」

「厭よ、厭よ」と、又、女はやけに首っ玉にしがみつきました。「私はこんな淋しいところに一っときもジッとしていられないヨ。お前のうちのあるところまで一っときも休まず急いでおくれ。さもないと、私はお前の女房になってやらないよ。私にこんな淋しい思いをさせるなら、私は舌を噛んで死んでしまうから」

「よしよし。分った。お前のたのみはなんでもきいてやろう」

山賊はこの美しい女房を相手に未来のたのしみを考えて、とけるような幸福を感じました。彼は威張りかえって肩を張って、前の山、後の山、右の山、左の山、ぐるりと一廻転して女に見せて、

「これだけの山という山がみんな俺のものなんだぜ」

と言いましたが、女はそんなことにはてんで取りあいません。彼は意外に又残念で、

「いいかい。お前の目に見える山という山、木という木、谷という谷、その谷からわく雲まで、みんな俺のものなんだぜ」

「早く歩いておくれ。私はこんな岩コブだらけの崖の下にいたくないのだから」

「よし、よし。今にうちにつくと飛びきりの御馳走をこしらえてやるよ」

「お前はもっと急げないのかえ。走っておくれ」

「なかなかこの坂道は俺が一人でもそうは駈けられない難所だよ」

「お前も見かけによらない意気地なしだねえ。私としたことが、とんだ甲斐性(かいしょ)なしの女房になってしまった。ああ、ああ。これから何をたよりに暮したらいいのだろう」

「なにを馬鹿な。これぐらいの坂道が」

「アア、もどかしいねえ。お前はもう疲れたのかえ」

「馬鹿なことを。この坂道をつきぬけると、鹿もかなわぬように走ってみせるから」

「でもお前の息は苦しそうだよ。顔色が青いじゃないか」

「なんでも物事の始めのうちはそういうものさ。今に勢いのはずみがつけば、お前が背中で目を廻すぐらい速く走るよ」

　けれども山賊は身体が節々からバラバラに分かれてしまったように疲れていました。そしてわが家の前へ辿(たど)りついたときには目もくらみ耳もなり嗄(しわが)れ声のひときれをふりしぼる力もありません。家の中から七人の女房が迎えに出てきましたが、山賊は石のようにこわばった身体をほぐして背中の女を下すだけで勢一杯でした。

　七人の女房は今迄に見かけたこともない女の美しさに打たれましたが、女は七人の女房の汚さに驚きました。七人の女房の中には昔はかなり綺麗な女もいたのですが今は見る影もありません。女は薄気味悪がって男の背へしりぞいて、

「この山女は何なのよ」

「これは俺の昔の女房なんだよ」

　と男は困って「昔の」という文句を考えついて加えたのはとっさの返事にしては良く出来ていましたが、女は容赦がありません。

「まア、これがお前の女房かえ」

「それは、お前、俺はお前のような可愛いい女がいようとは知らなかったのだからね」

「あの女を斬り殺しておくれ」

　女はいちばん顔形のととのった一人を指して叫びました。

「だって、お前、殺さなくっとも、女中だと思えばいいじゃないか」

「お前は私の亭主を殺したくせに、自分の女房が殺せないのかえ。お前はそれでも私を女房にするつもりなのかえ」

男の結ばれた口から呻（うめ）きがもれました。男はとびあがるように一躍りして指された女を斬り倒していました。然し、息つくひまもありません。

「この女よ。今度は、それ、この女よ」

男はためらいましたが、すぐズカズカ歩いて行って、女の頸（くび）へザクリとダンビラを斬りこみました。首がまだコロコロととまらぬうちに、女のふっくらツヤのある透きとおる声は次の女を指して美しく響いていました。

「この女よ。今度は」

指された女は両手に顔をかくしてキャーという叫び声をはりあげました。その叫びにふりかぶって、ダンビラは宙を閃いて走りました。残る女たちは俄（にわか）に一時に立上って四方に散りました。

「一人でも逃したら承知しないよ。藪（やぶ）の陰にも一人いるよ。上手へ一人逃げて行くよ」

男は血刀をふりあげて山の林を駈け狂いました。たった一人逃げおくれて腰をぬかした女がいました。それはいちばん醜くて、ビッコの女でしたが、男が逃げた女を一人あまさず斬りすてて戻ってきて、無造作にダンビラをふりあげますと、

「いいのよ。この女だけは。これは私が女中に使うから」

「ついでだから、やってしまうよ」

「バカだね。私が殺さないでおくれと言うのだよ」

「アア、そうか。ほんとだ」

男は血刀を投げすてて尻もちをつきました。疲れがどッとこみあげて目がくらみ、土から生えた尻のように重みが分ってきました。ふと静寂に気がつきました。とびたつような怖ろしさがこみあげ、ぎょッとして振向くと、女はそこにいくらかやる瀬ない風情でたたずんでいます。男は悪夢からさめたような気がしました。そして、目も魂も自然に女の美しさに吸いよせられて動かなくなっ

てしまいました。けれども男は不安でした。どういう不安だか、なぜ、不安だか、何が、不安だか、彼には分らぬのです。女が美しすぎて、彼の魂がそれに吸いよせられていたので、胸の不安の波立ちをさして気にせずにいられただけです。

なんだか、似ているようだな、と彼は思いました。似たことが、いつか、あった、それは、と彼は考えました。アア、そうだ、あれだ。気がつくと彼はびっくりしました。

桜の森の満開の下です。あの下を通る時に似ていました。どこが、何が、どんな風に似ているのだか分りません。けれども、何か、似ていることは、たしかでした。彼にはいつもそれぐらいのことしか分らず、それから先は分らなくても気にならぬたちの男でした。

山の長い冬が終り、山のてっぺんの方や谷のくぼみに樹の陰に雪はポツポツ残っていましたが、やがて花の季節が訪れようとして春のきざしが空いちめんにかがやいていました。

今年、桜の花が咲いたら、と、彼は考えました。花の下にさしかかる時はまだそれほどではありません。それで思いきって花の下へ歩きこみます。だんだん歩くうちに気が変になり、前も後も右も左も、どっちを見ても上にかぶさる花ばかり、森のまんなかに近づくと怖しさに盲滅法たまらなくなるのでした。今年はひとつ、あの花ざかりの林のまんなかで、ジッと動かずに、いや、思いきって地べたに坐ってやろう、と彼は考えました。そのとき、この女もつれて行こうか、彼はふと考えて、女の顔をチラと見ると、胸さわぎがして慌てて目をそらしました。自分の肚（はら）が女に知れては大変だという気持が、なぜだか胸に焼け残りました。

★

女は大変なわがまま者でした。どんなに心をこめた御馳走をこしらえてやっても、必ず不服を言いました。彼は小鳥や鹿をとりに山を走りました。猪（いのしし）も熊もとりました。ビッコの女は木の芽や草の根をさがしてひねもす林間をさまよいました。然し女は満足を示したことはありません。

「毎日こんなものを私に食えというのかえ」

「だって、飛び切りの御馳走なんだぜ。お前がここへくるまでは、十日に一度ぐらいしかこれだけのものは食わなかったものだ」

「お前は山男だからそれでいいのだろうさ。私の喉は通らないよ。こんな淋しい山奥で、夜の夜長にきくものと云えば梟の声ばかり、せめて食べる物でも都に劣らぬおいしい物が食べられないものかねえ。都の風がどんなものか。その都の風をせきとめられた私の思いのせつなさがどんなものか、お前には察しることも出来ないのだね。お前は私から都の風をもぎとって、その代りにお前の呉れた物といえば鴉や梟の鳴く声ばかり。お前はそれを羞かしいとも、むごたらしいとも思わないのだよ」

女の怨じる言葉の道理が男には呑みこめなかったのです。なぜなら男は都の風がどんなものだか知りません。見当もつかないのです。この生活、この幸福に足りないものがあるという事実に就て思い当るものがない。彼はただ女の怨じる風情の切なさに当惑し、それをどのように処置してよいか目当に就て何の事実も知らないので、もどかしさに苦しみました。

今迄には都からの旅人を何人殺したか知れません。都からの旅人は金持で所持品も豪華ですから、都は彼のよい鴨で、せっかく所持品を奪ってみても中身がつまらなかったりするとチェッこの田舎者め、とか土百姓めとか罵ったもので、つまり彼は都に就てはそれだけが知識の全部で、豪華な所持品をもつ人達のいるところであり、彼はそれをまきあげるという考え以外に余念はありませんでした。都の空がどっちの方角だということすらも、考えてみる必要がなかったのです。

女は櫛だの笄だの簪だの紅だのを大事にしました。彼が泥の手や山の獣の血にぬれた手でかすかに着物にふれただけでも女は彼を叱りました。まるで着物が女のいのちであるように、そしてそれをまもることが自分のつとめであるように、身の廻りを清潔にさせ、家の手入れを命じます。その着物は一枚の小袖と細紐だけでは事足りず、何枚かの着物といくつもの紐と、そしてその紐は妙な形にむすばれ不必要に垂れ流されて、色々の飾り物をつけたすことによって一つの姿が完成されて行くのでした。男は目を見はりました。そして嘆声をもらしました。彼は納得させられたのです。かくして一つの美が成りたち、その美に彼が満たされている、それは疑る余地がない、個としては意味をもたない不完全かつ不可解な断片が集まることによって一つの物を完成する、その物を分解すれば無意味なる断片に帰する、それを彼は彼らしく一つの妙なる魔術として納得させられたのでした。

　男は山の木を切りだして女の命じるものを作ります。何物が、そして何用につくられるのか、彼自身それを作りつつあるうちは知ることが出来ないのでした。それは胡床と肱掛でした。胡床はつまり椅子です。お天気の日、女はこれを外へ出させて、日向に、又、木陰に、腰かけて目をつぶります。部屋の中では肱掛にもたれて物思いにふけるような、そしてそれは、それを見る男の目にはすべてが異様な、なまめかしく、なやましい姿に外ならぬのでした。魔術は現実に行われており、彼自らがその魔術の助手でありながら、その行われる魔術の結果に常に訝りそして嘆賞するのでした。

　ビッコの女は朝毎に女の長い黒髪をくしけずります。そのために用いる水を、男は谷川の特に遠い清水からくみとり、そして特別そのように注意を払う自分の労苦をなつかしみました。自分自身が魔術の一つの力になりたいということが男の願いになっていました。そして彼自身くしけずられる黒髪にわが手を加えてみたいものだと思います。いやよ、そんな手は、と女は男を払いのけて叱ります。男は子供のように手をひっこめて、てれながら、黒髪にツヤが立ち、結ばれ、そして顔があらわれ、一つの美が描かれ生まれてくることを見果てぬ夢に思うのでした。

「こんなものがなア」

　彼は模様のある櫛や飾のある笄をいじり廻しま

した。それは彼が今迄は意味も値打もみとめることのできなかったものでしたが、今も尚、物と物との調和や関係、飾りという意味の批判はありません。けれども魔力が分ります。魔力は物のいのちでした。物の中にもいのちがあります。

「お前がいじってはいけないよ。なぜ毎日きまったように手をだすのだろうね」

「不思議なものだなア」

「何が不思議なのさ」

「何がってこともないけどさ」

　と男はてれました。彼には驚きがありましたが、その対象は分らぬのです。

　そして男に都を怖れる心が生れていました。その怖れは恐怖ではなく、知らないということに対する羞恥と不安で、物知りが未知の事柄にいだく不安と羞恥に似ていました。女が「都」というたびに彼の心は怯え戦きました。けれども彼は目に見える何物も怖れたことがなかったので、怖れの心になじみがなく、羞じる心にも馴れていません。そして彼は都に対して敵意だけをもちました。

　何百何千の都からの旅人を襲ったが手に立つ者がなかったのだから、と彼は満足して考えました。どんな過去を思いだしても、裏切られ傷けられる不安がありません。それに気附くと、彼は常に愉快で又誇りやかでした。彼は女の美に対して自分の強さを対比しました。そして強さの自覚の上で多少の苦手と見られるものは猪だけでした。その猪も実際はさして怖るべき敵でもないので、彼はゆとりがありました。

「都には牙のある人間がいるかい」

「弓をもったサムライがいるよ」

「ハッハッハ。弓なら俺は谷の向うの雀の子でも落すのだからな。都には刀が折れてしまうような皮の堅い人間はいないだろう」

「鎧をきたサムライがいるよ」

「鎧は刀が折れるのか」

「折れるよ」

「俺は熊も猪も組み伏せてしまうのだからな」

「お前が本当に強い男なら、私を都へ連れて行っておくれ。お前の力で、私の欲しい物、都の粋を私の身の廻りへ飾っておくれ。そして私にシンから楽しい思いを授けてくれることができるなら、お前は本当に強い男なのさ」

「わけのないことだ」

男は都へ行くことに心をきめました。彼は都にありとある櫛や笄や簪や着物や鏡や紅を三日三晩とたたないうちに女の廻りへ積みあげてみせるつもりでした。何の気がかりもありません。一つだけ気にかかることは、まったく都に関係のない別なことでした。

それは桜の森でした。

二日か三日の後に森の満開が訪れようとしていました。今年こそ、彼は決意していました。桜の森の花ざかりのまんなかで、身動きもせずジッと坐っていてみせる。彼は毎日ひそかに桜の森へでかけて蕾のふくらみをはかっていました。あと三日、彼は出発を急ぐ女に言いました。

「お前に支度の面倒があるものかね」と女は眉をよせました。「じらさないでおくれ。都が私をよんでいるのだよ」

「それでも約束があるからね」

「お前がかえ。この山奥に約束した誰がいるのさ」

「それは誰もいないけれども、ね。けれども、約束があるのだよ」

「それはマア珍しいことがあるものだねえ。誰もいなくって誰と約束するのだえ」

男は嘘がつけなくなりました。

「桜の花が咲くのだよ」

「桜の花と約束したのかえ」

「桜の花が咲くから、それを見てから出掛けなければならないのだよ」

「どういうわけで」

「桜の森の下へ行ってみなければならないからだよ」

「だから、なぜ行って見なければならないのよ」

「花が咲くからだよ」

「花が咲くから、なぜさ」

「花の下は冷めたい風がはりつめているからだよ」

「花の下にかえ」

「花の下は涯がないからだよ」

「花の下がかえ」

男は分らなくなってクシャクシャしました。

「私も花の下へ連れて行っておくれ」

「それは、だめだ」

男はキッパリ言いました。

「一人でなくちゃ、だめなんだ」

女は苦笑しました。

男は苦笑というものを始めて見ました。そんな意地の悪い笑いを彼は今まで知らなかったのでした。そしてそれを彼は「意地の悪い」という風には判断せずに、刀で斬っても斬れないように、と判断しました。その証拠には、苦笑は彼の頭にハンを捺したように刻みつけられてしまったからです。それは刀の刃のように思いだすたびにチクチク頭をきりました。そして彼がそれを斬ることはできないのでした。

三日目がきました。

彼はひそかに出かけました。桜の森は満開でした。一足ふみこむとき、彼は女の苦笑を思いだしました。それは今までに覚えのない鋭さで頭を斬りました。それだけでもう彼は混乱していました。花の下の冷めたさは涯のない四方からドッと押し寄せてきました。彼の身体は忽ちその風に吹きさらされて透明になり、四方の風はゴウゴウと吹き通り、すでに風だけがはりつめているのでした。彼の声のみが叫びました。彼は走りました。何という虚空でしょう。彼は泣き、祈り、もがき、ただ逃げ去ろうとしていました。そして、花の下をぬけだしたことが分ったとき、夢の中から我にかえった同じ気持を見出しました。夢と違っていることは、本当に息も絶え絶えになっている身の苦しさでありました。

★

男と女とビッコの女は都に住みはじめました。

男は夜毎に女の命じる邸宅へ忍び入りました。着物や宝石や装身具も持ちだしましたが、それのみが女の心を充たす物ではありませんでした。女の何より欲しがるものは、その家に住む人の首でした。

彼等の家にはすでに何十の邸宅の首が集められていました。部屋の四方の衝立（ついたて）に仕切られて首は並べられ、ある首はつるされ、男には首の数が多すぎてどれがどれやら分らなくとも、女は一々覚えており、すでに毛がぬけ、肉がくさり、白骨になっても、どこのたれということを覚えていました。男やビッコの女が首の場所を変えると怒り、ここはどこの家族、ここは誰の家族とやかましく言いました。

女は毎日首遊びをしました。首は家来をつれて散歩にでます。首の家族へ別の首の家族が遊びに来ます。首が恋をします。女の首が男の首をふり、又、男の首が女の首をすてて女の首を泣かせることもありました。

姫君の首は大納言の首にだまされました。大納言の首は月のない夜、姫君の首の恋する人の首のふりをして忍んで行って契（ちぎ）りを結びます。契りの後に姫君の首が気がつきます。姫君の首は大納言の首を憎むことができず我が身のさだめの悲しさに泣いて、尼になるのでした。すると大納言の首は尼寺へ行って、尼になった姫君の首を犯します。姫君の首は死のうとしますが大納言のささやきに負けて尼寺を逃げて山科（やましな）の里へかくれて大納言の首のかこい者となって髪の毛を生やします。姫君の首も大納言の首ももはや毛がぬけ肉がくさりウジ虫がわき骨がのぞけていました。二人の首は酒もりをして恋にたわぶれ、歯の骨と歯の骨と噛み合ってカチカチ鳴り、くさった肉がペチャペチャくっつき合い鼻もつぶれ目の玉もくりぬけていました。

ペチャペチャとくッつき二人の顔の形がくずれるたびに女は大喜びで、けたたましく笑いさざめきました。

「ほれ、ホッペタを食べてやりなさい。ああおいしい。姫君の喉もたべてやりましょう。ハイ、目の玉もかじりましょう。すすってやりましょうね。ハイ、ペロペロ。アラ、おいしいね。もう、たまらないのよ、ねえ、ほら、ウンとかじりついてやれ」

女はカラカラ笑います。綺麗(きれい)な澄んだ笑い声です。薄い陶器が鳴るような爽やかな声でした。

坊主の首もありました。坊主の首は女に憎がられていました。いつも悪い役をふられ、憎まれて、嬲(なぶ)り殺しにされたり、役人に処刑されたりしました。坊主の首は首になって後に却(かえ)って毛が生え、やがてその毛もぬけてくさりはて、白骨になりました。白骨になると、女は別の坊主の首を持ってくるように命じました。新しい坊主の首はまだうら若い水々しい稚子(ちご)の美しさが残っていました。女はよろこんで机にのせ酒をふくませ頬ずりして舐(な)めたりくすぐったりしましたが、じきあきました。

「もっと太った憎たらしい首よ」

女は命じました。男は面倒になって五ツほどブラさげて来ました。ヨボヨボの老僧の首も、眉の太い頬っぺたの厚い、蛙(かえる)がしがみついているような鼻の形の顔もありました。耳のとがった馬のような坊主の首も、ひどく神妙な首の坊主もありました。けれども女の気に入ったのは一つでした。それは五十ぐらいの大坊主の首で、ブ男で目尻がたれ、頬がたるみ、唇が厚くて、その重さで口があいているようなだらしのない首でした。女はたれた目尻の両端を両手の指の先で押えて、クリクリと吊りあげて廻したり、獅子鼻(ししばな)の孔へ二本の棒をさしこんだり、逆さに立ててころがしたり、だきしめて自分のお乳を厚い唇の間へ押しこんでシャブらせたりして大笑いしました。けれどもじきにあきました。

美しい娘の首がありました。清らかな静かな高貴な首でした。子供っぽくて、そのくせ死んだ顔ですから妙に大人びた憂いがあり、閉じられたマブタの奥に楽しい思いも悲しい思いもマセた思いも一度にゴッちゃに隠されているようでした。女はその首を自分の娘か妹のように可愛がりました。黒い髪の毛をすいてやり、顔にお化粧してやりました。ああでもない、こうでもないと念を入れて、花の香りのむらだつようなやさしい顔が浮きあがりました。

娘の首のために、一人の若い貴公子の首が必要でした。貴公子の首も念入りにお化粧され、二人の若者の首は燃え狂うような恋の遊びにふけります。すねたり、怒ったり、憎んだり、嘘をついたり、だましたり、悲しい顔をしてみせたり、けれども二人の情熱が一度に燃えあがるときは一人の火がめいめい他の一人を焼きこがしてどっちも焼かれて舞いあがる火焔になって燃えまじりました。けれども間もなく悪侍だの色好みの大人だの悪僧だの汚い首が邪魔にでて、貴公子の首は蹴られて打たれたあげくに殺されて、右から左から前から後から汚い首がゴチャゴチャ娘に挑みかかって、娘の首には汚い首の腐った肉がへばりつき、牙のような歯に食いつかれ、鼻の先が欠けたり、毛がむしられたりします。すると女は娘の首を針でつついて穴をあけ、小刀で切ったり、えぐったり、誰の首よりも汚らしい目も当てられない首にして投げだすのでした。

男は都を嫌いました。都の珍らしさも馴れてしまうと、なじめない気持ばかりが残りました。彼も都では人並に水干を着ても脛をだして歩いていました。白昼は刀をさすことも出来ません。市へ買物に行かなければなりませんし、白首のいる居酒屋で酒をのんでも金を払わねばなりません。市の商人は彼をなぶりました。野菜をつんで売りにくる田舎女も子供までなぶりました。白首も彼を笑いました。都では貴族は牛車で道のまんなかを通ります。水干をきた跣足の家来はたいがいふるまい酒に顔を赤くして威張りちらして歩いて行きました。彼はマヌケだのバカだのノロマだのと市でも路上でもお寺の庭でも怒鳴られました。それでもうそれぐらいのことには腹が立たなくなっていました。

男は何よりも退屈に苦しみました。人間共というものは退屈なものだ、と彼はつくづく思いました。彼はつまり人間がうるさいのでした。大きな犬が歩いていると、小さな犬が吠えます。男は吠えられる犬のようなものでした。彼はひがんだり嫉んだりすねたり考えたりすることが嫌いでした。

山の獣や樹や川や鳥はうるさくはなかったがな、と彼は思いました。

「都は退屈なところだなア」と彼はビッコの女に言いました。「お前は山へ帰りたいと思わないか」

「私は都は退屈ではないからね」

　とビッコの女は答えました。ビッコの女は一日中料理をこしらえ洗濯し近所の人達とお喋りしていました。

「都ではお喋りができるから退屈しないよ。私は山は退屈で嫌いさ」

「お前はお喋りが退屈でないのか」

「あたりまえさ。誰だって喋っていれば退屈しないものだよ」

「俺は喋れば喋るほど退屈するのになあ」

「お前は喋らないから退屈なのさ」

「そんなことがあるものか。喋ると退屈するから喋らないのだ」

「でも喋ってごらんよ。きっと退屈を忘れるから」

「何を」

「何でも喋りたいことをさ」

「喋りたいことなんかあるものか」

　男はいまいましがってアクビをしました。

　都にも山がありました。然し、山の上には寺があったり庵があったり、そして、そこには却って多くの人の往来がありました。山から都が一目に見えます。なんというたくさんの家だろう。そして、なんという汚い眺めだろう、と思いました。

　彼は毎晩人を殺していることを昼は殆ど忘れていました。なぜなら彼は人を殺すことにも退屈しているからでした。何も興味はありません。刀で叩くと首がポロリと落ちているだけでした。首はやわらかいものでした。骨の手応えはまったく感じることがないもので、大根を斬るのと同じようなものでした。その首の重さの方が彼には余程意外でした。

　彼には女の気持が分るような気がしました。鐘つき堂では一人の坊主がヤケになって鐘をついています。何というバカげたことをやるのだろうと彼は思いました。何をやりだすか分りません。こういう奴等と顔を見合って暮すとしたら、俺でも奴等を首にして一緒に暮すことを選ぶだろうさ、と思うのでした。

けれども彼は女の欲望にキリがないので、そのことにも退屈していたのでした。女の欲望は、いわば常にキリもなく空を直線に飛びつづけている鳥のようなものでした。休むひまなく常に直線に飛びつづけているのです。その鳥は疲れません。常に爽快に風をきり、スイスイと小気味よく無限に飛びつづけているのでした。

けれども彼はただの鳥でした。枝から枝を飛び廻り、たまに谷を渉（わた）るぐらいがせいぜいで、枝にとまってうたたねしている梟にも似ていました。彼は敏捷（びんしょう）でした。全身がよく動き、よく歩き、動作は生き生きしていました。彼の心は然し尻の重たい鳥なのでした。彼は無限に直線に飛ぶことなどは思いもよらないのです。

男は山の上から都の空を眺めています。その空を一羽の鳥が直線に飛んで行きます。空は昼から夜になり、夜から昼になり、無限の明暗がくりかえしつづきます。その涯に何もなくいつまでたってもただ無限の明暗があるだけ、男は無限を事実に於て納得することができません。その先の日、その先の日、その又先の日、明暗の無限のくりかえしを考えます。彼の頭は割れそうになりました。それは考えの疲れでなしに、考えの苦しさのためでした。

家へ帰ると、女はいつものように首遊びに耽（ふけ）っていました。彼の姿を見ると、女は待ち構えていたのでした。

「今夜は白拍子（しらびょうし）の首を持ってきておくれ。とびきり美しい白拍子の首だよ。舞いを舞わせるのだから。私が今様（いまよう）を唄ってきかせてあげるよ」

男はさっき山の上から見つめていた無限の明暗を思いだそうとしました。この部屋があのいつまでも涯のない無限の明暗のくりかえしの空の筈ですが、それはもう思いだすことができません。そして女は鳥ではなしに、やっぱり美しいいつもの女でありました。けれども彼は答えました。

「俺は厭だよ」

女はびっくりしました。そのあげくに笑いだしました。

「おやおや。お前も臆病風に吹かれたの。お前もただの弱虫ね」

「そんな弱虫じゃないのだ」

「じゃ、何さ」

「キリがないから厭になったのさ」

「あら、おかしいね。なんでもキリがないものよ。毎日毎日ごはんを食べて、キリがないじゃないか。毎日毎日ねむって、キリがないじゃないか」

「それと違うのだ」

「どんな風に違うのよ」

男は返事につまりました。けれども違うと思いました。それで言いくるめられる苦しさを逃れて外へ出ました。

「白拍子の首をもっておいで」

女の声が後から呼びかけましたが、彼は答えませんでした。

彼はなぜ、どんな風に違うのだろうと考えましたが分りません。だんだん夜になりました。彼は又山の上へ登りました。もう空も見えなくなっていました。

彼は気がつくと、空が落ちてくることを考えていました。空が落ちてきます。彼は首をしめつけられるように苦しんでいました。それは女を殺すことでした。

空の無限の明暗を走りつづけることは、女を殺すことによって、とめることができます。そして、空は落ちてきます。彼はホッとすることができます。然し、彼の心臓には孔があいているのでした。彼の胸から鳥の姿が飛び去り、掻き消えているのでした。

あの女が俺なんだろうか？　そして空を無限に直線に飛ぶ鳥が俺自身だったのだろうか？　と彼は疑りました。女を殺すと、俺を殺してしまうのだろうか。俺は何を考えているのだろう？

なぜ空を落さねばならないのだか、それも分らなくなっていました。あらゆる想念が捉えがたいものでありました。そして想念のひいたあとに残るものは苦痛のみでした。夜が明けました。彼は女のいる家へ戻る勇気が失われていました。そして数日、山中をさまよいました。

ある朝、目がさめると、彼は桜の花の下にねていました。その桜の木は一本でした。桜の木は満開でした。彼は驚いて飛び起きましたが、それは逃げだすためではありません。なぜなら、たった一本の桜の木でしたから。彼は鈴鹿の山の桜の森のことを突然思いだしていたのでした。あの山の桜の森も花盛りにちがいありません。彼はなつかしさに吾を忘れ、深い物思いに沈みました。

山へ帰ろう。山へ帰るのだ。なぜこの単純なことを忘れていたのだろう？　そして、なぜ空を落すことなどを考え耽っていたのだろう？　彼は悪夢のさめた思いがしました。救われた思いがしました。今までその知覚まで失っていた山の早春の匂いが身にせまって強く冷めたく分るのでした。

男は家へ帰りました。

女は嬉しげに彼を迎えました。

「どこへ行っていたのさ。無理なことを言ってお前を苦しめてすまなかったわね。でも、お前がいなくなってからの私の淋しさを察しておくれな」

女がこんなにやさしいことは今までにないことでした。男の胸は痛みました。もうすこしで彼の決意はとけて消えてしまいそうです。けれども彼は思い決しました。

「俺は山へ帰ることにしたよ」

「私を残してかえ。そんなむごたらしいことがどうしてお前の心に棲むようになったのだろう」

女の眼は怒りに燃えました。その顔は裏切られた口惜しさで一ぱいでした。

「お前はいつからそんな薄情者になったのよ」

「だからさ。俺は都がきらいなんだ」

「私という者がいてもかえ」

「俺は都に住んでいたくないだけなんだ」

「でも、私がいるじゃないか。お前は私が嫌いになったのかえ。私はお前のいない留守はお前のことばかり考えていたのだよ」

女の目に涙の滴が宿りました。女の目に涙の宿ったのは始めてのことでした。女の顔にはもはや怒りは消えていました。つれなさを恨む切なさのみが溢(あふ)れていました。

「だってお前は都でなきゃ住むことができないのだろう。俺は山でなきゃ住んでいられないのだ」

「私はお前と一緒でなきゃ生きていられないのだよ。私の思いがお前には分らないのかねえ」

「でも俺は山でなきゃ住んでいられないのだぜ」

「だから、お前が山へ帰るなら、私も一緒に山へ帰るよ。私はたとえ一日でもお前と離れて生きていられないのだもの」

　女の目は涙にぬれていました。男の胸に顔を押しあてて熱い涙をながしました。涙の熱さは男の胸にしみました。

　たしかに、女は男なしでは生きられなくなっていました。新しい首は女のいのちでした。そしてその首を女のためにもたらす者は彼の外にはなかったからです。彼は女の一部でした。女はそれを放すわけにいきません。男のノスタルジイがみたされたとき、再び都へつれもどす確信が女にはあるのでした。

「でもお前は山で暮せるかえ」

「お前と一緒ならどこででも暮すことができるよ」

「山にはお前の欲しがるような首がないのだぜ」

「お前と首と、どっちか一つを選ばなければならないなら、私は首をあきらめるよ」

　夢ではないかと男は疑りました。あまり嬉しすぎて信じられないからでした。夢にすらこんな願ってもないことは考えることが出来なかったのでした。

　彼の胸は新な希望でいっぱいでした。その訪れは唐突で乱暴で、今のさっき迄の苦しい思いが、もはや捉えがたい彼方(かなた)へ距(へだ)てられていました。彼はこんなにやさしくはなかった昨日までの女のことも忘れました。今と明日があるだけでした。

　二人は直ちに出発しました。ビッコの女は残すことにしました。そして出発のとき、女はビッコの女に向って、じき帰ってくるから待っておいで、とひそかに言い残しました。

★

目の前に昔の山々の姿が現れました。呼べば答えるようでした。旧道をとることにしました。その道はもう踏む人がなく、道の姿は消え失せて、ただの林、ただの山坂になっていました。その道を行くと、桜の森の下を通ることになるのでした。

「背負っておくれ。こんな道のない山坂は私は歩くことができないよ」

「ああ、いいとも」

男は軽々と女を背負いました。

男は始めて女を得た日のことを思いだしました。その日も彼は女を背負って峠のあちら側の山径（やまみち）を登ったのでした。その日も幸せで一ぱいでしたが、今日の幸せはさらに豊かなものでした。

「はじめてお前に会った日もオンブして貰ったわね」

と、女も思いだして、言いました。

「俺もそれを思いだしていたのだぜ」

男は嬉しそうに笑いました。

「ほら、見えるだろう。あれがみんな俺の山だ。谷も木も鳥も雲まで俺の山さ。山はいいなあ。走ってみたくなるじゃないか。都ではそんなことはなかったからな」

「始めての日はオンブしてお前を走らせたものだったわね」

「ほんとだ。ずいぶん疲れて、目がまわったものさ」

男は桜の森の花ざかりを忘れてはいませんでした。然し、この幸福な日に、あの森の花ざかりの下が何ほどのものでしょうか。彼は怖れていませんでした。

そして桜の森が彼の眼前に現れてきました。まさしく一面の満開でした。風に吹かれた花びらがパラパラと落ちています。土肌の上は一面に花びらがしかれていました。この花びらはどこから落ちてきたのだろう？　なぜなら、花びらの一ひらが落ちたとも思われぬ満開の花のふさが見はるかす頭上にひろがっているからでした。

男は満開の花の下へ歩きこみました。あたりはひっそりと、だんだん冷めたくなるようでした。

彼はふと女の手が冷めたくなっているのに気がつきました。俄に不安になりました。とっさに彼は分りました。女が鬼であることを。突然どッという冷めたい風が花の下の四方の涯から吹きよせていました。

男の背中にしがみついているのは、全身が紫色の顔の大きな老婆でした。その口は耳までさけ、ちぢくれた髪の毛は緑でした。男は走りました。振り落そうとしました。鬼の手に力がこもり彼の喉にくいこみました。彼の目は見えなくなろうとしました。彼は夢中でした。全身の力をこめて鬼の手をゆるめました。その手の隙間から首をぬくと、背中をすべって、どさりと鬼は落ちました。今度は彼が鬼に組みつく番でした。鬼の首をしめました。そして彼がふと気付いたとき、彼は全身の力をこめて女の首をしめつけ、そして女はすでに息絶えていました。

彼の目は霞んでいました。彼はより大きく目を見開くことを試みましたが、それによって視覚が戻ってきたように感じることができませんでした。なぜなら、彼のしめ殺したのはさっきと変らず矢張り女で、同じ女の屍体がそこに在るばかりだからでありました。

彼の呼吸はとまりました。彼の力も、彼の思念も、すべてが同時にとまりました。女の屍体の上には、すでに幾つかの桜の花びらが落ちてきました。彼は女をゆさぶりました。呼びました。抱きました。徒労でした。彼はワッと泣きふしました。たぶん彼がこの山に住みついてから、この日まで、泣いたことはなかったでしょう。そして彼が自然に我にかえったとき、彼の背には白い花びらがつもっていました。

そこは桜の森のちょうどまんなかのあたりでした。四方の涯は花にかくれて奥が見えませんでした。日頃のような怖れや不安は消えていました。花の涯から吹きよせる冷めたい風もありません。ただひっそりと、そしてひそひそと、花びらが散りつづけているばかりでした。彼は始めて桜の森の満開の下に坐っていました。いつまでもそこに坐っていることができます。彼はもう帰るところがないのですから。

　桜の森の満開の下の秘密は誰にも今も分りません。あるいは「孤独」というものであったかも知れません。なぜなら、男はもはや孤独を怖れる必要がなかったのです。彼自らが孤独自体でありました。

　彼は始めて四方を見廻しました。頭上に花がありました。その下にひっそりと無限の虚空がみちていました。ひそひそと花が降ります。それだけのことです。外には何の秘密もないのでした。

　ほど経て彼はただ一つのなまあたたかな何物かを感じました。そしてそれが彼自身の胸の悲しみであることに気がつきました。花と虚空の冴えた冷めたさにつつまれて、ほのあたたかいふくらみが、すこしずつ分りかけてくるのでした。

　彼は女の顔の上の花びらをとってやろうとしました。彼の手が女の顔にとどこうとした時に、何か変ったことが起ったように思われました。すると、彼の手の下には降りつもった花びらばかりで、女の姿は掻き消えてただ幾つかの花びらになっていました。そして、その花びらを掻き分けようとした彼の手も彼の身体も延した時にはもはや消えていました。あとに花びらと、冷めたい虚空がはりつめているばかりでした。

底本：『坂口安吾全集5』ちくま文庫、筑摩書房
　　１９９０(平成2)年4月24日第1刷発行
底本の親本：『いづこへ』真光社
　　１９４７(昭和22)年5月15日発行
初出：『肉体　第一巻第一号』暁社
　　１９４７(昭和22)年6月15日発行

◎作品を読み解くポイント（解説編）

A：山賊と8番目の妻の関係性にどんなメッセージ性があるか

単純に男女の典型例でもあるし、田舎的な（飾り気がない、無骨な）キャラクターと、都会的な（優雅な、イライラした、小賢しい）キャラクターの対比でもある。

B：なぜ山賊は桜の森に恐れを感じていたのか、そして後に戻ってきたとき、その恐れを感じなかったのはなぜか

素直に受け取れば「喜びに我を忘れて」になるだろうが、それだけだろうか。

「人間の手の届かない美しさ」に恐怖を感じていた山賊が、都会での生活や、女という他者のつながりの中で、そのような恐ろしさを感じないように変化したから、とも考えられる。

C：山賊が最後に消えてしまったのはなぜか

行くところも帰るところもなく、完全に孤独な彼は、そもそもそこにいる必要もないからではないか。

せっかく名作を色々読むのだから、柔らかい作品、読みやすい作品だけでなく、エグみや苦味のある、読者の心にいい意味で印象を残すようなものも読んだほうが勉強になる。

実際、現在エンタメで売れている作品には、世の中や人間の性をあざ笑うような作品も多くある。特に大人向けの作品を書く人は「どんなテーマに目をつければ読者の気持ちを強く惹きつけることができるか、そのためにあえてエグみや苦味を出すことが必要か否か」について考えたほうがいいだろう。

その点で、無頼派の代表的人物である坂口安吾は理想的である。同じ無頼派の太宰治とはまたひと味違ったメッセージ性を感じることができるはずだ。

この作品には、それぞれ現代の作品でもごく普通に登場するテーマが見え隠れする。

「非日常の後の日常（の虚無感）」
「人間の関係性（変化）と孤独」
「場所（情景）から影響を受けて変わっていく」

などがそれだ。これらはむしろ「現代の作品にこそよくある」ものかもしれない。これらのテーマをそれぞれに読み取り「自分ならどんな形で使うか」を考えてほしい。

それを踏まえた上で、この作品を、あなたはどう感じただろうか。山賊や、８人目の女房となった女の残酷さの印象も強く、共感はしにくいかもしれない。だが、都（非日常）に慣れてしまった山賊の孤独感は、覚えがある人もいるのではないだろうか。

互いにつなぎ止めようとする山賊と女のいびつな愛情も、愛する人のために何かをしたい、望みを叶えたいという点では、家族や友人、恋人に対して、誰しもが感じたことがあるだろう。

そしてもう一点、この作品では「桜の森」がひとつのキーワードになっている。作中にもあるように、「桜」ではなく「桜の森」なのだ。

ただ美しい場所のようでいて、なぜか恐ろしく、なぜか人を狂わせる。実際に魔力のようなものがあるのか、それとも人が勝手に影響を受けてしまうのか。明言されていないこともまた、読者の想像力を駆り立てる。

◎エンタメに役立つポイント

キャラクターの配置という点でも少しアレンジすることで現代のラノベ・エンタメ的な物語になる。しかし山賊の乱暴な行為のようなエグさをなくしてしまうとそれぞれの面白さがなくなってしまうので「どのくらい残すとよいか」と考えることが大事。

◎若手女流作家が選ぶ推しの一文

そこは桜の森のちょうどまんなかのあたりでした。

女を絞め殺してしまった男が、自分のいる場所に気づくシーン。いつもは恐ろしかった場所へ、その幸せな気分のときだけは平気で踏み込んでしまった。けれど桜の森の魔力に、がっちり絡め取られていたことに山賊が気づいた一文だと思う。言葉だけ見れば面白味はあまりない表現かもしれないが、こういった「場の魔力」を描く作品の中で、はっとさせられた一文だった。

（粟江）

魔術は現実に行われており、彼自らがその魔術の助手でありながら、その行われる魔術の結果に常に訝りそして嘆賞するのでした。

女の美しさが形成される過程を「魔術」と呼ぶことで、男がいかに女に骨抜きにされているかが覗える。また、男が正気を保っていない証拠でもあるだろう。

（鳥居）

彼は毎晩人を殺していることを昼は殆ど忘れていました。

女のために毎夜首をとってくる男にとって、それは日課であり、空気を吸ったり、食事をしたり、日が昇り、沈む、そんな日常と変わらない出来事になっていた。それはすべて女のためであり、女の何がそこまで男を魅了したのか。そう考えると、男にとっての女は、美しくたたずんでいるだけで人の心を魅了する桜のような、そんな不思議な魅惑を持つ女性だったのかもしれない。

（菅沼）

◎同作者の代表的な作品

・**『白痴』**

坂口安吾の代表作のひとつ。敗戦色濃い戦時下の日本。見習い演出家をしている男が、隣家の白痴の女房と奇妙な関係になる。これもまた『桜の森の満開の下』と同じく、人間の関係性の変化や孤独を描いた作品。

・**『堕落論』**

エッセイではあるが、『白痴』と並ぶ代表作でもある。戦後、各地が廃墟となり、人々が虚脱状態にある中で、「堕落というのはどういうことか」を書いたうえで「戦争に負けたから堕ちるのではなく、人間だから、生きているから堕ちるのだ」という主張を展開し、その上で一度堕ちたのでこれを機に新しいモラルを作っていこうという流れを描いた。

坂口安吾を理解するために。あるいは、物語の中に込めるメッセージや、キャラクターの主張の参考としてもおすすめだ。

・**『夜長姫と耳男』**

「説話もの」としては『桜の森の満開の下』と並んで坂口安吾の作品の中では著名。

キャラクターの関係性（下賤な男と高貴で我儘な女性）も似ているが、ただ娯楽小説として読むと「違う」と強く感じるのではないか。その違いをしっかり確認して欲しい。

・**『二流の人』**

黒田官兵衛を主人公にした歴史小説。

優れた才能を持ちながら二流のポジションを取った戦国武将に、坂口安吾は自分自身を投影したともされる。

・**『不連続殺人事件』**

坂口安吾が初めて書いた探偵小説。

連続殺人事件なのに一貫性がないという驚くべき前提に立って、非常に独特なトリック及びストーリー構成が話題になった作品。

今回の作品を読んだ後におすすめのライトノベル・エンタメ作品

・町田康『くっすん大黒』

坂口安吾と雰囲気的に近いものを思わせる現代のエンタメ作家のひとり。

特にこの「奇妙なこだわりを持つ男が暴走していく」様を描いた代表作においては主人公の頭の良さ、堕落具合などに共通点を感じる。

・鴨志田一『青春ブタ野郎』シリーズ

高校の図書室で少年が見たのは、バニーガール姿の女子高生だった。他の皆に彼女が見えないのは思春期症候群という奇妙な病気のせいで……。

精神と関係する不思議な出来事が現実をねじ曲げてしまう、という要素が共通するのでご紹介。現代でも定番のネタではあるが、やり方、見せ方は多様だ。

・甲田学人『Ｍｉｓｓｉｎｇ』シリーズ

オカルトに近しい学生たちを主人公にしたライトノベルのホラーシリーズ。物語の中で怪奇と接していく主人公たちが変化し、関係性もまた変わっていくところが見どころ。

『桜の森の満開の下』が気に入ったなら、このシリーズはなかなか好みに合致するのでは。

・柴田錬三郎『眠狂四郎』シリーズ

時代ものはさわやかな勧善懲悪か、人情もの路線を走ることが多い。近年では「若者が苦悩しながら成長していく様」か「おじさんの苦労」の方向へ走るケースが良く見られる。

しかし、このシリーズでは、「円月殺法」に代表されるようなアクションがある一方で、転びバテレン（異国人）の血を引く主人公のニヒリズムとダンディズムが強調され、坂口安吾作品にも近いところがあるのだ。

・秋田禎信『魔術士オーフェン』シリーズ

人間とドラゴン種族が住む世界の物語。ファンタジーだが、近代的要素も登場する。

かつての力を失った（つまり、堕落した）主人公がどう生きていくのか、何を答えとして見出していくのか、というところが重なる部分がある。

『十三夜』

樋口一葉

Higuchi Ichiyo

◎作家紹介

樋口一葉：1872年5月2日～1896年11月23日

明治の女流作家。日本では近代以降初の職業女流作家と位置づけられる。2024年までの五千円札の肖像としても有名。本名奈津。「なつ」「夏子」とも呼ばれた。学業優秀であったが親の意思で小学校を退学させられている。これは当時の女子としては珍しいことではない。1886年（14歳）、当時著名だった女流歌人中島歌子の私塾「萩の舎」へ入塾。和歌や書を学んだ。上流や中流社会の子女が集まる場所「萩の舎」で上流社会を垣間見る。しかし1889年（17歳）、父が病没。婚約の破談、母と兄の不仲もあり、生活が苦しくなっていく。

19歳の時に小説家半井桃水を尋ね、師事する。没落した家を助けるため、小説家を志した。しかしやがて半井との仲が噂されるようになり、師弟関係も解消することとなる。さらに肺結核で24歳の若さで死去した。

作家としての活動時期は短く、作品数も少ないが、それでもなお彼女の名声は高い。また、荒物（雑貨）や菓子の店を開いていた時期もあり、その中で下流社会も見たことが、彼女の作風に大きな影響を与えたとされる。

◎『十三夜』あらすじ

身分の高い家へ嫁入りしたお関は、夫の仕打ちに耐えられず、十三夜、離縁するつもりで実家に助けを求める。しかし父に諭されて考え直し、婚家へ戻る途中、人力車の車夫に突然、降りるよう言われる。車夫は、かつて互いに恋心を抱いていた録之助だった。

◎作品を読み解くポイント

古文調だから読みにくいかもしれないが、読む価値はある。台詞だけ追ってみるのもいい。

A：父親はなぜ離婚したいという娘の願いを否定し、諭したのか

B：「これが夢ならば仕方のない事」とはどういうことか

C：この物語の中で書かれているテーマはなにか

〔作品本文〕

上

例は威勢よき黒ぬり車の、それ門に音が止まつた娘ではないかと両親に出迎はれつる物を、今宵は辻より飛のりの車さへ帰して悄然と格子戸の外に立てば、家内には父親が相かはらずの高声、いはば私も福人の一人、いづれも柔順しい子供を持つて育てるに手は懸らず人には褒められる、分外の欲さへ渇かねばこの上に望みもなし、やれやれ有難い事と物がたられる、あの相手は定めし母様、ああ何も御存じなしにあのやうに喜んでお出遊ばす物を、どの顔さげて離縁状もらふて下されと言はれた物か、叱かられるは必定、太郎と言ふ子もある身にて置いて駆け出して来るまでには種々思案もし尽しての後なれど、今更にお老人を驚かしてこれまでの喜びを水の泡にさせまする事つらや、寧そ話さずに戻ろうか、戻れば太郎の母と言はれて何時々々までも原田の奥様、御両親に奏任の聟がある身と自慢させ、私さへ身を節倹れば時たまはお口に合ふ物お小遣ひも差あげられるに、思ふままを通して離縁とならば太郎には継母の憂き目を見せ、御両親には今までの自慢の鼻にはかに低くさせまして、人の思はく、弟の行末、ああこの身一つの心から出世の真も止めずはならず、戻らうか、戻らうか、あの鬼のやうな我良人のもとに戻らうか、あの鬼の、鬼の良人のもとへ、ゑゑ厭や厭やと身をふるはす途端、よろよろとして思はず格子にがたりと音さすれば、誰れだと大きく父親の声、道ゆく悪太郎の悪戯とまがへてなるべし。

外なるはおほほと笑ふて、お父様私で御座んすといかにも可愛き声、や、誰れだ、誰れであつたと障子を引明て、ほうお関か、何だなそんな処に立つてゐて、どうして又このおそくに出かけて来た、車もなし、女中も連れずか、やれやれま早く中へ這入れ、さあ這入れ、どうも不意に驚かされたやうでまごまごするわな、格子は閉めずとも宜い私しが閉める、ともかくも奥が好い、ずつとお月様のさす方へ、さ、蒲団へ乗れ、蒲団へ、どうも畳が汚ないので大屋に言つては置いたが職人の都合があると言ふてな、遠慮も何も入らない着物がたまらぬからそれを敷ひてくれ、やれやれどうしてこの遅くに出て来たお宅では皆お変りもなしかと例に替らずもてはやさるれば、針の席にのる様にて奥さま扱かひ情なくじつと涕を呑込で、はい誰れも時候の障りも御座りませぬ、私は申訳のない御無沙汰してをりましたが貴君もお母様も御機嫌よくいらつしやりますかと問へば、いやもう私は嚔一つせぬ位、お袋は時たま例の血の道と言ふ奴を始めるがの、それも蒲団かぶつて半日も居ればけろけろとする病だから子細はなしさと元気よく呵々と笑ふに、亥之さんが見えませぬが今晩は何処へか参りましたか、あの子も替らず勉強で御座んすかと問へば、母親はほたほたとして茶を進めながら、亥之は今しがた夜学に出て行ました、あれもお前お蔭さまでこの間は昇給させて頂いたし、課長様が可愛がつて下さるのでどれ位心丈夫であらう、これと言ふもやつぱり原田さんの縁引が有るからだとて宅では毎日いひ暮してゐます、お前に如才は有るまいけれどこの後とも原田さんの御機嫌の好いやうに、亥之はあの通り口の重い質だし何れお目に懸つてもあつけない御挨拶よりほか出来まいと思はれるから、何分ともお前が中に立つて私どもの心が通じるやう、亥之が行末をもお頼み申て置ておくれ、ほんに替り目で陽気が悪いけれど太郎さんは何時も悪戯をしてゐますか、何故に今夜は連れてお出でない、お祖父さんも恋しがつてお出なされた物をと言はれて、又今更にうら悲しく、連れて来やうと思ひましたけれどあの子は宵まどひでもう疾うに寐ましたからそのまま置いて参りました、本当に悪戯ばかりつのりまして聞わけとては少しもなく、外へ出れば跡を追ひまするし、家内に居れば私の傍ばつかり覘ふて、ほんにほんに手が懸つて成ませぬ、何故あんなで御座りませうと言ひかけて思ひ出しの涙むねの中に漲るやうに、思ひ切つて置いては来たれど今頃は目を覚して母さん母さんと婢女どもを迷惑がらせ、煎餅やおこしの哆しも利かで、皆々手を引いて鬼に喰はすと威かしてでもゐやう、ああ可愛さうな事をと声たてても泣きたきを、さしも両親の機嫌よげなるに言ひ出かねて、烟にまぎらす烟草二三服、空咳こんこんとして涙を襦袢の袖にかくしぬ。

今宵は旧暦の十三夜、旧弊なれどお月見の真似事に団子をこしらへてお月様にお備へ申せし、これはお前も好物なれば少々なりとも亥之助に持たせて上やうと思ふたれど、亥之助も何か極りを悪るがつてその様な物はお止なされと言ふし、十五夜にあげなんだから片月見に成つても悪るし、喰べさせたいと思ひながら思ふばかりで上る事が出来なんだに、今夜来てくれるとは夢の様な、ほんに心が届いたのであらう、自宅で甘い物はいくらも喰べやうけれど親のこしらいたは又別物、奥様気を取すてて今夜は昔しのお関になつて、見得を搆はず豆なり栗なり気に入つたを喰べて見せておくれ、いつでも父様と噂すること、出世は出世に相違なく、人の見る目も立派なほど、お位の宜い方々や御身分のある奥様がたとの御交際もして、ともかくも原田の妻と名告て通るには気骨の折れる事もあらう、女子どもの使ひやう出入りの者の行渡り、人の上に立つものはそれだけに苦労が多く、里方がこの様な身柄では猶更のこと人に侮られぬやうの心懸けもしなければ成るまじ、それを種々に思ふて見ると父さんだとて私だとて孫なり子なりの顔の見たいは当然なれど、余りうるさく出入りをしてはと控へられて、ほんに御門の前を通る事はありとも木綿着物に毛繻子の洋傘さした時には見す見すお二階の簾を見ながら、吁お関は何をしてゐる事かと思ひやるばかり行過ぎてしまひまする、実家でも少し何とか成つてゐたならばお前の肩身も広からうし、同じくでも少しは息のつけやう物を、何を云ふにもこの通り、お月見の団子をあげやうにも重箱からしてお恥かしいでは無からうか、ほんにお前の心遣ひが思はれると嬉しき中にも思ふままの通路が叶はねば、愚痴の一トつかみ賤しき身分を情なげに言はれて、本当に私は親不孝だと思ひまする、それは成程和らかひ衣類きて手車に乗りあるく時は立派らしくも見えませうけれど、父さんや母さんにかうして上やうと思ふ事も出来ず、いはば自分の皮一重、寧そ賃仕事してもお傍で暮した方が余つぽど快よう御座いますと言ひ出すに、馬鹿、馬鹿、その様な事を仮にも言ふてはならぬ、嫁に行つた身が実家の親の貢をするなどと思ひも寄らぬこと、家に居る時は斎藤の娘、嫁入つては原田の奥方ではないか、勇さんの気に入る様にして家の内を納めてさへ行けば何の子細は無い、骨が折れるからとてそれだけの運のある身ならば堪へられぬ事は無い筈、女などと言ふ者はどうも愚痴で、お袋などがつまらぬ事を言ひ出すから困り切る、いやどうも団子を喰べさせる事が出来ぬとて一日大立腹であつた、大分熱心で調製たものと見えるから十分に喰べて安心させて遣つてくれ、余程甘からうぞと父親の滑稽を入れるに、再び言ひそびれて御馳走の栗枝豆ありがたく頂戴をなしぬ。

　嫁入りてより七年の間、いまだに夜に入りて客に来しこともなく、土産もなしに一人歩行して来るなど悉皆ためしのなき事なるに、思ひなしか衣類も例ほど燦かならず、稀に逢ひたる嬉しさにさのみは心も付かざりしが、聟よりの言伝とて何一言の口上もなく、無理に笑顔は作りながら底に萎れし処のあるは何か子細のなくては叶はず、父親は机の上の置時計を眺めて、これやモウ程なく十時になるが関は泊つて行つて宜いのかの、帰るならばもう帰らねば成るまいぞと気を引いて見る親の顔、娘は今更のやうに見上げて御父様私は御願ひがあつて出たので御座ります、どうぞ御聞遊してときつとなつて畳に手を突く時、はじめて一トしづく幾層の憂きを洩しそめぬ。

　父は穏かならぬ色を動かして、改まつて何かのと膝を進めれば、私は今宵限り原田へ帰らぬ決心で出て参つたので御座ります、勇が許しで参つたのではなく、あの子を寐かして、太郎を寐かしつけて、最早あの顔を見ぬ決心で出て参りました、まだ私の手より外誰れの守りでも承諾せぬほどのあの子を、欺して寐かして夢の中に、私は鬼に成つて出て参りました、御父様、御母様、察して下さりませ私は今日まで遂ひに原田の身に就いて御耳に入れました事もなく、勇と私との中を人に言ふた事は御座りませぬけれど、千度も百度も考へ直して、二年も三年も泣尽して今日といふ今日どうでも離縁を貰ふて頂かうと決心の臍をかためました、どうぞ御願ひで御座ります離縁の状を取つて下され、私はこれから内職なり何なりして亥之助が片腕にもなられるやう心がけますほどに、一生一人で置いて下さりませとわつと声たてるを噛しめる襦袢の袖、墨絵の竹も紫竹の色にや出ると哀れなり。

それはどういふ子細でと父も母も詰寄つて問かかるに今までは黙つてゐましたれど私の家の夫婦さし向ひを半日見て下さつたら大底が御解りに成ませう、物言ふは用事のある時慳貪に申つけられるばかり、朝起まして機嫌をきけば不図脇を向ひて庭の草花を態とらしき褒め詞、これにも腹はたてども良人の遊ばす事なればと我慢して私は何も言葉あらそひした事も御座んせぬけれど、朝飯あがる時から小言は絶えず、召使の前にて散々と私が身の不器用不作法を御並べなされ、それはまだまだ辛棒もしませうけれど、二言目には教育のない身、教育のない身と御蔑みなさる、それは素より華族女学校の椅子にかかつて育つた物ではないに相違なく、御同僚の奥様がたの様にお花のお茶の、歌の画のと習ひ立てた事もなければその御話しの御相手は出来ませぬけれど、出来ずは人知れず習はせて下さつても済むべき筈、何も表向き実家の悪るいを風聴なされて、召使ひの婢女どもに顔の見られるやうな事なさらずとも宜かりさうなもの、嫁入つて丁度半年ばかりの間は関や関やと下へも置かぬやうにして下さつたけれど、あの子が出来てからと言ふ物はまるで御人が変りまして、思ひ出しても恐ろしう御座ります、私はくら暗の谷へ突落されたやうに暖かい日の影といふを見た事が御座りませぬ、はじめの中は何か串談に態とらしく邪慳に遊ばすのと思ふてをりましたけれど、全くは私に御飽きなされたのでこうもしたら出てゆくか、ああもしたら離縁をと言ひ出すかと苦めて苦めて苦め抜くので御座りましよ、御父様も御母様も私の性分は御存じ、よしや良人が芸者狂ひなさらうとも、囲い者して御置きなさらうともそんな事に悋気する私でもなく、侍婢どもからそんな噂も聞えまするけれどあれほど働きのある御方なり、男の身のそれ位はありうちと他処行には衣類にも気をつけて気に逆らはぬやう心がけておりまするに、唯もう私の為る事とては一から十まで面白くなく覚しめし、箸の上げ下しに家の内の楽しくないは妻が仕方が悪るいからだと仰しやる、それもどういふ事が悪い、此処が面白くないと言ひ聞かして下さる様ならば宜けれど、一筋につまらぬくだらぬ、解らぬ奴、とても相談の相手にはならぬの、いはば太郎の乳母として置いて遣はすのと嘲つて仰しやるばかり、ほんに良人といふではなくあの御方は鬼で御座りまする、御自分の口から出てゆけとは仰しやりませぬけれど私がこの様な意久地なしで太郎の可愛さに気が引かれ、どうでも御詞に異背せず唯々と御小言を聞いておりますれば、張も意気地もない愚うたらの奴、それからして気に入らぬと仰しやりまする、さうかと言つて少しなりとも私の言条を立てて負けぬ気に御返事をしましたらそれを取てに出てゆけと言はれるは必定、私は御母様出て来るのは何でも御座んせぬ、名のみ立派の原田勇に離縁されたからとて夢さら残りをしいとは思ひませぬけれど、何にも知らぬあの太郎が、片親に成るかと思ひますると意地もなく我慢もなく、詫て機嫌を取つて、何でも無い事に恐れ入つて、今日までも物言はず辛棒してをりました、御父様、御母様、私は不運で御座りますとて口惜しさ悲しさ打出し、思ひも寄らぬ事を談れば両親は顔を見合せて、さてはその様の憂き中かと呆れて暫時いふ言もなし。

　母親は子に甘きならひ、聞く毎々に身にしみて口惜しく、父様は何と思し召すか知らぬが元来此方から貰ふて下されと願ふて遣つた子ではなし、身分が悪いの学校がどうしたのと宜くも宜くも勝手な事が言はれた物、先方は忘れたかも知らぬが此方はたしかに日まで覚えてゐる、阿関が十七の御正月、まだ門松を取もせぬ七日の朝の事であつた、旧の猿楽町のあの家の前で御隣の小娘と追羽根して、あの娘の突いた白い羽根が通り掛つた原田さんの車の中へ落たとつて、それをば阿関が貰ひに行きしに、その時はじめて見たとか言つて人橋かけてやいやいと貰ひたがる、御身分がらにも釣合ひませぬし、此方はまだ根つからの子供で何も稽古事も仕込んでは置ませず、支度とても唯今の有様で御座いますからとて幾度断つたか知れはせぬけれど、何も舅姑のやかましいが有るでは無し、我が欲しくて我が貰ふに身分も何も言ふ事はない、稽古は引取つてからでも充分させられるからその心配も要らぬ事、とかくくれさへすれば大事にして置かうからとそれはそれは火のつく様に催促して、此方から強請た訳ではなけれど支度まで先方で調へて謂はば御前は恋女房、私や父様が遠慮してさのみは出入りをせぬといふも勇さんの身分を恐れてでは無い、これが妾手かけに出したのではなし正当にも正当にも百まんだら頼みによこして貰つて行つた嫁の親、大威張に出這入りしても差つかへは無けれど、彼方が立派にやつてゐるに、此方がこの通りつまらぬ活計をしてゐれば、御前の縁にすがつて聟の助力を受けもするかと他人様の処思が口惜しく、痩せ我慢では無けれど交際だけは御身分相応に尽して、平常は逢いたい娘の顔も見ずにゐまする、それをば何の馬鹿々しい親なし子でも拾つて行つたやうに大層らしい、物が出来るの出来ぬのと宜くそんな口が利けた物、黙つてゐては際限もなく募つてそれはそれは癖に成つてしまひます、第一は婢女どもの手前奥様の威光が削げて、末には御前の言ふ事を聞く者もなく、太郎を仕立るにも母様を馬鹿にする気になられたら何とします、言ふだけの事はきつと言ふて、それが悪るいと小言をいふたら何の私にも家が有ますとて出て来るが宜からうでは無いか、実に馬鹿々々しいとつてはそれほどの事を今日が日まで黙つてゐるといふ事が有ります物か、余り御前が温順し過るから我儘がつのられたのであろ、聞いたばかりでも腹が立つ、もうもう退けてゐるには及びません、身分が何であらうが父もある母もある、年はゆかねど亥之助といふ弟もあればその様な火の中にじつとしてゐるには及ばぬこと、なあ父様一遍勇さんに逢ふて十分油を取つたら宜う御座りましよと母は猛つて前後もかへり見ず。

父親は先刻より腕ぐみして目を閉ぢて有けるが、

ああ御袋、無茶の事を言ふてはならぬ、我(わ)しさへ始めて聞いてどうした物かと思案にくれる、阿関(おせき)の事なれば並大底でこんな事を言ひ出しさうにもなく、よくよく愁(つ)らさに出て来たと見えるが、して今夜は聟どのは不在(るす)か、何か改たまつての事件でもあつてか、いよいよ離縁するとでも言はれて来たのかと落ついて問ふに、良人(おつと)は一昨日(おとつひ)より家へとては帰られませぬ、五日六日と家を明けるは平常(つね)の事、さのみ珍らしいとは思ひませぬけれど出際(でぎは)に召物の揃(そろ)へかたが悪いとて如何(いか)ほど詫びても聞入れがなく、其品(それ)をば脱いで擲(たた)きつけて、御自身洋服にめしかへて、吁(ああ)、私位(ぐらゐ)不仕合の人間はあるまい、御前のやうな妻を持つたのはと言ひ捨てに出て御出で遊しました、何といふ事で御座りませう一年三百六十五日物いふ事も無く、稀々(たまたま)言はれるはこの様な情ない詞をかけられて、それでも原田の妻と言はれたいか、太郎の母で候(さふらふ)と顔おし拭(ぬぐ)つてゐる心か、我身ながら我身の辛棒がわかりませぬ、もうもうもう私は良人(つま)も子も御座んせぬ嫁入せぬ昔しと思へばそれまで、あの頑是ない太郎の寝顔を眺めながら置いて来るほどの心になりましたからは、もうどうでも勇の傍に居る事は出来ませぬ、親はなくとも子は育つと言ひまするし、私の様な不運の母の手で育つより継母御なり御手かけなり気に適(かな)ふた人に育てて貰ふたら、少しは父御(ててご)も可愛(かわゆ)がつて後々(のちのち)あの子の為にも成ませう、私はもう今宵(こよひ)かぎりどうしても帰る事は致しませぬとて、断つても断てぬ子の可憐(かわゆ)さに、奇麗に言へども詞はふるへぬ。

父は歎息(たんそく)して、無理は無い、居愁(ゐづ)らくもあらう、困つた中に成つたものよと暫時(しばらく)阿関(おせき)の顔を眺めしが、大丸髷(おほまるまげ)に金輪(きんわ)の根を巻きて黒縮緬(くろちりめん)の羽織何の惜しげもなく、我が娘ながらもいつしか調ふ奥様風、これをば結び髪に結ひかへさせて綿銘仙(めんめいせん)の半天に襷(たすき)がけの水仕業(みづしわざ)さする事いかにして忍ばるべき、太郎といふ子もあるものなり、一端の怒りに百年の運を取はづして、人には笑はれものとなり、身はいにしへの斎藤主計(かずへ)が娘に戻らば、泣くとも笑ふとも再度(ふたたび)原田太郎が母とは呼ばるる事成るべきにもあらず、良人(おつと)に未練は残さずとも我が子の愛の断ちがたくは離れていよいよ物をも思ふべく、今の苦労を恋しがる心も出づべし、かく形よく生れたる身の不幸、不相応の縁につながれて幾らの苦労をさする事と哀れさの増れども、いや阿関こう言ふと父が無慈悲で汲取つてくれぬのと思ふか知らぬが決して御前を叱かるではない、身分が釣合はねば思ふ事も自然違ふて、此方は真から尽す気でも取りやうに寄つては面白くなく見える事もあらう、勇さんだからとてあの通り物の道理を心得た、利発の人ではあり随分学者でもある、無茶苦茶にいぢめ立る訳ではあるまいが、得て世間に褒め物の敏腕家などと言はれるは極めて恐ろしい我まま物、外では知らぬ顔に切つて廻せど勤め向きの不平などまで家内へ帰つて当りちらされる、的に成つては随分つらい事もあらう、なれどもあれほどの良人を持つ身のつとめ、区役所がよひの腰弁当が釜の下を焚きつけてくれるのとは格が違ふ、随がつてやかましくもあらうむづかしくもあろうそれを機嫌の好い様にととのへて行くが妻の役、表面には見えねど世間の奥様といふ人達の何れも面白くをかしき中ばかりは有るまじ、身一つと思へば恨みも出る、何のこれが世の勤めなり、殊にはこれほど身がらの相違もある事なれば人一倍の苦もある道理、お袋などが口広い事は言へど亥之が昨今の月給に有ついたも必竟は原田さんの口入れではなからうか、七光どころか十光もして間接ながらの恩を着ぬとは言はれぬに愁らからうとも一つは親の為弟の為、太郎といふ子もあるものを今日までの辛棒がなるほどならば、これから後とて出来ぬ事はあるまじ、離縁を取つて出たが宜いか、太郎は原田のもの、其方は斎藤の娘、一度縁が切れては二度と顔見にゆく事もなるまじ、同じく不運に泣くほどならば原田の妻で大泣きに泣け、なあ関さうでは無いか、合点がいつたら何事も胸に納めて、知らぬ顔に今夜は帰つて、今まで通りつつしんで世を送つてくれ、お前が口に出さんとても親も察しる弟も察しる、涙は各自に分て泣かうぞと因果を含めてこれも目を拭ふに、阿関はわつと泣いてそれでは離縁をといふたも我までで御座りました、成程太郎に別れて顔も見られぬ様にならばこの世に居たとて甲斐もないものを、唯目の前の苦をのがれたとてどうなる物で御座んせう、ほんに私さへ死んだ気にならば三方四方波風たたず、ともあれあの子も両親の手で育てられまするに、つまらぬ事を思ひ寄まして、貴君にまで嫌やな事を御聞かせ申ました、今宵限り関はなくなつて魂一つがあの子の身を守るのと思ひますれば良人のつらく当る位百年も辛棒出来さうな事、よく御言葉も合点が行きました、もうこんな事は御聞かせ申ませぬほどに心配をして下さりますなとて拭ふあとから又涙、母親は声たてて何といふこの娘は不仕合と又一しきり大泣きの雨、くもらぬ月も折から淋しくて、うしろの土手の自然生を弟の亥之が折て来て、瓶にさしたる薄の穂の招く手振りも哀れなる夜なり。

実家は上野の新坂下、駿河台への路なれば茂れる森の木のした暗侘しけれど、今宵は月もさやかなり、広小路へ出れば昼も同様、雇ひつけの車宿とて無き家なれば路ゆく車を窓から呼んで、合点が行つたらともかくも帰れ、主人の留守に断なしの外出、これを咎められるとも申訳の詞は有るまじ、少し時刻は遅れたれど車ならばつひ一ト飛、話しは重ねて聞きに行かう、先づ今夜は帰つてくれとて手を取つて引出すやうなるも事あら立じの親の慈悲、阿関はこれまでの身と覚悟してお父様、お母様、今夜の事はこれ限り、帰りまするからは私は原田の妻なり、良人を誹るは済みませぬほどにもう何も言ひませぬ、関は立派な良人を持つたので弟の為にも好い片腕、ああ安心なと喜んでゐて下されば私は何も思ふ事は御座んせぬ、決して決して不了簡など出すやうな事はしませぬほどにそれも案じて下さりますな、私の身体は今夜をはじめに勇のものだと思ひまして、あの人の思ふままに何となりして貰ひましよ、それではもう私は戻ります、亥之さんが帰つたらば宜しくいふて置いて下され、お父様もお母様も御機嫌よう、この次には笑ふて参りまするとて是非なささうに立あがれば、母親は無けなしの巾着さげて出て駿河台まで何程でゆくと門なる車夫に声をかくるを、あ、お母様それは私がやりまする、有がたう御座んしたと温順しく挨拶して、格子戸くぐれば顔に袖、涙をかくして乗り移る哀れさ、家には父が咳払ひのこれもうるめる声成し。

下

さやけき月に風のおと添ひて、虫の音たえだえに物がなしき上野へ入りてよりまだ一町もやうやうと思ふに、いかにしたるか車夫はぴつたりと轅を止めて、誠に申かねましたが私はこれで御免を願ひます、代は入りませぬからお下りなすつてと突然にいはれて、思ひもかけぬ事なれば阿関は胸をどつきりとさせて、あれお前そんな事を言つては困るではないか、少し急ぎの事でもあり増しは上げやうほどに骨を折つておくれ、こんな淋しい処では代りの車も有るまいではないか、それはお前人困らせといふ物、愚図らずに行つておくれと少しふるへて頼むやうに言へば、増しが欲しいと言ふのでは有ませぬ、私からお願ひですどうぞお下りなすつて、もう引くのが厭やに成つたので御座りますと言ふに、それではお前加減でも悪るいか、まあどうしたと言ふ訳、此処まで挽いて来て厭やに成つたでは済むまいがねと声に力を入れて車夫を叱れば、御免なさいまし、もうどうでも厭やに成つたのですからとて提燈を持しまま不図脇へのがれて、お前は我ままの車夫さんだね、それならば約定の処までとは言ひませぬ、代りのある処まで行つてくれればそれでよし、代はやるほどに何処か开処らまで、切めて広小路までは行つておくれと優しい声にすかす様にいへば、なるほど若いお方ではありこの淋しい処へおろされては定めしお困りなさりませう、これは私が悪う御座りました、ではお乗せ申ませう、お供を致しませう、さぞお驚きなさりましたろうとて悪者らしくもなく提燈を持かゆるに、お関もはじめて胸をなで、心丈夫に車夫の顔を見れば二十五六の色黒く、小男の痩せぎす、あ、月に背けたあの顔が誰れやらで有つた、誰れやらに似てゐると人の名も咽元まで転がりながら、もしやお前さんはと我知らず声をかけるに、ゑ、と驚いて振あふぐ男、あれお前さんはあのお方では無いか、私をよもやお忘れはなさるまいと車より濘るやうに下りてつくづくと打まもれば、貴嬢は斎藤の阿関さん、面目も無いこんな姿で、背後に目が無ければ何の気もつかずにいました、それでも音声にも心づくべき筈なるに、私は余程の鈍に成りましたと下を向いて身を恥れば、阿関は頭の先より爪先まで眺めていゑいゑ私だとて往来で行逢ふた位ではよもや貴君と気は付きますまい、唯た今の先までも知らぬ他人の車夫さんとのみ思ふてゐましたに御存じないは当然、勿体ない事であつたれど知らぬ事なればゆるして下され、まあ何時からこんな業して、よくそのか弱い身に障りもしませぬか、伯母さんが田舎へ引取られてお出なされて、小川町のお店をお廃めなされたといふ噂は他処ながら聞いてもゐましたれど、私も昔しの身でなければ種々と障る事があつてな、お尋ね申すは更なること手紙あげる事も成ませんかつた、今は何処に家を持つて、お内儀さんも御健勝か、小児のも出来てか、今も私は折ふし小川町の勧工場見物に行まする度々、旧のお店がそつくりそのまま同じ烟草店の能登やといふに成つてゐまするを、何時通つても覗かれて、ああ高坂の録さんが子供であつたころ、学校の行返りに寄つては巻烟草のこぼれを貰ふて、生意気らしう吸立てた物なれど、今は何処に何をして、気の優しい方なればこんなむづかしい世にどのやうの世渡りをしてお出ならうか、それも心にかかりまして、実家へ行く度に御様子を、もし知つてもゐるかと聞いては見まするけれど、猿楽町を離れたのは今で五年の前、根つからお便りを聞く縁がなく、どんなにお懐しう御座んしたらうと我身のほどをも忘れて問ひかくれば、男は流れる汗を手拭にぬぐふて、お恥かしい身に落まして今は家と言ふ物も御座りませぬ、寐処は浅草町の安宿、村田といふが二階に転がつて、気に向ひた時は今夜のやうに遅くまで挽く事もありまするし、厭やと思へば日がな一日ごろごろとして烟のやうに暮してゐまする、貴嬢は相変らずの美くしさ、奥様にお成りなされたと聞いた時からそれでも一度は拝む事が出来るか、一生の内に又お言葉を交はす事が出来るかと夢のやうに願ふてゐました、今日までは入用のない命と捨て物に取あつかふてゐましたけれど命があればこその御対面、ああ宜く私を高坂の録之助と覚えてゐて下さりました、辱なう御座りますと下を向くに、阿関はさめざめとして誰れも憂き世に一人と思ふて下さるな。

　してお内儀さんはと阿関の問へば、御存じで御座りましよ筋向ふの杉田やが娘、色が白いとか恰好がどうだとか言ふて世間の人は暗雲に褒めたてた女で御座ります、私が如何にも放蕩をつくして家へとては寄りつかぬやうに成つたを、貰ふべき頃に貰ふ物を貰はぬからだと親類の中の解らずやが勘違ひして、あれならばと母親が眼鏡にかけ、是非もらへ、やれ貰へと無茶苦茶に進めたてる五月蝿さ、どうなりと成れ、成れ、勝手に成れとてあれを家へ迎へたは丁度貴嬢が御懐妊だと聞ました時分の事、一年目には私が処にもお目出たうを他人からは言はれて、犬張子や風車を並べたてる様に成りましたれど、何のそんな事で私が放蕩のやむ事か、人は顔の好い女房を持たせたら足が止まるか、子が生れたら気が改まるかとも思ふてゐたのであらうなれど、たとへ小町と西施と手を引いて来て、衣通姫が舞ひを舞つて見せてくれても私の放蕩は直らぬ事に極めて置いたを、何で乳くさい子供の顔見て発心が出来ませう、遊んで遊んで遊び抜いて、呑んで呑んで呑み尽して、家も稼業もそつち除けに箸一本もたぬやうに成つたは一昨々年、お袋は田舎へ嫁入つた姉の処に引取つて貰ひまするし、女房は子をつけて実家へ戻したまま音信不通、女の子ではあり惜しいとも何とも思ひはしませぬけれど、その子も昨年の暮チプスに懸つて死んださうに聞ました、女はませな物ではあり、死ぬ際には定めし父様とか何とか言ふたので御座りましよう、今年居れば五つになるので御座りました、何のつまらぬ身の上、お話しにも成りませぬ。

　男はうす淋しき顔に笑みを浮べて貴嬢といふ事も知りませぬので、飛んだ我ままの不調法、さ、お乗りなされ、お供をしまする、さぞ不意でお驚きなさりましたろう、車を挽くと言ふも名ばかり、何が楽しみに轅棒をにぎつて、何が望みに牛馬の真似をする、銭を貰へたら嬉しいか、酒が呑まれたら愉快なか、考へれば何もかも悉皆厭やで、お客様を乗せやうが空車の時だらうが嫌やとなると用捨なく嫌やに成まする、呆れはてる我まま男、愛想が尽きるでは有りませぬか、さ、お乗りなされ、お供をしますと進められて、あれ知らぬ中は仕方もなし、知つて其車に乗れます物か、それでもこんな淋しい処を一人ゆくは心細いほどに、広小路へ出るまで唯道づれに成つて下され、話しながら行きませうとてお関は小褄少し引あげて、ぬり下駄のおとこれも淋しげなり。

　昔の友といふ中にもこれは忘られぬ由縁のある人、小川町の高坂とて小奇麗な烟草屋の一人息子、今はこの様に色も黒く見られぬ男になつてはゐれども、世にある頃の唐桟ぞろひに小気の利いた前だれがけ、お世辞も上手、愛敬もありて、年の行かぬやうにも無い、父親の居た時よりは却つて店が賑やかなと評判された利口らしい人の、さてもさてもの替り様、我身が嫁入りの噂聞え初た頃から、やけ遊びの底ぬけ騒ぎ、高坂の息子はまるで人間が変つたやうな、魔でもさしたか、祟りでもあるか、よもや只事では無いとその頃に聞きしが、今宵見れば如何にも浅ましい身の有様、木賃泊りに居なさんすやうに成らうとは思ひも寄らぬ、私はこの人に思はれて、十二の年より十七まで明暮れ顔を合せる毎に行々はあの店の彼処へ座つて、新聞見ながら商ひするのと思ふてもゐたれど、量らぬ人に縁の定まりて、親々の言ふ事なれば何の異存を入られやう、烟草屋の録さんにはと思へどそれはほんの子供ごころ、先方からも口へ出して言ふた事はなし、此方は猶さら、これは取とまらぬ夢の様な恋なるを、思ひ切つてしまへ、思ひ切つてしまへ、あきらめてしまはうと心を定めて、今の原田へ嫁入りの事には成つたれど、その際までも涙がこぼれて忘れかねた人、私が思ふほどはこの人も思ふて、それ故の身の破滅かも知れぬ物を、我がこの様な丸髷などに、取済したる様な姿をいかばかり面にくく思はれるであらう、夢さらさうした楽しらしい身ではなけれどもと阿関は振かへつて録之助を見やるに、何を思ふか茫然(ぼうぜん)とせし顔つき、時たま逢ひし阿関に向つてさのみは嬉しき様子も見えざりき。

広小路に出(いづ)れば車もあり、阿関は紙入れより紙幣いくらか取出(とりいだ)して小菊の紙にしほらしく包みて、録さんこれは誠に失礼なれど鼻紙なりとも買つて下され、久し振でお目にかかつて何か申たい事は沢山(たんと)あるやうなれど口へ出ませぬは察して下され、では私は御別れに致します、随分からだを厭(いと)ふて煩(わづ)らはぬ様に、伯母さんをも早く安心させておあげなさりまし、蔭(かげ)ながら私も祈ります、どうぞ以前の録さんにお成りなされて、お立派にお店をお開きに成ります処を見せて下され、左様ならばと挨拶すれば録之助は紙づつみを頂いて、お辞儀申す筈なれど貴嬢のお手より下されたのなれば、あり難く頂戴して思ひ出にしまする、お別れ申すが惜しいと言つてもこれが夢ならば仕方のない事、さ、お出(いで)なされ、私も帰ります、更(ふ)けては路が淋しう御座りますぞとて空車(からぐるま)引いてうしろ向く、其人(それ)は東へ、此人(これ)は南へ、大路の柳月のかげに靡(なび)いて力なささうの塗り下駄のおと、村田の二階も原田の奥も憂(う)きはお互ひの世におもふ事多し。

底本：『にごりえ・たけくらべ』新潮文庫、新潮社
　1949(昭和24)年6月30日発行
　2003(平成15)年1月10日116刷改版
　2008(平成20)年6月10日128刷
初出：『文藝倶楽部・臨時増刊閨秀小説』博文館
　1895(明治28)年12月10日

◎作品を読み解くポイント（解説編）

A：父親はなぜ離婚したいという娘の願いを否定し、諭したのか

当時の上流階級の常識として離婚が現在とは比べ物にならないほど大問題になっただけでなく、一家の事情から彼女の離婚が大きな影響を与えかねないから。これはテーマに関わってくる。

B：「これが夢ならば仕方のない事」とはどういうことか

2人は性格と立場からかつての恋を再燃させることができず、この出会いを「夢」とするしかないため。

C：この物語の中で書かれているテーマはなにか

不幸な状況、不本意な状況に耐えることの美しさと辛さ。これはまた当時の常識における美徳でもある。

樋口一葉は、本書で取り上げた唯一の女性作家である。というのも、先にも述べたように、一葉は我が国では近代以降最初の職業女流作家だ。女性の社会進出が盛んでない時代、一葉のあとにも、女流作家そのものが少ないという背景もある。

だが一葉作品が現代でもなお評価されているのは、我が国最初の職業女流作家だというだけが理由ではない。女流作家の作品には、女性ならではの独特の柔らかさ、視点、雰囲気がある。現代のエンタメでも、女性をターゲットにした女流作家の作品は非常に大きな位置を占めている。

そして一葉作品は、時代性を色濃く反映してもいる。読者の中には、なぜ父親に諭されたくらいで、あれほど決意していた離婚を諦めたのかと思う人もいるだろう。それ以前に、これほど苦しんでいる娘を、どうして父親は離婚させてやらないのかと思うもしれない。作品を読み解くポイントにもあるように、それこそがこの作品で描かれる時代性であろう。離婚が非常に大きな問題であったということ、一家の長である父親の言葉や決定が、絶対的であったということが今の価値観で断罪することはできないのだ。

こういった時代による価値観の違い、変遷というのは、作品の世界観を作る上でも重要になってくる。日本に限らず世界中で、土地、時代、種族、宗教などの違いによって、価値観というのは変わってくる。創作の上でそれらをどう作り上げ、描くか。こういった意味でも、参考になるだろう。

◎エンタメに役立つポイント

今回紹介した作品は、樋口一葉の中でも特にベタなシチュエーションのものだ。婚家を飛び出した日に、落ちぶれたかつての恋人に出会う、という流れで、あまりにもベタでお約束すぎる。しかし、どうしてそれがベタとして知られるような形になったかと言えば、物語をドラマチックにする形であり、さらには主人公がそれまでの人生を振り返るイベントとして最適だからこそだ。ただ、これらの要素を活かせているのは、キャラクターの心情をしっかりと表現できているからでもある。

◎若手女流作家が選ぶ推しの一文

格子戸くぐれば顔に袖、涙をかくして乗り移る哀れさ、家には父が咳払ひのこれもうるめる声成し。

離婚を諦めたお関が、人力車に乗って両親と別れるシーンである。

原田の家で生きていくと決めたものの、決して晴れやかでない心情。特に、父親の様子に注目した。これほど苦しんでいる娘を、それでも婚家へ帰す父親が、なんと無情なとも思ったが、それでも咳払いの声がうるんでいるというのが、またなんとももの悲しい。父親にとっても、決して楽な決断ではなかったのだ。泣く声ではなく咳払いというのも、男性の強がりのようにも思えて、気丈に振る舞う姿が見えるようだ。

（粟江）

あの子を、欺して寐かして夢の中に、私は鬼に成つて出て参りました

最愛の我が子に酷い仕打ちをしてでも家から出て行ったお関。そんな己を鬼と称して自らを責め立てつつ、人間ではない別のものにならないと離れられなかった彼女の身を割くような思いが窺い知れる。

（鳥居）

お別れ申すが惜しいと言つてもこれが夢ならば仕方のない事

夫の虐待を受けて一度は離縁を決意したお関が、父に説得され泣く泣く夫の元へ帰るために乗った車。その車夫は、かつての想い人という、運命的な再会を果たす2人。駆け落ちすら予想させる展開だが、2人は相手へ抱いていた恋心は明かさぬまま別れる。その間際に男が言った言葉だ。2人の再会は夢である。私はこの台詞を読んで切なくてたまらなくなった。同時に、人生のどん底にいる2人にとって夢のような再会であったのなら、わずかながらでも救いであるのかもしれないと思う。

（菅沼）

◎同作者の代表的な作品

・『たけくらべ』

運命に翻弄される少女と少年を描いた代表作。

しかし難解な部分が多いので『十三夜』より読むのは大変だろうが、その中で得るものも大きいはず。登場人物の心情について考えてみよう。

・『にごりえ』

遊女と馴染みの男の2人が心中を遂げるまで。

もうひとつの代表作だが、これも「どうしてそこに至ったのか」を読者に考えさせる複雑な作りなので、読んで考える価値は高い。次のステップにどうか。

今回の作品を読んだ後におすすめの ライトノベル・エンタメ作品

・桜庭一樹『荒野』

ある特異な環境に生まれた少女の成長と青春と恋愛を描く作品。雰囲気などの点で近く、樋口一葉が気に入ったなら、この人の作品は読んで損はないのでは。

・渡航『やはり俺の青春ラブコメはまちがっている。』

ひねくれ主人公が美少女に囲まれるが、一直線には恋愛にならない、近年主流のラブコメ作品のひとつ。いまどきのラブコメと、文豪の恋愛小説は何が違うのか。何が一緒なのか。書き手は竹宮ゆゆこ、伏見つかさ、平坂読など多数いるので読み比べてみよう。

・小谷野敦『美人作家は二度死ぬ』

一葉が長生きして作家としての名声を残さなかったら、という「もし」の世界を舞台にした物語。

文豪が出てくる作品は多い。最近では『文豪ストレイドッグス』という文豪たちが能力バトルをするような漫画まであり、その樋口は金髪の女マフィアで芥川の部下。勿論あくまでフィクションではあるが、キャラクター性や世間評価も見えるので、ご一読を。

・紫式部『源氏物語』

立ったキャラクター、愛憎入り乱れるストーリー展開など、樋口作品との共通点も見いだせる、今でも古びていない名作。一葉自身がモチーフにしたという話もあり、この機会に是非。

『雪女』

小泉八雲　訳：田部隆次

Koizumi Yakumo　Tanabe Ryuji

◎作家紹介

小泉八雲：1850年6月27日～1904年9月26日

明治期に活躍した作家だが、元々は記者で、教師としても活動していた人物。

小泉八雲というのは日本に来てから名乗った名前で、生まれたときの名前は「ラフカディオ・ハーン」。アイルランド人の父とギリシャ人の母を持つ。ギリシャに生まれたのち、アイルランド、フランス、アメリカと各地を点々として、1890年、39歳のときに新聞記者として日本を訪れた。

記者としての契約は訪日後すぐにトラブルから破棄してしまう。以来、主に学校の教師としてその後の人生を過ごした。東京帝国大学文科大学や、早稲田大学文学部などにも勤めた。

最初の赴任地であった島根県で、ハーンは小泉節子という女性と知り合う。外国との行き来が非常に難しかった当時、日本在住の西洋人が現地妻のような存在を持つことは珍しくなかった。子があっても、言語の壁があるため夫のみが帰国し、あとは経済的に支援するというのがほとんどで、ハーンの周囲の人々も、彼にそう勧めたという。

しかし同じく異民族同士であった両親の離婚を経験していたハーンは、節子と結婚し、日本に帰化することを選ぶ。先述した通り、小泉八雲というのは、小泉家を継いだ際の名である。

1904年、心臓発作により54歳で死去。

小泉八雲こそは、日本の美しさに魅了され、世界に開かれて間もない日本の紹介に尽力した人のひとりだった。日本人の風俗、習慣、伝説、信仰など日常生活を見聞した体験に基づいて、ありのままの姿を知らしめた人なのである。

著作としても『心』『東の国から』『日本雑録』などといった日本を紹介するものが著名な一方で、『骨董』『怪談』といった日本古来の物語の再話を中心にする小説がある。今回紹介する『雪女』は後者の代表的な作品のひとつである。

◎『雪女』あらすじ

武蔵の国のある村に、茂作という老人の木こりと、その奉公人の巳之吉という少年がいた。

ある寒い晩、2人は森からの帰り道に、大吹雪に遭う。2人は帰ることができず、河のそばにある渡し守の小屋で、一夜を過ごすことにした。巳之吉少年が夜中に目を覚ますと、白装束の美しい女が、茂作に息を吹きかけていたのだった。

◎作品を読み解くポイント

誰にとっても、一度は聞いたことのある物語かもしれない。それだけよく知られたお話を土台にしている、ということでもある。

難しい言葉で書かれているわけでもなく、童話的で簡単に読めるが、以下の点に注目してみると、意外にも深い発見があることだろう。

A：雪女はなぜ消えたのか？

B：雪女の家族への気持ちはどんなものだったと考えられるか？

C：この話を長編へ広げるならどんな方向があり得るか？

〔作品本文〕

武蔵の国のある村に茂作、巳之吉と云う二人の木こりがいた。この話のあった時分には、茂作は老人であった。そして、彼の年季奉公人であった巳之吉は、十八の少年であった。毎日、彼等は村から約二里離れた森へ一緒に出かけた。その森へ行く道に、越さねばならない大きな河がある。そして、渡し船がある。渡しのある処にたびたび、橋が架けられたが、その橋は洪水のあるたびごとに流された。河の溢れる時には、普通の橋では、その急流を防ぐ事はできない。

茂作と巳之吉はある大層寒い晩、帰り途で大吹雪に遇った。渡し場に着いた、渡し守は船を河の向う側に残したままで、帰った事が分った。泳がれるような日ではなかった。それで木こりは渡し守の小屋に避難した――避難処の見つかった事を僥倖に思いながら。小屋には火鉢はなかった。火をたくべき場処もなかった。窓のない一方口の、二畳敷の小屋であった。茂作と巳之吉は戸をしめて、蓑をきて、休息するために横になった。初めのうちはさほど寒いとも感じなかった。そして、嵐はじきに止むと思った。

老人はじきに眠りについた。しかし、少年巳之吉は長い間、目をさましていて、恐ろしい風や戸にあたる雪のたえない音を聴いていた。河はゴウゴウと鳴っていた。小屋は海上の和船のようにゆれて、ミシミシ音がした。恐ろしい大吹雪であった。空気は一刻一刻、寒くなって来た、そして、巳之吉は蓑の下でふるえていた。しかし、とうとう寒さにも拘らず、彼もまた寝込んだ。

彼は顔に夕立のように雪がかかるので眼がさめた。小屋の戸は無理押しに開かれていた。そして雪明かりで、部屋のうちに女、――全く白装束の女、――を見た。その女は茂作の上に屈んで、彼に彼女の息をふきかけていた、――そして彼女の息はあかるい白い煙のようであった。ほとんど同時に巳之吉の方へ振り向いて、彼の上に屈んだ。彼は叫ぼうとしたが何の音も発する事ができなかった。白衣の女は、彼の上に段々低く屈んで、しまいに彼女の顔はほとんど彼にふれるようになった、そして彼は――彼女の眼は恐ろしかったが――彼女が大層綺麗である事を見た。しばらく彼女は彼を見続けていた、――それから彼女は微笑した、そしてささやいた、――『私は今ひとりの人のように、あなたをしようかと思った。しかし、あなたを気の毒だと思わずにはいられない、――あなたは若いのだから。……あなたは美少年ね、巳之吉さん、もう私はあなたを害しはしません。しかし、もしあなたが今夜見た事を誰かに――あなたの母さんにでも――云ったら、私に分ります、そして私、あなたを殺します。……覚えていらっしゃい、私の云う事を』

そう云って、向き直って、彼女は戸口から出て行った。その時、彼は自分の動ける事を知って、飛び起きて、外を見た。しかし、女はどこにも見えなかった。そして、雪は小屋の中へ烈しく吹きつけていた。巳之吉は戸をしめて、それに木の棒をいくつか立てかけてそれを支えた。彼は風が戸を吹きとばしたのかと思ってみた、――彼はただ夢を見ていたかもしれないと思った。それで入口の雪あかりの閃きを、白い女の形と思い違いしたのかもしれないと思った。しかもそれもたしかではなかった。彼は茂作を呼んでみた。そして、老人が返事をしなかったので驚いた。彼は暗がりへ手をやって茂作の顔にさわってみた。そして、それが氷である事が分った。茂作は固くなって死んでいた。……

あけ方になって吹雪は止んだ。そして日の出の後少ししてから、渡し守がその小屋に戻って来た時、茂作の凍えた死体の側に、巳之吉が知覚を失うて倒れているのを発見した。巳之吉は直ちに介抱された、そして、すぐに正気に帰った、しかし、彼はその恐ろしい夜の寒さの結果、長い間病んでいた。彼はまた老人の死によってひどく驚かされた。しかし、彼は白衣の女の現れた事については何も云わなかった。再び、達者になるとすぐに、彼の職業に帰った、――毎朝、独りで森へ行き、夕方、木の束をもって帰った。彼の母は彼を助けてそれを売った。

翌年の冬のある晩、家に帰る途中、偶然同じ途を旅している一人の若い女に追いついた。彼女は背の高い、ほっそりした少女で、大層綺麗であった。そして巳之吉の挨拶に答えた彼女の声は歌う鳥の声のように、彼の耳に愉快であった。それから、彼は彼女と並んで歩いた、そして話をし出した。少女は名は「お雪」であると云った。それから両親共なくなった事、それから江戸へ行くつもりである事、そこに何軒か貧しい親類のある事、その人達は女中としての地位を見つけてくれるだろうと云う事など。巳之吉はすぐにこの知らない少女になつかしさを感じて来た、そして見れば見るほど彼女が一層綺麗に見えた。彼は彼女に約束の夫があるかと聞いた、彼女は笑いながら何の約束もないと答えた。それから、今度は、彼女の方で巳之吉は結婚しているか、あるいは約束があるかと尋ねた、彼は彼女に、養うべき母が一人あるが、お嫁の問題は、まだ自分が若いから、考えに上った事はないと答えた。……こんな打明け話のあとで、彼等は長い間ものを云わないで歩いた、しかし諺にある通り『気があれば眼も口ほどにものを云い』であった。村に着く頃までに、彼等はお互に大層気に入っていた。そして、その時巳之吉はしばらく自分の家で休むようにとお雪に云った。彼女はしばらくはにかんでためらっていたが、彼と共にそこへ行った。そして彼の母は彼女を歓迎して、彼女のために暖かい食事を用意した。お雪の立居振舞は、そんなによかったので、巳之吉の母は急に好きになって、彼女に江戸への旅を延ばすように勧めた。そして自然の成行きとして、お雪は江戸へは遂に行かなかった。彼女は「お嫁」としてその家にとどまった。

お雪は大層よい嫁である事が分った。巳之吉の母が死ぬようになった時——五年ばかりの後——彼女の最後の言葉は、彼女の嫁に対する愛情と賞賛の言葉であった、——そしてお雪は巳之吉に男女十人の子供を生んだ、——皆綺麗な子供で色が非常に白かった。

田舎の人々はお雪を、生れつき自分等と違った不思議な人と考えた。大概の農夫の女は早く年を取る、しかしお雪は十人の子供の母となったあとでも、始めて村へ来た日と同じように若くて、みずみずしく見えた。

ある晩子供等が寝たあとで、お雪は行燈の光で針仕事をしていた。そして巳之吉は彼女を見つめながら云った、——

『お前がそうして顔にあかりを受けて、針仕事をしているのを見ると、わしが十八の少年の時遇った不思議な事が思い出される。わしはその時、今のお前のように綺麗なそして色白な人を見た。全く、その女はお前にそっくりだったよ』……

仕事から眼を上げないで、お雪は答えた、——

『その人の話をしてちょうだい。……どこでおあいになったの』

そこで巳之吉は渡し守の小屋で過ごした恐ろしい夜の事を彼女に話した、——そして、にこにこしてささやきながら、自分の上に屈んだ白い女の事、——それから、茂作老人の物も云わずに死んだ事。そして彼は云った、——

『眠っている時にでも起きている時にでも、お前のように綺麗な人を見たのはその時だけだ。もちろんそれは人間じゃなかった。そしてわしはその女が恐ろしかった、——大変恐ろしかった、——がその女は大変白かった。……実際わしが見たのは夢であったかそれとも雪女であったか、分らないでいる』……

お雪は縫物を投げ捨てて立ち上って巳之吉の坐っている処で、彼の上に屈んで、彼の顔に向って叫んだ、——

『それは私、私、私でした。……それは雪でした。そしてその時あなたが、その事を一言でも云ったら、私はあなたを殺すと云いました。……そこに眠っている子供等がいなかったら、今すぐあなたを殺すのでした。でも今あなたは子供等を大事に大事になさる方がいい、もし子供等があなたに不平を云うべき理由でもあったら、私はそれ相当にあなたを扱うつもりだから』……

彼女が叫んでいる最中、彼女の声は細くなって行った、風の叫びのように、——それから彼女は輝いた白い霞となって屋根の棟木の方へ上って、それから煙出しの穴を通ってふるえながら出て行った。……もう再び彼女は見られなかった。

底本：『小泉八雲全集第八巻　家庭版』第一書房
1937（昭和12）年1月15日発行

◎作品を読み解くポイント（解説編）

A：雪女はなぜ消えたのか？

雪女に「正体を明かした後は人間のそばにはいられない」などのルールがあったと推測される。

妖怪・悪魔・天使・あるいは神々などの超常的な存在が特別なルールを持っているのは、様々な物語でよく見られるものだ。例えば人間が彼らと争って勝つ展開に説得力を与えるなら、そのようなルールを利用する形にするといいだろう。

B：雪女の家族への気持ちはどんなものだったと考えられるか？

愛情があるからこそ、害をなさずに去ったのだろう。しかしそれは本当に言葉どおりなのか、夫への気持ちはどうなのか（素直になれないツンデレ？）と考えることもできる。

C：この話を長編へ広げるならどんな方向があり得るか？

消えてしまった妻を取り返しに行く話は妖怪や妖精ものの定番。あるいは雪女の子孫の物語というのも考えられる。

ここで小泉八雲を紹介する最も大きな動機は、作品の面白さはもちろんなのだが、こういう人がいる、ということを知ってもらいたかったことにある。作家略歴にもあるように、小泉八雲は日本人ではない。しかも日本語の習得はほとんど諦めていたらしく（それでも夫人とは独自の言語のようなものでコミュニケーションを取り、夫婦仲は良好だった）、彼の著作は全て英語。とはいえ、日本とかなり縁の深い人物である。

本書で紹介する作家はたいてい激動の人生を送っているもので、樋口一葉などが代表的だ。しかし、その中でも小泉八雲自身が、ひとつの物語の主人公のようだといっても過言ではない。しかも『彼は日本をどう思っていたか（最後まで愛していたとも、失望していたとも）』という点で後世の意見も分かれており、非常に魅力的なキャラクターなのだ。

小泉八雲のようなキャラクターの物語を作ってほしいと言われたなら、あなたはどんな切り口を選ぶのだろうか？

例えば、一世を風靡（ふうび）した異世界転移・転生ものの形に落とし込むのもいいかもしれない。異世界で勇者として活躍し、その世界の文化に惚れこみながらも、一方で失望するような事件も起きるわけだ。

あるいは、現代日本に小泉八雲のような人が現れたっていい。今でも、日本の神秘的な側面に惹かれる、あるいは、豊かさや技術力に惚れ込む外国人は少なからずいる。彼らを主人公に、日本の美しさや醜さを描く物語は、私たちにとって新鮮な驚きに満ちていることだろう。

もちろん目的はそれだけではない。八雲は様々な怪談を採取して小説にしているが、その中で紹介された「耳なし芳一」「雪女」「のっぺらぼう」などの話は、後世の私たちがそれらの物語を知る過程として大きな影響を与えたと考えられる。

ぼんやりとしか知らないこれらの物語を、より源流に近い所で知っておくことには大きな意味がある。

また、ポイントでも紹介したが、怪談や妖怪にはルールがつきものである（「見るなの禁忌」など、何かをしてはいけないというタブーとして現れることが多いようだ）。

それぞれのルールはどんなものか、キャラクターたちがルールにどんな思いを持っているか、というのが、皆さんがこの種のホラーや怪談ものを書くときにも役立つことと思う。


今回読んだ話にはどんなルールが見えただろうか？　今作は、そのルールがやや崩されている面もある。さて、あなたは見つけられただろうか。

◎エンタメに役立つポイント

妖怪はエンタメ作品に登場させるファンタジックな要素として非常にポピュラーなもののひとつ。その源流を見たうえで、「ではどんな形にすれば娯楽作品に適合するか」ということを考えてほしい。

◎若手女流作家が選ぶ推しの一文
それは私、私、私でした。……それは雪でした。


巳之吉が雪女のことを話してしまい、雪が叫ぶシーン。この告白に、私は胸が苦しくなった。このあと「……そこに眠っている子供等がいなかったら、今すぐあなたを殺すのでした」と続く。果たして雪女が巳之吉を殺さなかった理由とは、子供のためだろうか？　そして彼女の叫びは、話してしまったことへの怒りだろうか？

そのどちらも間違いではないだろう。愛しているのに、離れたくないのに、どうして約束を破ってしまったのかと。

ただ「私だ」とこれほどに主張するのは、もしかしたら気づいてほしかったのではないかと、ふと思った。そばにいられなくなるから、話してほしくない。けれど最初の出逢いを覚えていてほしかった、自分だと気づいて欲しかったという、いじらしい女心が見える気がした。だとすると「お前に似ていた」と巳之吉に言われたのはもどかしく、「恐ろしかった」と言われたのは悲しかっただろう。

（粟江）

……覚えていらっしゃい、私の云う事を

2人が初めて出会った際の、雪女の最後の台詞。この台詞自体はなんてことない。が、最後まで読み進めるとこの約束が破られたことがわかる。愛した人が約束を破った、雪女の心境を考えるとやるせなくなる。

（鳥居）

その人の話をしてちょうだい。

巳之吉が雪女の話をしたら、彼を殺さなければいけないとわかっているのに、自ら話を促した雪の台詞。話を逸らしてしまえば、巳之吉とも10人の子ども達とも離れる必要はなかったはずなのに、彼女はなぜそんなことを言ったのだろう。巳之吉を試したのだとしたら、雪女としてなのか、彼を愛し信じるひとりの女性としてなのか。印象に残る一言だ。

（菅沼）

◎同作者の代表的な作品

・**『食人鬼』**

『怪談』収録作のひとつ。奇妙な習慣を持つ村に現れる食人鬼の物語。

物語としてシンプルだが寓話性の高いものに仕上げている。

・**『常識』**

こちらは『骨董』という作品集に収録されている。

頭のあまり良くない狩人と、頭のいい僧侶が対比されつつ、しかし時に頭の良さは邪魔にもなる、というシンプルな真理が話の軸になっている。

・**『日本の面影』**

こちらは日本紹介者としての八雲の代表的なエッセイである。彼の目で見た日本がどういう国だったのかが詩情豊かに綴られている。

ちなみに、八雲は他にも英語での著作が少なからずあるため、英語力に自信のある読者はぜひ。

今回の作品を読んだ後におすすめのライトノベル・エンタメ作品

・山田太一『日本の面影 ラフカディオ・ハーンの世界』

エッセイと同じタイトルだが、これは八雲を主人公としたドラマの脚本。

八雲はその生涯も魅力的だし、見る人により見方も変わって、解釈も人それぞれ。彼を主人公にした物語を楽しみ、またその評価を見て、皆さんが自分なりに「小泉八雲は何者だったか」と考えてほしい。

・イザベラ・バード『日本奥地紀行』

八雲とほぼ同じ時代を生きたイギリス人女性が、日本を何度か訪れ、近世から近代へ向かう中で失われていく日本の姿を描いた紀行文。日本の長所を見出している一方で、文明国の人間の目によってその未開さを痛烈にえぐり出してもいる。

近年だとこの本を元にして脚色を施した佐々大河『ふしぎの国のバード』という漫画があるが、こちらはぐっと読みやすい。

・香月日輪『妖怪アパートの幽雅な日常』

現代に生きる妖怪たちの物語……という筋の作品は小説、漫画、アニメと各ジャンルで多様に存在する。その中でもこれはライトノベルに近い方法論で書かれていて、非常に読みやすい。この辺りから入ってみるのがいいかもしれない。

・西尾維新『物語』シリーズ

『化物語』に始まる超人気シリーズ。田舎町に暮らす阿良々木暦と、彼を取り巻く少女たちと、そして不可思議な怪異の物語。

怪異というと既存の妖怪をネタにすることが多いが、本作品では著者が創造したオリジナルな民間伝承を扱っている。こういう手もあるよ、という紹介である。

・京極夏彦『百鬼夜行シリーズ』

あるいは京極堂シリーズとも。戦後間もない日本で起きる、妖怪が関わっているとしか思えない怪奇な事件の謎が次々と解かれてゆく。

ここまでに紹介した作品とは一味違って、妖怪ものだが妖怪を否定していく物語。大変にボリュームがあるが、怪奇が論理的に解体されていく終盤にはそれだけの価値がある。

『赤い蝋燭と人魚』

小川未明
Ogawa Mimei

◎作家紹介

小川未明：1882年4月7日～1961年5月11日

明治末期から昭和にかけて活躍した小説家。千近いともいわれる無数の作品を残し、特に短編の詩的な美しさが有名。名は「びめい」だが、一般に「みめい」と読む。

新潟県生まれ。父小川澄晴、母千代のひとり息子。本名健作。中学時代は漢学を評価されたが理科・数学は苦手だったようで、三度の留年の末、退学。

1901年（19歳）、上京。東京専門学校（後の早稲田大学）英文哲学科入学。21歳で坪内逍遥に出逢う。

1904年（22歳）、逍遥の推薦で処女作『漂浪児』を発表。この時期から逍遥のつけた雅号「未明」を名乗る。

大学卒業後は結婚し、早稲田文学社や読売新聞社に入社するも長続きせず、文筆業に専念した。

1961年、脳出血のため、79歳で死去。

実は最初から童話を書いていたわけではない。当初は『霰に霙』などの作品で「明治末期の新ロマンチシズム文学における有望な新人」と認められ、後に社会主義的傾向を強め、大正末期から童話専門の作家になった、という経緯がある。昭和初期の『雪原の少年』以降は現実の少年少女の暮らしを取材したリアルな作品が増えるなど、長い活動の中で多くの変遷を遂げた作家である。

◎『赤い蝋燭と人魚』あらすじ

海岸の街に蝋燭屋の老夫婦が住んでいた。夫婦は山の上のお宮で人魚の赤子を見つけ、大事に育てた。

赤子は美しい娘に成長したが人前には出なかった。ただ老夫婦への恩返しのため、蝋燭に赤い絵の具で絵を描き、これが海難よけのお守りとして評判になるが……。

◎作品を読み解くポイント

童話には美しく優しいだけでなく、不気味な作品、恐ろしい作品も少なくない。そこから学ぶことも多いのだ。

A：この物語のテーマはなんだろうか

B：この物語で悪かったのは誰だろうか

C：人間と人魚の関係から見えてくるのはなにか

〔作品本文〕

一

人魚は、南の方の海にばかり棲んでいるのではありません。北の海にも棲んでいたのであります。

北方の海の色は、青うございました。ある時、岩の上に、女の人魚があがって、あたりの景色を眺めながら休んでいました。

雲間から洩(も)れた月の光がさびしく、波の上を照していました。どちらを見ても限りない、物凄い波がうねうねと動いているのであります。

なんという淋しい景色だろうと人魚は思いました。自分達は、人間とあまり姿は変っていない。魚や、また底深い海の中に棲んでいる気の荒い、いろいろな獣物等(けものなど)とくらべたら、どれ程人間の方に心も姿も似ているか知れない。それだのに、自分達は、やはり魚や、獣物等といっしょに、冷たい、暗い、気の滅入(めい)りそうな海の中に暮らさなければならないというのはどうしたことだろうと思いました。

長い年月の間、話をする相手もなく、いつも明るい海の面を憧がれて暮らして来たことを思いますと、人魚はたまらなかったのであります。そして、月の明るく照す晩に、海の面に浮んで岩の上に休んでいろいろな空想に耽(ふけ)るのが常でありました。

「人間の住んでいる町は、美しいということだ。人間は、魚よりもまた獣物(けだもの)よりも人情があってやさしいと聞いている。私達は、魚や獣物の中に住んでいるが、もっと人間の方に近いのだから、人間の中に入って暮されないことはないだろう」と、人魚は考えたのであります。

その人魚は女でありました。そして妊娠(みもち)でありました。私達は、もう長い間、この淋しい、話をするものもない、北の青い海の中で暮らして来たのだから、もはや、明るい、賑(にぎや)かな国は望まないけれど、これから産れる子供に、こんな悲しい、頼りない思いをさせてもさせたくないものだ。

子供から別れて、独りさびしく海の中に暮らすということは、この上もない悲しいことだけれど、子供が何処(どこ)にいても、仕合せに暮らしてくれたなら、私の喜びは、それにましたことはない。
人間は、この世界の中で一番やさしいものだと聞いている。そして可哀そうな者や頼りない者は決していじめたり、苦しめたりすることはないと聞いている。一旦手附けたなら、決して、それを捨てないとも聞いている。幸い、私達は、みんなよく顔が人間に似ているばかりでなく、胴から上は全部人間そのままなのであるから——魚や獣物の世界でさえ、暮らされるところを見れば——その世界で暮らされないことはない。一度、人間が手に取り上げて育ててくれたら、決して無慈悲に捨てることもあるまいと思われる。

人魚は、そう思ったのでありました。

せめて、自分の子供だけは、賑やかな、明るい、美しい町で育てて大きくしたいという情から、女の人魚は、子供を陸の上に産み落そうとしたのであります。そうすれば、自分は、もう二たび我子の顔を見ることは出来ないが、子供は人間の仲間入りをして、幸福に生活をするであろうと思ったからであります。

遥か、彼方には、海岸の小高い山にある神社の燈火がちらちらと波間に見えていました。ある夜、女の人魚は、子供を産み落すために冷たい暗い波の間を泳いで、陸の方に向って近づいて来ました。

二

海岸に小さな町がありました。町にはいろいろな店がありましたが、お宮のある山の下に小さな蝋燭を商っている店がありました。

その家には年よりの夫婦が住んでいました。お爺さんが蝋燭を造って、お婆さんが店で売っていたのであります。この町の人や、また附近の漁師がお宮へお詣りをする時に、この店に立寄って蝋燭を買って山へ上りました。

山の上には、松の木が生えていました。その中にお宮がありました。海の方から吹いて来る風が、松の梢に当って、昼も夜もごうごうと鳴っています。そして、毎晩のように、そのお宮にあがった蝋燭の火影がちらちらと揺めいていますのが、遠い海の上から望まれたのであります。

ある夜のことでありました。お婆さんはお爺さんに向って、

「私達がこうして、暮らしているのもみんな神様のお蔭(かげ)だ。このお山にお宮がなかったら、蝋燭が売れない。私共は有(あり)がたいと思わなければなりません。そう思ったついでに、お山へ上ってお詣りをして来ます」と、言いました。

「ほんとうに、お前の言うとおりだ。私も毎日、神様を有がたいと心でお礼を申さない日はないが、つい用事にかまけて、たびたびお山へお詣りに行きもしない。いいところへ気が付きなされた。私の分もよくお礼を申して来ておくれ」と、お爺さんは答えました。

お婆さんは、とぼとぼと家を出かけました。月のいい晩で、昼間のように外は明るかったのであります。お宮へおまいりをして、お婆さんは山を降りて来ますと、石段の下に赤ん坊が泣いていました。

「可哀そうに捨児(すてご)だが、誰がこんな処に捨てたのだろう。それにしても不思議なことは、おまいりの帰りに私の眼に止(とま)るというのは何かの縁だろう。このままに見捨(みす)て行っては神様の罰が当る。きっと神様が私達夫婦に子供のないのを知って、お授けになったのだから帰ってお爺さんと相談をして育てましょう」と、お婆さんは、心の中(うち)で言って、赤ん坊を取り上げると、

「おお可哀そうに、可哀そうに」と、言って、家(うち)へ抱いて帰りました。

お爺さんは、お婆さんの帰るのを待っていますと、お婆さんが赤ん坊を抱いて帰って来ました。そして一部始終をお婆さんはお爺さんに話(はなし)ますと、

「それは、まさしく神様のお授け子だから、大事にして育てなければ罰が当る」と、お爺さんも申しました。

二人は、その赤ん坊を育てることにしました。その子は女の児であったのであります。そして胴から下の方は、人間の姿でなく、魚の形をしていましたので、お爺さんも、お婆さんも、話に聞いている人魚にちがいないと思いました。

「これは、人間の子じゃあないが……」と、お爺さんは、赤ん坊を見て頭を傾けました。

「私もそう思います。しかし人間の子でなくても、なんというやさしい、可愛らしい顔の女の子でありましょう」と、お婆さんは言いました。

「いいとも何んでも構わない、神様のお授けなさった子供だから大事にして育てよう。きっと大きくなったら、怜悧ないい子になるにちがいない」と、お爺さんも申しました。

その日から、二人は、その女の子を大事に育てました。子供は、大きくなるにつれて黒眼勝な美しい、頭髪の色のツヤツヤとした、おとなしい怜悧な子となりました。

三

娘は、大きくなりましたけれど、姿が変っているので恥かしがって顔を出しませんでした。けれど一目その娘を見た人は、みんなびっくりするような美しい器量でありましたから、中にはどうかしてその娘を見ようと思って、蝋燭を買いに来た者もありました。

お爺さんや、お婆さんは、

「うちの娘は、内気で恥かしがりやだから、人様の前には出ないのです」と、言っていました。

奥の間でお爺さんは、せっせと蝋燭を造っていました。娘は、自分の思い付きで、きっと絵を描いたら、みんなが喜んで蝋燭を買うだろうと思いましたから、そのことをお爺さんに話ますと、そんならお前の好きな絵をためしに書いて見るがいいと答えました。

娘は、赤い絵具で、白い蝋燭に、魚や、貝や、また海草のようなものを産れつき誰にも習ったのでないが上手に描きました。お爺さんは、それを見るとびっくりいたしました。誰でも、その絵を見ると、蝋燭がほしくなるように、その絵には、不思議な力と美しさとが籠っていたのであります。

「うまい筈だ、人間ではない人魚が描いたのだもの」と、お爺さんは感嘆して、お婆さんと話合いました。

「絵を描いた蝋燭をおくれ」と、言って、朝から、晩まで子供や、大人がこの店頭へ買いに来ました。果して、絵を描いた蝋燭は、みんなに受けたのであります。

するとここに不思議な話がありました。この絵を描いた蝋燭を山の上のお宮にあげてその燃えさしを身に付けて、海に出ると、どんな大暴風雨の日でも決して船が顛覆したり溺れて死ぬような災難がないということが、いつからともなくみんなの口々に噂となって上りました。

「海の神様を祭ったお宮様だもの、綺麗な蝋燭をあげれば、神様もお喜びなさるのにきまっている」と、その町の人々は言いました。

蝋燭屋では、絵を描いた蝋燭が売れるのでお爺さんは、一生懸命に朝から晩まで蝋燭を造りますと、傍で娘は、手の痛くなるのも我慢して赤い絵具で絵を描いたのであります。

「こんな人間並でない自分をも、よく育て可愛がって下すったご恩を忘れてはならない」と、娘はやさしい心に感じて、大きな黒い瞳をうるませたこともあります。

この話は遠くの村まで響きました。遠方の船乗りやまた、漁師は、神様にあがった絵を描いた蝋燭の燃えさしを手に入れたいものだというので、わざわざ遠い処をやって来ました。そして、蝋燭を買って、山に登り、お宮に参詣して、蝋燭に火をつけて捧げ、その燃えて短くなるのを待って、またそれを戴いて帰りました。だから、夜となく、昼となく、山の上のお宮には、蝋燭の火の絶えたことはありません。殊に、夜は美しく燈火の光が海の上からも望まれたのであります。

「ほんとうに有りがたい神様だ」と、いう評判は世間に立ちました。それで、急にこの山が名高くなりました。

神様の評判はこのように高くなりましたけれど、誰も、蝋燭に一心を籠めて絵を描いている娘のことを思う者はなかったのです。従ってその娘を可哀そうに思った人はなかったのであります。

娘は、疲れて、折々は月のいい夜に、窓から頭を出して、遠い、北の青い海を恋しがって涙ぐんで眺めていることもありました。

四

ある時、南の方の国から、香具師が入って来ました。何か北の国へ行って、珍らしいものを探して、それをば南の方の国へ持って行って金を儲けようというのであります。

香具師は、何処から聞き込んで来ましたか、または、いつ娘の姿を見て、ほんとうの人間ではない、実に世にも珍らしい人魚であることを見抜きましたか、ある日のことこっそりと年より夫婦の処へやって来て、娘には分らないように、大金を出すから、その人魚を売ってはくれないかと申したのであります。

年より夫婦は、最初のうちは、この娘は、神様のお授けだから、どうして売ることが出来よう。そんなことをしたら罰が当ると言って承知をしませんでした。香具師は一度、二度断られてもこりずに、またやって来ました。そして年より夫婦に向って、

「昔から人魚は、不吉なものとしてある。今のうちに手許から離さないと、きっと悪いことがある」と、誠しやかに申したのであります。

年より夫婦は、ついに香具師の言うことを信じてしまいました。それに大金になりますので、つい金に心を奪われて、娘を香具師に売ることに約束をきめてしまったのであります。

香具師は、大そう喜んで帰りました。いずれそのうちに、娘を受取りに来ると言いました。

この話を娘が知った時どんなに驚いたでありましょう。内気な、やさしい娘は、この家を離れて幾百里も遠い知らない熱い南の国に行くことを怖れました。そして、泣いて、年より夫婦に願ったのであります。

「妾は、どんなにも働きますから、どうぞ知らない南の国へ売られて行くことを許して下さいまし」と、言いました。

しかし、もはや、鬼のような心持になってしまった年より夫婦は何といっても娘の言うことを

聞き入れませんでした。

娘は、室（へや）の裡（うち）に閉じこもって、一心に蝋燭の絵を描（かい）ていました。しかし年より夫婦はそれを見ても、いじらしいとも哀れとも思わなかったのであります。

月の明るい晩のことであります。娘は、独り波の音を聞きながら、身の行末（ゆくすえ）を思うて悲しんでいました。波の音を聞いていると、何となく遠くの方で、自分を呼んでいるものがあるような気がしましたので、窓から、外を覗いて見ました。けれど、ただ青い青い海の上に月の光りが、はてしなく照らしているばかりでありました。

娘は、また、坐って、蝋燭に絵を描いていました。するとこの時、表の方が騒がしかったのです。いつかの香具師が、いよいよその夜娘を連れに来たのです。大きな鉄格子のはまった四角な箱を車に乗せて来ました。その箱の中には、曾（かつ）て虎や、獅子や、豹などを入れたことがあるのです。

このやさしい人魚も、やはり海の中の獣物だというので、虎や、獅子と同じように取扱おうとするのであります。もし、この箱を娘が見たら、どんなに魂消（たまげ）たでありましょう。

娘は、それとも知らずに、下を向いて絵を描いていました。其処（そこ）へ、お爺さんとお婆さんとが入って来て、

「さあ、お前は行くのだ」と、言って連れ出そうとしました。

娘は、手に持っている蝋燭に、せき立てられるので絵を描くことが出来ずに、それをみんな赤く塗ってしまいました。

娘は、赤い蝋燭を自分の悲しい思い出の記念（かたみ）に、二三本残して行ってしまったのです。

五

ほんとうに穏かな晩でありました。お爺さんとお婆さんは、戸を閉めて寝てしまいました。

真夜中頃であります。とん、とん、とん、と誰か戸を叩く者がありました。年よりのものですから耳敏（さと）く、その音を聞きつけて、誰だろうと思いました。

「どなた?」と、お婆さんは言いました。

けれどもそれには答えがなく、つづけて、とん、とん、と戸を叩きました。

お婆さんは起きて来て、戸を細目にあけて外を覗きました。すると、一人の色の白い女が戸口に立っていました。

女は蝋燭を買いに来たのです。お婆さんは、少しでもお金が儲かるなら、決していやな顔付(かおつき)をしませんでした。

お婆さんは、蝋燭の箱を出して女に見せました。その時、お婆さんはびっくりしました。女の長い黒い頭髪(かみ)がびっしょりと水に濡れて月の光に輝いていたからであります。女は箱の中から、真赤な蝋燭を取り上げました。そして、じっとそれに見入っていましたが、やがて銭を払ってその赤い蝋燭を持って帰って行きました。

お婆さんは、燈火(あかり)のところで、よくその銭をしらべて見ますと、それはお金ではなくて、貝殻(かいがら)でありました。お婆さんは、騙されたと思うと怒って、家(うち)から飛び出して見ましたが、もはや、その女の影は、どちらにも見えなかったのであります。

その夜のことであります。急に空の模様が変って、近頃にない大暴風雨となりました。ちょうど香具師が、娘を檻の中に入れて、船に乗せて南の方の国へ行く途中で沖合にあった頃であります。

「この大暴風雨では、とてもあの船は助かるまい」と、お爺さんと、お婆さんは、ふるふると震えながら話をしていました。

夜が明けると沖は真暗で物凄い景色でありました。その夜、難船をした船は、数えきれない程でありました。

不思議なことに、赤い蝋燭が、山のお宮に点(とも)った晩は、どんなに天気がよくても忽(たちま)ち大あらしになりました。それから、赤い蝋燭は、不吉ということになりました。蝋燭屋の年より夫婦は、神様の罰が当ったのだといって、それぎり蝋燭屋をやめてしまいました。

しかし、何処からともなく、誰が、お宮に上げるものか、毎晩、赤い蝋燭が点りました。昔は、このお宮にあがった絵の描いた蝋燭の燃えさしを持ってさえいれば、決して海の上では災難に罹(かか)らなかったものが、今度は、赤い蝋燭を見ただけでも、その者はきっと災難に罹って、海に溺(おぼ)れて死んだのであります。

忽ち、この噂が世間に伝わると、もはや誰も、山の上のお宮に参詣する者がなくなりました。こうして、昔、あらたかであった神様は、今は、町の鬼門となってしまいました。そして、こんなお宮が、この町になければいいのにと怨(うら)まぬものはなかったのであります。

船乗りは、沖から、お宮のある山を眺めて怖れました。夜になると、北の海の上は永(とこしえ)に物凄うございました。はてしもなく、何方(どっち)を見まわしても高い波がうねうねとうねっています。そして、岩に砕けては、白い泡が立ち上っています。月が雲間から洩れて波の面を照らした時は、まことに気味悪うございました。

真暗な、星も見えない、雨の降る晩に、波の上から、蝋燭の光りが、漂って、だんだん高く登って、山の上のお宮をさして、ちらちらと動いて行くのを見た者があります。

幾年も経たずして、その下の町は亡(ほろ)びて、失(な)くなってしまいました。

底本：『文豪怪談傑作選　小川未明集　幽霊船』
ちくま文庫、筑摩書房
2008（平成20）年8月10日第1刷発行
2010（平成22）年5月25日第2刷発行
底本の親本：『日本児童文学体系5』ほるぷ出版
1977（昭和52）年11月
初出：『東京朝日新聞』
1921（大正10）年2月16日～20日

◎作品を読み解くポイント（解説編）

A：この物語のテーマはなんだろうか

因果応報。教育的効果も含めて、童話や民話でしばしば見られるテーマと言える。

B：この物語で悪かったのは誰だろうか

欲に目が眩んだ老夫婦や、金をちらつかせた香具師ももちろん悪いが、冒頭で娘を人間に託した人魚も、思い込みで大事な娘を預けたのは愚かな行為と言える。

C：人間と人魚の関係から見えてくるのはなにか

わかりあうことの難しさ。この物語の場合、最初は良好であるからこそ悲劇が大きい。また、結局のところ良い態度も悪い態度も「純朴さ」から来ていることは見逃せない。老夫婦は純朴に神の使いを受け入れ、純朴に不吉な人魚を排除したのだ。

童話といえば、ストーリーがわかりやすく、非常に温かい（それでいて厳しさや寂しさなども内包している）といったイメージはないだろうか。対して小川未明の作品は、美しかったり、不条理だったり、恐ろしかったりと、一見するとあまり童話らしくない印象を受けるかもしれない。

しかし、まるで夢のなかのように美しくも不条理な世界を描くのも、童話のもうひとつの役割である。そして、このような幻想的な光景は、エンタメ作品においても目指すべきひとつの境地であると考えたので、今回紹介する。

悲劇や感動を大きくするためにはどんな要素が必要か、という点が小川未明からは大いに学ぶことができる。人間の愚かさ、純朴であるからの悲劇、あるいは逆に人を思いやり、自分と重なるからこその優しさと感動など。悲劇をそのまま書いてもエンタメ的とは言い難いが、物語の背景としてなら大いに活用できる。

しかし美しく、詩的な世界をいくら書いても、読者に伝わらなければ何の意味もない。

では、小川未明の作品群はどうだろうか。伝わらなかったなら、どんなところを見落としているのだろうか。伝わったならば、どんな所に工夫があるのだろうか。ひとつ偏見を捨てて、子供の頃のように素直な心で作品に取り掛かってみよう。意外な発見や、得るものがあるのではないだろうか。

◎エンタメに役立つポイント

メッセージをどのように物語に込めるか、ということ。

また、この作品は童話という性質上あまり深く語らずにさらっと流しているが、これをエンタメで書くならどうするか、と考えてほしい。

◎若手女流作家が選ぶ推しの一文

「うまい筈だ、人間ではない人魚が描いたのだもの」と、お爺さんは感嘆して、お婆さんと話合いました。

このときはまだ、人魚であることを純粋に尊く思っている。だがこれがのちに、香具師にそそのかされて「人魚は不吉なもの」と信じてしまうとは。あるいは信じたふりをして、大金に目がくらんだのだろうか。その落差が、一層哀しく読めた。

またどれだけ大事に、尊く思っていても、「人間ではない人魚」と一種の差別がある。男と女が違うように、国や人種のように、単なる区別として思っていたのかもしれない。だが根底にこういった差別があったからこそ、我が子として育てていた人魚を、売り払ってしまえたのではないだろうか。

（粟江）

人間は、この世界の中で一番やさしいものだと聞いている。

人魚は「人間は心優しい生き物」と思い子を託したが、そんなことはなかった。期待と希望を裏切られ、子が酷い目に遭うことを知った時、彼女はなにを思ったのか。勿論怒りを感じて蝋燭を買いに行ったのだろうが、同時に己の愚かさも呪ったのかもしれない。

（鳥居）

そして、こんなお宮が、この町になければいいのにと怨まぬものはなかったのであります。

私はこの一文を読んではっとした。人間は一番優しい生き物で、いじめたり、苦しめたり、一旦手をつけたことを放り出さないと人魚は信じていた。

けれど、最初は神様から授かった子だと娘を大切に育てた夫婦は、金に目がくらみ娘を酷使したあげく売ってしまう。「ありがたい神様」と蝋燭を買ってお宮に参詣した人間たちも、良くないことが続くとお宮の存在を怨んだ。

人間は、人魚が思い描いていたよりもずっと身勝手な生き物であることを気づかされる一文ではないだろうか。

（菅沼）

◎同作者の代表的な作品

・『月夜と眼鏡』

妙な男から眼鏡を買った老婆は、ケガをした少女に出会う。眼鏡をかけてみると正体が蝶だとわかり……。

描写によって幻想的世界を作り上げている。できれば『赤い蝋燭と人魚』的な作品だけでなく、こちらの小川未明作品にも触れてほしい。

今回の作品を読んだ後におすすめの ライトノベル・エンタメ作品

・アンデルセンの童話群

小川未明は、その童話文学に与えた影響の大きさと、非常に多作であったことから、時に「日本のアンデルセン」などと呼ばれることもある。

では、小川未明の作品群と、アンデルセンのそれはどのような所に共通点と差異があるのか。特に『人魚姫』。どう違うのか。何故違うのか。自分が書くとしたらどちらの方向なのか。考えてみよう。

・甲田学人『断章のグリム』

グリムというタイトルにある文言からもわかるよう「童話」に強く関わっている作品。童話と恐怖のコンビネーションで、小川作品に近いものを感じて紹介する。

・オスカー・ワイルド『幸福な王子』

意志を持つ壮麗な王子像が自己犠牲の果てにすべてを失う悲哀とその美しさを描いた、象徴的な物語。

描こうとしている世界、また描写に非常に近いところがあると感じた。これも日本語訳が青空文庫で読める作品なので、合わせてぜひ。

・瑚池ことり『リーリエ国騎士団とシンデレラの弓音』

騎士の競技会が戦争の代わりになっている世界。内気な少女が弓の腕を見出されて騎士団に招かれ……。

ちょっと童話の匂いもするファンタジーものの定番のひとつ。この作品はスポーツもの的雰囲気が強いながらも、『シンデレラ』がひとつのモチーフだが、文豪の創作童話もモチーフになりうる。

・深沢美潮『フォーチュン・クエスト』

ゲーム的ファンタジー世界で冒険者として生きる少年少女たちの、冒険と、日常と、青春と、恋の物語。

小川未明の不思議な世界を（古いが）よりエンタメな方向に持っていくとこうなるのでは、と感じさせられたのでリストに加えた。

『檸檬』

梶井基次郎
Kajii Motojirou

◎作家紹介

梶井基次郎：1901年2月17日～1932年3月24日

大正から昭和初期に活躍した小説家。

大阪出身。父宗太郎、母ひさの次男として生まれる。

母ひさは大名の蔵元であった辻四郎右衛門の次女であったが、維新の混乱期に生家が倒産し、梶井秀吉の養女となる（父宗太郎は婿養子）。10代で漢文を藤沢南岳に、和歌を坂正臣に学び、女学校の保姆科を首席で卒業するなどの才女であった。父宗太郎は軍需品の輸送関係の仕事に従事。日露戦争（1904～1905）の頃には多忙を極め、酒色に親しむようになる。家庭生活は乱れ始め、この頃、母ひさは子どもたちを連れて土佐堀橋からの投身自殺をしばしば考えたという。

1908年（7歳）1月、急性腎臓炎にかかり死にかける。

1919年（18歳）、初恋を経験。片恋に終わる。9月、第三高等学校理科甲類（現京都大学総合人間学部の前身）に進学して京都に居を移す。ところがこの年のうちに学業への意欲は失せ「いい小説といい楽譜」を求めるようになって、夏目漱石や谷崎潤一郎を愛読する。

1920年（19歳）、肋膜炎にかかり、大阪に戻る。その後も療養のため、何度か転地する。

1921年（20歳）、遊里を初体験し、この頃より退廃的な生活を送る。

1923年（22歳）、卒業試験に落第。母への贖罪に、習作『母親』を書く。また、三高劇研究会の回覧雑誌『真素木』に小説『奎吉』を発表。同年、『檸檬』の第一稿に着手。いよいよ文学に精進する。

1924年（23歳）、5年かけてようやく第三高等学校を卒業。東京帝国大学英文科に入学。

1925年（24歳）1月、中谷孝雄らとともに同人誌『青空』を創刊。『檸檬』を発表。翌年、肋膜炎再発。友人らの勧めもあり、1928（昭和3）年（27歳）、大阪に戻る。

その後も腎臓炎や痔疾などに苦しみ、1932（昭和7）年、肺結核のため死去。享年31歳。20篇あまりの詩的作品を世に遺した。命日は代表作『檸檬』にちなんで、檸檬忌と呼ばれる。

あまりにも早い死であったが、その作家としての評価は死後、次第に高まっていった。

◎『檸檬』あらすじ

私は、得体の知れない「不吉な塊」を内に抱いていた。借金でも病気でもなく、その「不吉な塊」こそが、以前私が好んでいたものを拒絶させた。

そのいたたまれなさから、私は京都の街を浮遊し続ける。その道中で私は、贔屓の八百屋で売られている檸檬に目を留める。

◎作品を読み解くポイント

とても短い作品だが、梶井基次郎らしい詩的な表現で綴られている。その独特な言葉選び、その感性を、敏感に読み取ってもらいたい。

A：「私」が抱く「不吉な塊」とはなにか

B：なぜ「私」は、丸善に入った途端、幸福な感情を失ったのか

C：「私」にとって、檸檬はどういう物か

〔作品本文〕

えたいの知れない不吉な塊が私の心を始終圧えつけていた。焦躁と言おうか、嫌悪と言おうか――酒を飲んだあとに宿酔があるように、酒を毎日飲んでいると宿酔に相当した時期がやって来る。それが来たのだ。これはちょっといけなかった。結果した肺尖カタルや神経衰弱がいけないのではない。また背を焼くような借金などがいけないのではない。いけないのはその不吉な塊だ。以前私を喜ばせたどんな美しい音楽も、どんな美しい詩の一節も辛抱がならなくなった。蓄音器を聴かせてもらいにわざわざ出かけて行っても、最初の二三小節で不意に立ち上がってしまいたくなる。何かが私を居堪らずさせるのだ。それで始終私は街から街を浮浪し続けていた。

何故だかその頃私は見すぼらしくて美しいものに強くひきつけられたのを覚えている。風景にしても壊れかかった街だとか、その街にしてもよそよそしい表通りよりもどこか親しみのある、汚い洗濯物が干してあったりがらくたが転がしてあったりむさくるしい部屋が覗いていたりする裏通りが好きであった。雨や風が蝕んでやがて土に帰ってしまう、と言ったような趣きのある街で、土塀が崩れていたり家並が傾きかかっていたり——勢いのいいのは植物だけで、時とするとびっくりさせるような向日葵があったりカンナが咲いていたりする。

時どき私はそんな路を歩きながら、ふと、そこが京都ではなくて京都から何百里も離れた仙台とか長崎とか——そのような市へ今自分が来ているのだ——という錯覚を起こそうと努める。私は、できることなら京都から逃げ出して誰一人知らないような市へ行ってしまいたかった。第一に安静。がらんとした旅館の一室。清浄な蒲団。匂いのいい蚊帳と糊のよくきいた浴衣。そこで一月ほど何も思わず横になりたい。希わくはここがいつの間にかその市になっているのだったら。——錯覚がようやく成功しはじめると私はそれからそれへ想像の絵具を塗りつけてゆく。なんのことはない、私の錯覚と壊れかかった街との二重写しである。そして私はその中に現実の私自身を見失うのを楽しんだ。

私はまたあの花火というやつが好きになった。花火そのものは第二段として、あの安っぽい絵具で赤や紫や黄や青や、さまざまの縞模様を持った花火の束、中山寺の星下り、花合戦、枯れすすき。それから鼠花火というのは一つずつ輪になっていて箱に詰めてある。そんなものが変に私の心を唆った。

それからまた、びいどろという色硝子で鯛や花を打ち出してあるおはじきが好きになったし、南京玉が好きになった。またそれを嘗めてみるのが私にとってなんともいえない享楽だったのだ。あのびいどろの味ほど幽かな涼しい味があるものか。私は幼い時よくそれを口に入れては父母に叱られたものだが、その幼時のあまい記憶が大きくなって落ち魄れた私に蘇えってくる故だろうか、まったくあの味には幽かな爽やかななんとなく詩美と言ったような味覚が漂って来る。

察しはつくだろうが私にはまるで金がなかった。とは言えそんなものを見て少しでも心の動きかけた時の私自身を慰めるためには贅沢（ぜいたく）ということが必要であった。二銭や三銭のもの――と言って贅沢なもの。美しいもの――と言って無気力な私の触角にむしろ媚（こ）びて来るもの。――そう言ったものが自然私を慰めるのだ。

生活がまだ蝕（むしば）まれていなかった以前私の好きであった所は、たとえば丸善であった。赤や黄のオードコロンやオードキニン。洒落（しゃれ）た切子細工や典雅なロココ趣味の浮模様を持った琥珀色や翡翠（ひすい）色（いろ）の香水壜（こうすいびん）。煙管（きせる）、小刀、石鹸（せっけん）、煙草（たばこ）。私はそんなものを見るのに小一時間も費すことがあった。そして結局一等いい鉛筆を一本買うくらいの贅沢をするのだった。しかしここももうその頃の私にとっては重くるしい場所に過ぎなかった。書籍、学生、勘定台、これらはみな借金取りの亡霊のように私には見えるのだった。

ある朝――その頃私は甲の友達から乙の友達へというふうに友達の下宿を転々として暮らしていたのだが――友達が学校へ出てしまったあとの空虚な空気のなかにぽつねんと一人取り残された。私はまたそこから彷徨（さまよ）い出なければならなかった。何かが私を追いたてる。そして街から街へ、先に言ったような裏通りを歩いたり、駄菓子屋の前で立ち留（ど）まったり、乾物屋の乾蝦（ほしえび）や棒鱈（ぼうだら）や湯葉（ゆば）を眺めたり、とうとう私は二条の方へ寺町を下（さが）り、そこの果物屋で足を留（と）めた。ここでちょっとその果物屋を紹介したいのだが、その果物屋は私の知っていた範囲で最も好きな店であった。そこは決して立派な店ではなかったのだが、果物屋固有の美しさが最も露骨に感ぜられた。果物はかなり勾配の急な台の上に並べてあって、その台というのも古びた黒い漆塗（うるしぬ）りの板だったように思える。何か華やかな美しい音楽の快速調（アッレグロ）の流れが、見る人を石に化したというゴルゴンの鬼面――的なものを差しつけられて、あんな色彩やあんなヴォリウムに凝（こ）り固まったというふうに果物は並んでいる。青物もやはり奥へゆけばゆくほど堆（うず）高く積まれている。――実際あそこの人参葉（にんじんば）の美しさなどは素（す）晴（ば）しかった。それから水に漬（つ）けてある豆だとか慈姑（くわい）だとか。

またそこの家の美しいのは夜だった。寺町通はいったいに賑(にぎや)かな通りで——と言って感じは東京や大阪よりはずっと澄んでいるが——飾窓の光がおびただしく街路へ流れ出ている。それがどうしたわけかその店頭の周囲だけが妙に暗いのだ。もともと片方は暗い二条通に接している街角になっているので、暗いのは当然であったが、その隣家が寺町通にある家にもかかわらず暗かったのが瞭然(はっきり)しない。しかしその家が暗くなかったら、あんなにも私を誘惑するには至らなかったと思う。もう一つはその家の打ち出した廂(ひさし)なのだが、その廂が眼深(まぶか)に冠った帽子の廂のように——これは形容というよりも、「おや、あそこの店は帽子の廂をやけに下げているぞ」と思わせるほどなので、廂の上はこれも真暗なのだ。そう周囲が真暗なため、店頭に点(つ)けられた幾つもの電燈が驟雨(しゅうう)のように浴びせかける絢爛(けんらん)は、周囲の何者にも奪われることなく、ほしいままにも美しい眺めが照らし出されているのだ。裸の電燈が細長い螺旋棒(らせんぼう)をきりきり眼の中へ刺し込んでくる往来に立って、また近所にある鎰屋(かぎや)の二階の硝子(ガラス)窓をすかして眺めたこの果物店の眺めほど、その時どきの私を興がらせたものは寺町の中でも稀(まれ)だった。

　その日私はいつになくその店で買物をした。というのはその店には珍しい檸檬(れもん)が出ていたのだ。檸檬などごくありふれている。がその店というのも見すぼらしくはないまでもただあたりまえの八百屋に過ぎなかったので、それまであまり見かけたことはなかった。いったい私はあの檸檬が好きだ。レモンエロウの絵具をチューブから搾り出して固めたようなあの単純な色も、それからあの丈(たけ)の詰まった紡錘形の恰好(かっこう)も。——結局私はそれを一つだけ買うことにした。それからの私はどこへどう歩いたのだろう。私は長い間街を歩いていた。始終私の心を圧えつけていた不吉な塊がそれを握った瞬間からいくらか弛(ゆる)んで来たとみえて、私は街の上で非常に幸福であった。あんなに執拗(しつこ)かった憂鬱が、そんなものの一顆(いっか)で紛らされる——あるいは不審なことが、逆説的なほんとうであった。それにしても心というやつはなんという不可思議なやつだろう。

その檸檬の冷たさはたとえようもなくよかった。その頃私は肺尖を悪くしていていつも身体に熱が出た。事実友達の誰彼に私の熱を見せびらかすために手の握り合いなどをしてみるのだが、私の掌が誰のよりも熱かった。その熱い故だったのだろう、握っている掌から身内に浸み透ってゆくようなその冷たさは快いものだった。

私は何度も何度もその果実を鼻に持っていっては嗅いでみた。それの産地だというカリフォルニヤが想像に上って来る。漢文で習った「売柑者之言」の中に書いてあった「鼻を撲つ」という言葉が断れぎれに浮かんで来る。そしてふかぶかと胸一杯に匂やかな空気を吸い込めば、ついぞ胸一杯に呼吸したことのなかった私の身体や顔には温い血のほとぼりが昇って来てなんだか身内に元気が目覚めて来たのだった。……

実際あんな単純な冷覚や触覚や嗅覚や視覚が、ずっと昔からこればかり探していたのだと言いたくなったほど私にしっくりしたなんて私は不思議に思える――それがあの頃のことなんだから。

私はもう往来を軽やかな昂奮に弾んで、一種誇りかな気持さえ感じながら、美的装束をして街を濶歩した詩人のことなど思い浮かべては歩いていた。汚れた手拭の上へ載せてみたりマントの上へあてがってみたりして色の反映を量ったり、またこんなことを思ったり、

――つまりはこの重さなんだな。――

その重さこそ常づね尋ねあぐんでいたもので、疑いもなくこの重さはすべての善いものすべての美しいものを重量に換算して来た重さであるとか、思いあがった諧謔心からそんな馬鹿げたことを考えてみたり――なにがさて私は幸福だったのだ。

どこをどう歩いたのだろう、私が最後に立ったのは丸善の前だった。平常あんなに避けていた丸善がその時の私にはやすやすと入れるように思えた。

「今日は一つ入ってみてやろう」そして私はずかずか入って行った。

しかしどうしたことだろう、私の心を充たして

いた幸福な感情はだんだん逃げていった。香水の壜にも煙管にも私の心はのしかかってはゆかなかった。憂鬱が立て罩めて来る、私は歩き廻った疲労が出て来たのだと思った。私は画本の棚の前へ行ってみた。画集の重たいのを取り出すのさえ常に増して力が要るな！　と思った。しかし私は一冊ずつ抜き出してはみる、そして開けてはみるのだが、克明にはぐってゆく気持はさらに湧いて来ない。しかも呪われたことにはまた次の一冊を引き出して来る。それも同じことだ。それでいて一度バラバラとやってみなくては気が済まないのだ。それ以上は堪らなくなってそこへ置いてしまう。以前の位置へ戻すことさえできない。私は幾度もそれを繰り返した。とうとうおしまいには日頃から大好きだったアングルの橙色の重い本までなおいっそうの堪えがたさのために置いてしまった。――なんという呪われたことだ。手の筋肉に疲労が残っている。私は憂鬱になってしまって、自分が抜いたまま積み重ねた本の群を眺めていた。

以前にはあんなに私をひきつけた画本がどうしたことだろう。一枚一枚に眼を晒し終わって後、さてあまりに尋常な周囲を見廻すときのあの変にそぐわない気持を、私は以前には好んで味わっていたものであった。……

「あ、そうだそうだ」その時私は袂の中の檸檬を憶い出した。本の色彩をゴチャゴチャに積みあげて、一度この檸檬で試してみたら。「そうだ」

私にまた先ほどの軽やかな昂奮が帰って来た。私は手当たり次第に積みあげ、また慌しく潰し、また慌しく築きあげた。新しく引き抜いてつけ加えたり、取り去ったりした。奇怪な幻想的な城が、そのたびに赤くなったり青くなったりした。

やっとそれはでき上がった。そして軽く跳りあがる心を制しながら、その城壁の頂きに恐る恐る檸檬を据えつけた。そしてそれは上出来だった。

見わたすと、その檸檬の色彩はガチャガチャした色の階調をひっそりと紡錘形の身体の中へ吸収してしまって、カーンと冴えかえっていた。私は埃っぽい丸善の中の空気が、その檸檬の周囲だけ変に緊張しているような気がした。私はしばらくそれを眺めていた。

不意に第二のアイディアが起こった。その奇妙なたくらみはむしろ私をぎょっとさせた。

――それをそのままにしておいて私は、なに喰(く)わぬ顔をして外へ出る。――

私は変にくすぐったい気持がした。「出て行こうかなあ。そうだ出て行こう」そして私はすたすた出て行った。

変にくすぐったい気持が街の上の私を微笑(ほほえ)ませた。丸善の棚へ黄金色に輝く恐ろしい爆弾を仕掛けて来た奇怪な悪漢が私で、もう十分後にはあの丸善が美術の棚を中心として大爆発をするのだったらどんなにおもしろいだろう。

私はこの想像を熱心に追求した。「そうしたらあの気詰まりな丸善も粉葉(こっぱ)みじんだろう」

そして私は活動写真の看板画が奇体な趣きで街を彩(いろど)っている京極を下って行った。

底本：「檸檬・ある心の風景　他二十編」旺文社文庫、旺文社
1972（昭和47）年12月10日初版発行
1974（昭和49）年第4刷発行
初出：『青空　創刊号』青空社
1925（大正14）年1月

◎作品を読み解くポイント（解説編）

A：「私」が抱く「不吉な塊」とはなにか

作品中では明言されていないため、感じ方は人それぞれだろう。酒を飲み続けたが故に現れた、二日酔いのような、身体的な症状かもしれない。

あるいは借金や病身を抱える我が身の、将来への漠然とした不安かもしれない。作中で主人公は借金と病気がいけないのではないと否定してはいるが、不安の正体は自らにはなかなかわからないものだ。

B：なぜ「私」は、丸善に入った途端、幸福な感情を失ったのか

冒頭部分で、「私」は以前好んでいたものに対してのいたたまれなさを告白している。このことから、好きな檸檬を手に入れたことで気分が高揚し、以前好んでいた丸善へと足を向けたが、やはりいたたまれなくなってしまったことがうかがえる。

C：「私」にとって、檸檬はどういう物か

作中の言葉を使うならば「みすぼらしくて美しいもの」の最たるものではないだろうか。以前は「美しいもの」を好み、今は「みすぼらしくて美しいもの」を好んでいる。あるいは爆弾と形容したことから、現在抱えている「不吉な塊」を破壊するものとして見ているのかもしれない。

梶井基次郎の代名詞ともいえるのがこの『檸檬』だ。特に「檸檬が爆弾」という見立ては有名であろう。

ストーリーとしては、ひとりの男が京都の街をあてもなく歩き、気に入った檸檬を手にし、行き着いた丸善で檸檬を残して去るといういたずらをする。ほかに登場人物もなく、いたずらの内容は少々突飛かもしれないが、物語としては平坦とも思える。しかし梶井基次郎の詩的な表現には、得るところが多い。

神経衰弱を患うからか、それとも独特な感性だからこそ神経衰弱を患うに至ったのか。それは不明だが、主人公の独特な価値観に注目したい。ともすれば理解しづらいような価値観を、梶井基次郎らしい言葉で描写し、読者の共感を誘っている。

ありふれていてはつまらない。だが、読者に理解されなければもっとつまらない。梶井基次郎は、どのように京都の街を、主人公の感性を描写しているだろうか。主人公と同じように京都の街を歩いている気分で、想像してみてほしい。

◎エンタメに役立つポイント

詩的な表現は、文章を美しく見せるだけでなく、読者に絶妙な共感を覚えさせ、物語に引き込む力がある。ただし回りくどい表現になりすぎて、読者に伝わらなくなってしまっては本末転倒なので、注意が必要。

◎若手女流作家が選ぶ推しの一文

私は変にくすぐったい気持がした。

檸檬をそのままに、丸善を出て行くことを思いついたシーンだ。いたずらをするときのわくわくした気分を感じさせる。我ながら「ぎょっとする」ほど驚く思いつき、だがその一瞬後にはにやにやと笑いながら、いたずらを遂行するためにあたりを伺う。そんな情景が見えはしないだろうか。

（粟江）

えたいの知れない不吉な塊が私の心を始終圧えつけていた。

冒頭の一文。プロ作家になっても冒頭の一文というのは頭を悩ませることのひとつ。読者を引きこまないといけないからだ。『檸檬』の冒頭はそれが成功しているの

ではないかと思う。〝えたいの知れない不吉な魂〟とはなんなのか。それが気になって次の文章を読み進めると、そこから止まらなくなっていく。

（鳥居）

丸善の棚へ黄金色に輝く恐ろしい爆弾を仕掛けて来た奇怪な悪漢が私で

この一文に、私は非常にドキドキさせられた。専門書コーナーで気になった本を積んでしまった経験は私にもある。もちろん帰る前に元の位置に戻すが、店員さんに注意されないかと焦るものだ。この作品の主人公は、自分の意志で積み上げては崩し何度も本の城を構築している。その城の頂点に爆弾をしかけてくるのだ。ただ檸檬を置いて店を出るだけでこれほど緊張と高揚を伴う文章があるだろうか。

（菅沼）

◎現在も存在する「丸善」

２０１５年８月、京都の河原町通沿いのビルに、丸善書店の京都本店がオープンした。

『檸檬』発表の当時は三条通麩屋町にあった店舗が現

在の場所に移転し、その後2005年に閉店。閉店を惜しむファンが、『檸檬』になぞらえてレモンを置き去っていったという逸話もあるほどだ。

それを受けてか、10年ぶりに再オープンとなった2015年8月、レモン設置用の籠が用意された。話題書コーナーには、当然新刊ではないはずの梶井基次郎『檸檬』の文庫本が数種類も並べられていた（複数の出版社から発刊されている）。『檸檬』にちなんだ文房具や、スイーツを楽しむこともできる。

蔵書数も多く、本好きにはたまらない書店さんだ。京都近郊の読者には、ぜひ一度足を運んでもらいたい。

◎同作者の代表的な作品

・『蒼穹』

雲を見つめる「私」の心境を描く。「私」が見る光景には何が投影されていたのか？　結核で静養していた当時の著者の事情と重ねながら想像してほしい作品。

・『櫻の樹の下には』

「俺」が狂気を帯びたかのように桜について語る。「桜の樹の下には屍体が埋まっている」の一文でよく知られている。

今回の作品を読んだ後におすすめの
ライトノベル・エンタメ作品

・有川浩『ストーリー・セラー』

小説家とその夫……というシチュエーションそのものが作者に重なるのだが、ストーリーにも「もしかしてこれ、作者の身に起きた事実なのでは？」と思わせる仕掛けがある。読者には真実を知るすべはないが、だからこそ心を動かすギミックになっている作品。

・滝本竜彦『NHKにようこそ！』

引きこもりの青年と、宗教にはまった少女の出会いから始まる物語。コミカルな作品だが、作者自身の状況、思いが物語の中に投影されているのではないかと推測される点では梶井作品と同じ、ともいえる。

・伏見つかさ『エロマンガ先生』

高校生ライトノベル作家の主人公が、ある日自作の担当イラストレーターが義理の妹だと知ってしまい……というラブコメ。作家ものも色々あるが、それぞれに個性的だ。

・宮部みゆき『ブレイブ・ストーリー』

主人公の心が投影された幻想世界での冒険と成長の物語。心を物語に活かすのには様々なやり方がある。

『外科室』

泉鏡花 Izumi Kyoka

◎作家紹介

泉鏡花：1873年11月4日〜1939年9月7日

明治から昭和初期に活躍した作家。尾崎紅葉に師事し、芥川龍之介や谷崎潤一郎らと交流を持つ。

本名鏡太郎。石川県金沢市に父清次、母鈴の長男として生まれる。

9歳のときに母鈴を亡くす。30歳にもならぬ若く美しい母を失ったことは、その後の泉鏡花作品に大きな影響を与えたと言われる。

1890年、尾崎紅葉の『夏痩』を読んで小説家を志す。同年上京。翌年、尾崎紅葉に面会、住み込みで修行する。

1893年（20歳）、処女作『冠弥左衛門』を日出新聞に連載。

1895年（22歳）、『外科室』が文芸倶楽部の巻頭に掲載される。

1899年（26歳）、神楽坂の芸妓桃太郎（本名伊藤すず）と出逢う。しかし紅葉の結婚観では「妻として迎えるに相応しいのは、温かい家庭でそれなりの教育を受けた者」だったという。そのため、鏡花は紅葉に隠れてすずと交際した。一度は紅葉に知られてしまい別れを余儀なくされるものの、紅葉の死後、2人は結婚する。

1903年（30歳）、師尾崎紅葉が胃がんのため急逝。享年35歳。葬儀では門弟代表として弔辞を読んだ。

1927年（54歳）、芥川龍之介が自殺。先輩代表として弔辞を読んだ。

1939年、肺腫瘍のため永眠。享年67歳。

鏡花作品の特質は「浪漫的な幻想美」である。鏡花は生前から「天才」「日本語の魔術師」と賞賛されていた。だがそのためか、「異端」や「傍流」という位置づけしか与えられず、文壇で冷遇されていた時期もあった。舞台化、映像化された作品も多く、鏡花自身、積極的に戯曲に取り組んでいた。

没後、泉鏡花生誕100年を記念して、金沢市が「泉鏡花文学賞」「泉鏡花記念金沢市民文学賞」を設立。没後60年には生家跡地に泉鏡花記念館が開館された。

◎『外科室』あらすじ

画家である「予」は、好奇心に導かれて貴船伯爵夫人の手術に立ち会うことになった。

執刀医は「予」の友人でもある高峰医師。けれど夫人は、通常なら必ず麻酔をする手術であるにもかかわらず、なぜかかたくなに麻酔を拒む。

貴船伯爵を始めとする周囲の人々の困惑と混乱をよそに、高峰医師は麻酔のないまま、夫人の手術を行うことになる。

◎作品を読み解くポイント

この作品は貴船伯爵夫人と高峰医師のそれぞれが抱える「秘密」がキーとなる。

泉鏡花のロマンあふれる文体を楽しみながら、「登場人物たちはなにを隠しているのか」も頭において物語の世界に没入してほしい。

A：貴船伯爵夫人が隠したかった秘密とはなにか

B：高峰医師が「忘れません」と言ったのは、なんのことか

C：末文の「彼ら二人は罪悪ありて、天に行くこと得ざるべきか。」とはどういう意味か

〔作品本文〕

上

実は好奇心のゆえに、しかれども予は予が画師(えし)たるを利器として、ともかくも口実を設けつつ、予と兄弟もただならざる医学士高峰をしいて、某(それ)の日東京府下の一(ある)病院において、渠(かれ)が刀(とう)を下すべき、貴船(きふね)伯爵夫人の手術をば予をして見せしむることを余儀なくしたり。

その日午前九時過ぐるころ家を出(い)でて病院に腕車(わんしゃ)を飛ばしつ。直ちに外科室の方(かた)に赴(おもむ)くとき、むこうより戸を排してすらすらと出で来たれる華族の小間使とも見ゆる容目(みめ)よき婦人(おんな)二、三人と、廊下の半ばに行き違えり。

見れば渠らの間には、被布着たる一個(いっこ)七、八歳の娘を擁しつ、見送るほどに見えずなれり。これのみならず玄関より外科室、外科室より二階なる病室に通うあいだの長き廊下には、フロックコート着たる紳士、制服着けたる武官、あるいは羽織袴(はかま)の扮装(いでたち)の人物、その他、貴婦人令嬢等いずれもただならず気高きが、あなたに行き違い、こなたに落ち合い、あるいは歩し、あるいは停し、往復あたかも織るがごとし。予は今門前において見たる数台の馬車に思い合わせて、ひそかに心に頷けり。渠らのある者は沈痛に、ある者は憂慮わしげに、はたある者はあわただしげに、いずれも顔色穏やかならで、忙しげなる小刻みの靴の音、草履の響き、一種寂寞たる病院の高き天井と、広き建具と、長き廊下との間にて、異様の跫音を響かしつつ、うたた陰惨の趣をなせり。

予はしばらくして外科室に入りぬ。

ときに予と相目して、脣辺に微笑を浮かべたる医学士は、両手を組みてややあおむけに椅子に凭れり。今にはじめぬことながら、ほとんどわが国の上流社会全体の喜憂に関すべき、この大いなる責任を荷える身の、あたかも晩餐の筵に望みたるごとく、平然としてひややかなること、おそらく渠のごときはまれなるべし。助手三人と、立ち会いの医博士一人と、別に赤十字の看護婦五名あり。看護婦その者にして、胸に勲章帯びたるも見受けたるが、あるやんごとなきあたりより特に下したまえるもありぞと思わる。他に女性とてはあらざりし。なにがし公と、なにがし侯と、なにがし伯と、みな立ち会いの親族なり。しかして一種形容すべからざる面色にて、愁然として立ちたるこそ、病者の夫の伯爵なれ。

室内のこの人々に瞻られ、室外のあのかたがたに憂慮われて、塵をも数うべく、明るくして、しかもなんとなくすさまじく侵すべからざるごとき観あるところの外科室の中央に据えられたる、手術台なる伯爵夫人は、純潔なる白衣を絡いて、死骸のごとく横たわれる、顔の色あくまで白く、鼻高く、頤細りて手足は綾羅にだも堪えざるべし。脣の色少しく褪せたるに、玉のごとき前歯かすかに見え、眼は固く閉ざしたるが、眉は思いなしか顰みて見られつ。わずかに束ねたる頭髪は、ふさふさと枕に乱れて、台の上にこぼれたり。

そのかよわげに、かつ気高く、清く、貴く、うるわしき病者の俤を一目見るより、予は慄然として寒さを感じぬ。

医学士はと、ふと見れば、渠は露ほどの感情をも動かしおらざるもののごとく、虚心に平然たる状露われて、椅子に坐りたるは室内にただ渠のみなり。そのいたく落ち着きたる、これを頼もしと謂わば謂え、伯爵夫人の爾き容体を見たる予が眼よりはむしろ心憎きばかりなりしなり。

　おりからしとやかに戸を排して、静かにここに入り来たれるは、先刻に廊下にて行き逢いたりし三人の腰元の中に、ひときわ目立ちし婦人なり。

　そと貴船伯に打ち向かいて、沈みたる音調もて、

「御前、姫様はようようお泣き止みあそばして、別室におとなしゅういらっしゃいます」

　伯はものいわで頷けり。

　看護婦はわが医学士の前に進みて、

「それでは、あなた」

「よろしい」

　と一言答えたる医学士の声は、このとき少しく震いを帯びてぞ予が耳には達したる。その顔色はいかにしけん、にわかに少しく変わりたり。

　さてはいかなる医学士も、驚破という場合に望みては、さすがに懸念のなからんやと、予は同情を表したりき。

　看護婦は医学士の旨を領してのち、かの腰元に立ち向かいて、

「もう、なんですから、あのことを、ちょっと、あなたから」

　腰元はその意を得て、手術台に擦り寄りつ、優に膝のあたりまで両手を下げて、しとやかに立礼し、

「夫人、ただいま、お薬を差し上げます。どうぞそれを、お聞きあそばして、いろはでも、数字でも、お算えあそばしますように」

　伯爵夫人は答なし。

　腰元は恐る恐る繰り返して、

「お聞き済みでございましょうか」

「ああ」とばかり答えたまう。

　念を推して、

「それではよろしゅうございますね」

「何かい、痲酔剤をかい」

「はい、手術の済みますまで、ちょっとの間でございますが、御寝なりませんと、いけませんそう

です」

　夫人は黙して考えたるが、

「いや、よそうよ」と謂(い)える声は判然として聞こえたり。一同顔を見合わせぬ。

　腰元は、諭(さと)すがごとく、

「それでは夫人(おくさま)、御療治ができません」

「はあ、できなくってもいいよ」

　腰元は言葉はなくて、顧みて伯爵の色を伺えり。伯爵は前に進み、

「奥、そんな無理を謂ってはいけません。できなくってもいいということがあるものか。わがままを謂ってはなりません」

　侯爵はまたかたわらより口を挟めり。

「あまり、無理をお謂やったら、姫(ひい)を連れて来て見せるがいいの。疾(はや)くよくならんでどうするものか」

「はい」

「それでは御得心でございますか」

　腰元はその間に周旋せり。夫人は重げなる頭(かぶり)を掉(ふ)りぬ。看護婦の一人は優しき声にて、

「なぜ、そんなにおきらいあそばすの、ちっともいやなもんじゃございませんよ。うとうとあそばすと、すぐ済んでしまいます」

　このとき夫人の眉(まゆ)は動き、口は曲(ゆが)みて、瞬間苦痛に堪えざるごとくなりし。半ば目を瞬(みひら)きて、

「そんなに強(し)いるなら仕方がない。私はね、心に一つ秘密がある。痲酔剤(ねむりぐすり)は譫言(うわごと)を謂(い)うと申すから、それがこわくってなりません。どうぞもう、眠らずにお療治ができないようなら、もうもう快(なお)らんでもいい、よしてください」

　聞くがごとくんば、伯爵夫人は、意中の秘密を夢現(ゆめうつつ)の間に人に呟(つぶや)かんことを恐れて、死をもてこれを守ろうとするなり。良人(おっと)たる者がこれを聞ける胸中いかん。この言(ことば)をしてもし平生にあらしめば必ず一条の紛紜(ふんぬん)を惹(ひ)き起こすに相違なきも、病者に対して看護の地位に立てる者はなんらのこともこれを不問に帰せざるべからず。しかもわが口よりして、あからさまに秘密ありて人に聞かしむることを得ずと、断乎(だんこ)として謂い出だせる、夫人の胸中を推すれば。

伯爵は温乎（おんこ）として、

「わしにも、聞かされぬことなんか。え、奥」

「はい。だれにも聞かすことはなりません」

夫人は決然たるものありき。

「何も痲酔剤（ねむりぐすり）を嗅（か）いだからって、譫言を謂うという、極（き）まったこともなさそうじゃの」

「いいえ、このくらい思っていれば、きっと謂いますに違いありません」

「そんな、また、無理を謂う」

「もう、御免くださいまし」

投げ棄つるがごとくかく謂いつつ、伯爵夫人は寝返りして、横に背（そむ）かんとしたりしが、病める身のままならで、歯を鳴らす音聞こえたり。

ために顔の色の動かざる者は、ただあの医学士一人あるのみ。渠は先刻（さき）にいかにしけん、ひとたびその平生を失（しっ）せしが、いまやまた自若となりたり。

侯爵は渋面造りて、

「貴船、こりゃなんでも姫（ひい）を連れて来て、見せることじゃの、なんぼでも児（こ）のかわいさには我（が）折れよう」

伯爵は頷きて、

「これ、綾（あや）」

「は」と腰元は振り返る。

「何を、姫を連れて来い」

夫人は堪（たま）らず遮（さえぎ）りて、

「綾、連れて来んでもいい。なぜ、眠らなけりゃ、療治はできないか」

看護婦は窮したる微笑（えみ）を含みて、

「お胸を少し切りますので、お動きあそばしちゃあ、危険（けんのん）でございます」

「なに、わたしゃ、じっとしている。動きゃあしないから、切っておくれ」

予はそのあまりの無邪気さに、覚えず森寒を禁じ得ざりき。おそらく今日（きょう）の切開術は、眼を開きてこれを見るものあらじとぞ思えるをや。

看護婦はまた謂えり。

「それは夫人（おくさま）、いくらなんでもちっとはお痛みあそばしましょうから、爪（つめ）をお取りあそばすとは違いますよ」

　夫人はここにおいてぱっちりと眼を睜（ひら）けり。気もたしかになりけん、声は凛（りん）として、

「刀（とう）を取る先生は、高峰様だろうね！」

「はい、外科科長です。いくら高峰様でも痛くなくお切り申すことはできません」

「いいよ、痛かあないよ」

「夫人（ふじん）、あなたの御病気はそんな手軽いのではありません。肉を殺（そ）いで、骨を削るのです。ちっとの間御辛抱なさい」

　臨検の医博士はいまはじめてかく謂えり。これとうてい関雲長にあらざるよりは、堪えうべきことにあらず。しかるに夫人は驚く色なし。

「そのことは存じております。でもちっともかまいません」

「あんまり大病なんで、どうかしおったと思われる」

　と伯爵は愁然たり。侯爵は、かたわらより、

「ともかく、今日はまあ見合わすとしたらどうじゃの。あとでゆっくりと謂い聞かすがよかろう」

　伯爵は一議もなく、衆みなこれに同ずるを見て、かの医博士は遮りぬ。

「一時後（ひとときおく）れては、取り返しがなりません。いったい、あなたがたは病を軽蔑（けいべつ）しておらるるから埒（らち）あかん。感情をとやかくいうのは姑息（こそく）です。看護婦ちょっとお押え申せ」

　いと厳（おごそ）かなる命のもとに五名の看護婦はバラバラと夫人を囲みて、その手と足とを押えんとせり。渠らは服従をもって責任とす。単に、医師の命をだに奉ずればよし、あえて他の感情を顧みることを要せざるなり。

「綾！　来ておくれ。あれ！」

　と夫人は絶え入る呼吸（いき）にて、腰元を呼びたまえば、慌（あわ）てて看護婦を遮りて、

「まあ、ちょっと待ってください。夫人（おくさま）、どうぞ、御堪忍あそばして」と優しき腰元はおろおろ声。

　夫人の面は蒼然（そうぜん）として、

「どうしても肯（き）きませんか。それじゃ全快（なお）っても死んでしまいます。いいからこのままで手術をなさいと申すのに」

と真白く細き手を動かし、かろうじて衣紋を少し寛げつつ、玉のごとき胸部を顕わし、

「さ、殺されても痛かあない。ちっとも動きやしないから、だいじょうぶだよ。切ってもいい」

決然として言い放てる、辞色ともに動かすべからず。さすが高位の御身とて、威厳あたりを払うにぞ、満堂斉しく声を呑み、高き咳をも漏らさずして、寂然たりしその瞬間、先刻よりちとの身動きだもせで、死灰のごとく、見えたる高峰、軽く見を起こして椅子を離れ、

「看護婦、メスを」

「ええ」と看護婦の一人は、目を睜りて猶予えり。一同斉しく愕然として、医学士の面を瞻るとき、他の一人の看護婦は少しく震えながら、消毒したるメスを取りてこれを高峰に渡したり。

医学士は取るとそのまま、靴音軽く歩を移してつと手術台に近接せり。

看護婦はおどおどしながら、

「先生、このままでいいんですか」

「ああ、いいだろう」

「じゃあ、お押え申しましょう」

医学士はちょっと手を挙げて、軽く押し留め、

「なに、それにも及ぶまい」

謂う時疾くその手はすでに病者の胸を掻き開けたり。夫人は両手を肩に組みて身動きだもせず。

かかりしとき医学士は、誓うがごとく、深重厳粛たる音調もて、

「夫人、責任を負って手術します」

ときに高峰の風采は一種神聖にして犯すべからざる異様のものにてありしなり。

「どうぞ」と一言答えたる、夫人が蒼白なる両の頰に刷けるがごとき紅を潮しつ。じっと高峰を見詰めたるまま、胸に臨めるナイフにも眼を塞がんとはなさざりき。

と見れば雪の寒紅梅、血汐は胸よりつと流れて、さと白衣を染むるとともに、夫人の顔はもとのごとく、いと蒼白くなりけるが、はたせるかな自若として、足の指をも動かさざりき。

ことのここに及べるまで、医学士の挙動脱兎のごとく神速にしていささか間なく、伯爵夫人の胸

を割くや、一同はもとよりかの医博士に到るまで、言を挟むべき寸隙とてもなかりしなるが、ここにおいてか、わななくあり、面を蔽うあり、背向になるあり、あるいは首を低るるあり、予のごとき、われを忘れて、ほとんど心臓まで寒くなりぬ。

三秒にして渠が手術は、ハヤその佳境に進みつつ、メス骨に達すと覚しきとき、

「あ」と深刻なる声を絞りて、二十日以来寝返りさえもえせずと聞きたる、夫人は俄然器械のごとく、その半身を跳ね起きつつ、刀取れる高峰が右手の腕に両手をしかと取り縋りぬ。

「痛みますか」

「いいえ、あなただから、あなただから」

かく言い懸けて伯爵夫人は、がっくりと仰向きつつ、凄冷極まりなき最後の眼に、国手をじっと瞻りて、

「でも、あなたは、あなたは、私を知りますまい！」

謂うとき晩し、高峰が手にせるメスに片手を添えて、乳の下深く掻き切りぬ。医学士は真蒼になりて戦きつつ、

「忘れません」

その声、その呼吸、その姿、その声、その呼吸、その姿。伯爵夫人はうれしげに、いとあどけなき微笑を含みて高峰の手より手をはなし、ばったり、枕に伏すとぞ見えし、脣の色変わりたり。

そのときの二人が状、あたかも二人の身辺には、天なく、地なく、社会なく、全く人なきがごとくなりし。

下

数うれば、はや九年前なり。高峰がそのころはまだ医科大学に学生なりしみぎりなりき。一日予は渠とともに、小石川なる植物園に散策しつ。五月五日躑躅の花盛んなりし。渠とともに手を携え、芳草の間を出つ、入りつ、園内の公園なる池を繞りて、咲き揃いたる藤を見つ。

歩を転じてかしこなる躑躅の丘に上らんとて、池に添いつつ歩めるとき、かなたより来たりたる、

一群れの観客あり。

一個（ひとり）洋服の扮装（いでたち）にて煙突帽を戴（いただ）きたる蓄髯（ちくぜん）の漢（おとこ）前衛して、中に三人の婦人を囲みて、後（あと）よりもまた同一（おなじ）様なる漢来れり。渠らは貴族の御者なりし。中なる三人の婦人等（おんなたち）は、一様に深張りの涼傘（ひがさ）を指し翳（かざ）して、裾捌（すそさば）きの音いとさやかに、するすると練り来たれる、と行き違いざま高峰は、思わず後を見返りたり。

「見たか」

高峰は頷（うなず）きぬ。「むむ」

かくて丘に上りて躑躅を見たり。躑躅は美なりしなり。されどただ赤かりしのみ。

かたわらのベンチに腰懸（こしか）けたる、商人体（あきゅうど）の壮者（わかもの）あり。

「吉さん、今日はいいことをしたぜなあ」

「そうさね、たまにゃおまえの謂うことを聞くもいいかな、浅草へ行ってここへ来なかったろうもんなら、拝まれるんじゃなかったっけ」

「なにしろ、三人とも揃ってらあ、どれが桃やら桜やらだ」

「一人は丸髷（まるまげ）じゃあないか」

「どのみちはや御相談になるんじゃなし、丸髷でも、束髪でも、ないししゃぐまでもなんでもいい」

「ところでと、あのふうじゃあ、ぜひ、高島田とくるところを、銀杏（いちょう）と出たなあどういう気だろう」

「銀杏、合点（がてん）がいかぬかい」

「ええ、わりい洒落（しゃれ）だ」

「なんでも、あなたがたがお忍びで、目立たぬようにという肚（はら）だ。ね、それ、まん中の水ぎわが立ってたろう。いま一人が影武者というのだ」

「そこでお召し物はなんと踏んだ」

「藤色と踏んだよ」

「え、藤色とばかりじゃ、本読みが納まらねえぜ。足下（そこ）のようでもないじゃないか」

「眩（まばゆ）くってうなだれたね、おのずと天窓（あたま）が上がらなかった」

「そこで帯から下へ目をつけたろう」

「ばかをいわっし、もったいない。見しやそれとも分かぬ間だったよ。ああ残り惜しい」

「あのまた、歩行ぶりといったらなかったよ。ただもう、すうっとこう霞に乗って行くようだっけ。裾捌き、褄はずれなんということを、なるほどと見たは今日がはじめてよ。どうもお育ちがらはまた格別違ったもんだ。ありゃもう自然、天然と雲上になったんだな。どうして下界のやつばらが真似ようたってできるものか」

「ひどくいうな」

「ほんのこったがわっしゃそれご存じのとおり、北廓を三年が間、金毘羅様に断ったというもんだ。ところが、なんのこたあない。肌守りを懸けて、夜中に土堤を通ろうじゃあないか。罰のあたらないのが不思議さね。もうもう今日という今日は発心切った。あの醜婦どもどうするものか。見なさい、アレアレちらほらとこうそこいらに、赤いものがちらつくが、どうだ。まるでそら、芥塵か、蛆が蠢めいているように見えるじゃあないか。ばかばかしい」

「これはきびしいね」

「串戯じゃあない。あれ見な、やっぱりそれ、手があって、足で立って、着物も羽織もぞろりとお召しで、おんなじような蝙蝠傘で立ってるところは、憚りながらこれ人間の女だ。しかも女の新造だ。女の新造に違いはないが、今拝んだのと較べて、どうだい。まるでもって、くすぶって、なんといっていいか汚れ切っていらあ。あれでもおんなじ女だっさ、へん、聞いて呆れらい」

「おやおや、どうした大変なことを謂い出したぜ。しかし全くだよ。私もさ、今まではこう、ちょいとした女を見ると、ついそのなんだ。いっしょに歩くおまえにも、ずいぶん迷惑を懸けたっけが、今のを見てからもうもう胸がすっきりした。なんだかせいせいとする、以来女はふっつりだ」

「それじゃあ生涯ありつけまいぜ。源吉とやら、みずからは、とあの姫様が、言いそうもないからね」

「罰があたらあ、あてこともない」

「でも、あなたやあ、ときたらどうする」

「正直なところ、わっしは遁げるよ」

「足下もか」

「え、君は」

「私も遁げるよ」と目を合わせつ。しばらく言途絶えたり。

「高峰、ちっと歩こうか」

予は高峰とともに立ち上がりて、遠くかの壮佼を離れしとき、高峰はさも感じたる面色にて、

「ああ、真の美の人を動かすことあのとおりさ、君はお手のものだ、勉強したまえ」

予は画師たるがゆえに動かされぬ。行くこと数百歩、あの樟の大樹の鬱蓊たる木の下蔭の、やや薄暗きあたりを行く藤色の衣の端を遠くよりちらとぞ見たる。

園を出ずれば丈高く肥えたる馬二頭立ちて、磨りガラス入りたる馬車に、三個の馬丁休らいたりき。その後九年を経て病院のかのことありしまで、高峰はかの婦人のことにつきて、予にすら一言をも語らざりしかど、年齢においても、地位においても、高峰は室あらざるべからざる身なるにもかかわらず、家を納むる夫人なく、しかも渠は学生たりし時代より品行いっそう謹厳にてありしなり。予は多くを謂わざるべし。

青山の墓地と、谷中の墓地と所こそは変わりたれ、同一日に前後して相逝けり。

語を寄す、天下の宗教家、渠ら二人は罪悪ありて、天に行くことを得ざるべきか。

底本：『高野聖』角川文庫、角川書店
1971(昭和46)年4月20日改版初版発行
1979(昭和54)年11月30日改版第14刷発行

◎作品を読み解くポイント（解説編）

A：貴船伯爵夫人が隠したかった秘密とはなにか

高峰医師への恋心。執刀医が高峰医師であることを確認したのも、腕のいい名医であるか心配してのことではなく、想い人がそばにいることを確かめたのかもしれない。あるいは、執刀医が高峰医師だったからこそ「秘密」を漏らすことを恐れたのかも。

B：高峰医師が「忘れません」と言ったのは、なんのことか

9年前、植物園で貴船伯爵人と出逢っていたこと。高峰医師もまた、貴船伯爵人に恋していたことを暗に伝えている。

C：末文の「彼ら二人は罪悪ありて、天に行くこと得ざるべきか。」とはどういう意味か

高峰医師は生涯独身であったが、貴船伯爵夫人は既婚者だ。いわば不倫の恋である。

とはいえ2人は9年前にすれ違ったきり、互いに恋心を抱いていることも知らず、それぞれの自死という形でようやく結ばれたのである。ひとつの純愛とも言うべき愛のかたちに「これは本当に罪で、天に行くことはできないのだろうか？」と「予」は問いかける。純愛とはなにか。この作品ではそこを考えてほしい。

先にも述べているように、高峰医師は独身であったが、貴船伯爵夫人はすでに人妻であった。不倫の恋というものは、確かに褒められたものではない。しかし2人は、その想いを内に秘め続け、9年越しに外科室（手術室）でそれを知る。肉体関係はもちろん、逢瀬も、手紙のやりとりすらなかった。互いに思い合っていることを知らずにいたが、9年にわたる、精神的な繋がりのようなものを感じる。それこそが、この作品の美しさであろう。また同じ日に高峰医師が命を絶ったことは、死後に結ばれたと取ることもできる。肉体以上に、精神的な愛を突き詰めた作品ではないだろうか。

そして2人が互いに恋をしていたことを知って読み返すと、また新たな発見がある。手術台に上る夫人の様子や、手術に臨まんとする高峰医師の様子が、最初に読んだときと違う意味を帯びて見える。なんたって、9年思い続けた相手が、近くにいるのだから。

最後に言及しておきたいのが、今作では一切「恋」や「愛」という言葉が使われていないことである。それでも互いに恋をしていたことは、外科室でのやりとりや、エリートであり、縁談も数多あったであろう高峰医師が生涯独身を通したことから十分に察せられる。

◎エンタメに役立つポイント

鏡花作品の特質は、「浪漫的な幻想美」だと思う。だが古文体が混じっているので、これをそのまま現代のエンタメ作品に用いてもミスマッチになり、工夫がいる。

ほかに今回の作品から活用するとすれば、やはり「時間差で明かされる真実」だろうか。ひとつは読者に対して。時間軸としては植物園での出逢いが最初であるが、それを敢えて後半に明かしていること。もうひとつは物語の中で、本当は両想いであったことが、9年後の外科室で互いに悟ることの2つが挙げられる。前者では読者をいい意味で驚かすことができるし、後者では「すれ違い、もどかしい2人」という、恋愛小説にはもってこいの演出ができる。

◎若手女流作家が選ぶ推しの一文

「忘れません」

死にゆく貴船伯爵夫人に言った、高峰医師の答え。夫人は「私を知りますまい！」と言ったのに対して、普通ならば「覚えています」と答えるところではないだろうか。だが敢えて「忘れません」と答えることで、9年前の出逢いが高峰医師にとっても重要だったことを伝える。たった5文字なのに、強く印象に残った台詞だった。

（栗江）

その声、その呼吸、その姿、その声、その呼吸、その姿。

夫人が絶命するシーンの一文。「忘れません」という彼女が求めていたであろう言葉を貰い、命が尽きる瞬間まで高峰の声・呼吸・姿を感じようとする様子がテンポよく書かれている。それでいて、それまでジェットコースターのように駆け抜けていた描写が、この一文だけ時が止まっているようにも見える。その緩急が素晴らしく思えた。

（鳥居）

痲酔剤は譫言を謂うと申すから、それがこわくってなりません

これから手術を受ける夫人がかたくなに麻酔を拒否する際の一言。手術となれば誰もが恐怖を覚え、麻酔なしで手術を望む人はそうそういないのではないだろうか。

そうまでして、夫人が心に鍵をかけ誰にも知られたくない秘密とはなんなのか、強く興味を引く言葉だ。

（菅沼）

◎同作者の代表的な作品

・『高野聖』

旅の僧が語る幻想的な出来事を綴る物語。美しくも怪しい女と過ごした一夜は果たして夢か幻か、それとも……。

現実と幻想の境があやふやになった、ロマン香る作品である。

今回の作品を読んだ後におすすめのライトノベル・エンタメ作品

・東野圭吾『秘密』

事故で妻を失い、娘も植物状態になった男の前で、娘が目を覚ます。妻の心が宿ったというが……？

「秘密」テーマで長編なら「秘密とは何か」を中心にするのはもちろんのこと、願わくばどんでん返しで秘密の中身が違う、といった仕組みも欲しいところ。この作品はその辺りの構成が上手い。

・海堂尊『チーム・バチスタの栄光』

医者の田口と役人の白鳥がコンビを組み、医療事故の真相を探るシリーズものの第1作。

病院、あるいは手術室というのは特殊な環境であり、これまでも様々な物語の舞台になってきた。『外科室』でも手術室とそこでの麻酔が大きな道具立てになっている。この作品は近年の医者ものの代表的ヒット作で、『外科室』とは雰囲気が違うが、医者ものに興味が出た人に。

・司馬遼太郎『坂の上の雲』

幕末、維新から新時代明治へ――。移り変わっていく時代を、故郷を同じくする3人の若者の目を通して描いていく物語。

『外科室』の重要なバックボーンである明治時代に興味が出たなら、これを。

・小野不由美『東京異聞』

同じく明治時代ものだが、こちらでは帝都を怪しげな魔人や魑魅魍魎（ちみもうりょう）が跋扈（ばっこ）し、また人の心の闇にも踏み込んで、伝奇色が強い。

どちらも名作だが、趣味嗜好に合わせて選択してほしい。

☆『高瀬舟』＋『高瀬舟縁起』森鴎外

Mori Ougai

◎作家紹介

森鴎外：1862年2月17日～1922年7月9日

本名林太郎。石見国、現在の島根県津和野町生まれ。森家は津和野藩主亀井家の典医の家系であったため、医者になることが運命づけられていた。

1872年には父とともに上京し、ドイツ語を学ぶ。

1881年、東京帝国大学医学部を最年少の19歳で卒業すると、陸軍軍医副となる。

1884年、22歳でドイツに官費留学を命じられる。医学だけでなく、文学や芸術にも親しみ、ヨーロッパの文化を吸収した。そのときの経験は、後に発表された『舞姫』などに反映されている。

1888年、26歳で日本に帰国。陸軍軍医学舎教官、陸軍大学校教官などを任じられる。

翌年、『国民之友』に訳詩集『於母影』を載せたのを始めに、数々の翻訳や小説執筆など、旺盛に作家活動をしていく。

同時に軍医としても順調に出世していったが、反面、日清、日露戦争への従軍で文学活動がままならない時期も多かった。

1922年、60歳のときに肺結核で死去。

◎『高瀬舟』あらすじ

京都から島流しにされる罪人が乗せられた高瀬舟。弟殺しの罪で舟に乗った喜助の表情は、しかし晴れやかであった。喜助の護送を命ぜられた羽田庄兵衛は、そんな喜助の態度が不思議でならず、「何を思っているのか」と問いかける。

喜助が答えて曰く、悲しそうでないのはこれまでの人生よりも島流し後が辛いということはないだろうことであり、また弟を殺したのは安楽死のためであったということであった。

この物語の創作経緯について記したエッセイが『高瀬舟縁起』だ。『翁草』に記された、財産に対する価値観の違いと、安楽死についてのエピソードに興味をそそられた著者が『高瀬舟』を書いたのだとされている。

◎作品を読み解くポイント（解説編）

A：喜助はなぜ、晴れやかな表情でいるのだろうか

　これまで仕事を探すにも困っていた身だが、捕まったことによって食事が与えられ、流されるにあたって金銭も渡された。これまで持ったことのない大金で、これを元手に島で商売をしようと考えることが楽しいから。

B：庄兵衛はなぜ、思わず「喜助さん」と呼んでしまったのだろうか

　金額は違えど、庄兵衛も喜助と同じように、稼ぎは右から左へと流れていってしまう。そういった意味では同じような身の上である喜助が、あまりにも無欲で、善良な人物に思われたから。

C：喜助は罪人かどうか

　これは人によって、感じ方が違うだろう。殺人は有無を言わさず「悪」と取るか、殺人は悪だが、弟を救うためという喜助の心持ちは「正義」だと取るか。これはこの作品のテーマでもある。ぜひ自分なりに考えてもらいたい。

　現在の高瀬川は京都の繁華街の中を流れており、低い位置に橋が架けられているため、到底舟が行き来できるような川ではない。桜の名所としても知られ、かつては罪人が流された川であることが、信じられないほどだ。

　『高瀬舟』は安楽死と満足することの意味を問う作品だ。

　弟を殺したのに満足げでいる喜助を、あなたはどう思うだろうか。弟殺しを自身でも「恐ろしい事をした」と話している。にもかかわらず、なぜ希望が持てるのだろうか。

　もしかしたら、死にたがっている弟の手助けという形だったからかもしれない。良いことをしたとは思っていないだろうが、自刃した弟の願いを叶え、悔いはないのかもしれない。あるいは、これまで生きていくことに必死で、今罪人となったがために、さして苦労もなく生きられることへの喜びが勝っているのかもしれない。

　また喜助を憎めない理由として、他人のせいにしていないことが挙げられるだろう。「弟の願いを叶えたのだから自分は悪くない」と責任逃れをすることもなく、自分の罪を受け止めている。しかも弟の喉から剃刀（かみそり）を抜いたとき、切れてなかった部分を切ってしまったのだろうと認めている。喜助が明かさなければわからないことを、正直に話しているのである。

だからこそ、喜助の言葉がすべて真実なのだろうと疑いはない。その上で、庄兵衛は考える。これは罪なのだろうかと。結局のところ庄兵衛の中で、その答えは出ていない。読者であるあなたにも、ぜひ考えて欲しいテーマだ。

今回、『高瀬舟』に関して森鷗外自身が言及した『高瀬舟縁起』も同時に紹介した。

『高瀬舟』について考察した上で、作者がなぜこの作品を、どういった思いで書いたのかということにも、触れてみてもらいたい（もちろん、ここに書かれていることがどこまで真実かはわからないわけだが）。

◎エンタメに役立つポイント

今作はかなりメッセージ性が強く、その問いかけるテーマも重いものである。これをそのままエンタメ作品に持ち込むのは難しいかもしれない。

とはいえ、今作は一見まったく異なるようで、実は境遇が似ている人物を並べることで、登場人物だけでなく読者にも考えさせる作りになっている。その「比較」の手法は、エンタメにも十分活用できる。

◎若手女流作家が選ぶ推しの一文

庄兵衛は喜助の顔をまもりつつまた、「喜助さん」と呼びかけた。

敬称や呼び方というのは、登場人物たちの関係性（親密さ、尊敬など）を示すのに重要だと思う。私生活でも、さほど親しくない人から名前で呼ばれたり呼び捨てにされたりして、驚いたことはないだろうか。

これはその逆で、うっかり喜助への尊敬のようなものが滲み出てしまったのだろう。本来ならば、罪人を護送する同心が罪人を「さん」と呼ぶわけはないのである。

（粟江）

ひょっと気でも狂っているのではあるまいか。

島流しにされる喜助の様子が常の罪人とは違うことで生まれた疑念の一文。様子が違う理由は理解ができたが、その後語られる弟殺しの経緯を聞くと、違和感を覚える。楽にするためとはいえ弟を殺したのに、喜助はこれからの人生に希望を持っているのだ。普通、ここまで快活な様子になるだろうか。自らの手で弟を絶命させたことで、庄兵衛が思った通り気が狂ってしまったのかもしれない。

（鳥居）

この時庄兵衛は空を仰いでいる喜助の頭から毫光がさすように思った。

人は欲に切りがない生き物だが、今目の前にいる喜助という男は罪人として罰を受けるところなのに、牢を出る時に渡されたたった二百文が嬉しいのだと言う。誰にも渡す必要のない自分だけの金を手にし「もっと」と欲を見せず満足する喜助の人となりが、庄兵衛には仏様のように見えたのだろうか。

（菅沼）

◎同作者の代表的な作品

・『舞姫』

将来を嘱望されてドイツに留学した太田豊太郎は、異国の地とそこで出会った少女エリスにすっかり魅了され、そのために危機に陥る。やがて彼は官僚としての栄達と少女のどちらかを選ばなければならなくなり……。

鴎外の代表作であり、またドイツ留学経験があってかつ「エリーゼ」という女性が日本にまで追いかけてきた過去を持つ著者自らが投影されたと思しき作品。明治という時代の空気が楽しめる。

・『阿部一族』

江戸時代初期、殉死――主君が死ぬと自らも切腹して死ぬ、という習慣があった。肥後藩に仕える阿部弥一右衛門は死にゆく主君に殉死を禁じられ、そのせいで屈辱にまみれて死んだ。しかし、それでも一族への誹謗はやまず……。

『高瀬舟』のような、歴史（特に江戸時代）を舞台にしつつ実在の事件・人物などをメインにしない作品を「時代小説」と呼ぶのに対し、『阿部一族』は歴史的事件を主題としているため「歴史小説」と呼ぶ。どちらもそれぞれの面白さがある。

今回の作品を読んだ後におすすめのライトノベル・エンタメ作品

・伊藤計劃『虐殺器官』

内戦と虐殺が横行する時代、アメリカ軍特殊部隊に所属するクラヴィスは、数々の虐殺に関わったとされる謎の人物ジョン・ポールを追う任務を受ける。

この物語はジョン・ポールの秘密や彼を取り巻く

人々との戦いがメインになり、そこには社会との対立をいとわない確信犯的な信念・信条がある。それだけにとどまらず、クラヴィス自身の生涯と人間性も関わっていくのだが、その重要なポイントのひとつとして、「母親の安楽死」がある。この2つの点において『高瀬舟』に重なるものがあるのではないか。

・帚木蓬生『安楽病棟』

痴呆病棟で患者が次々と亡くなる。その背景にある謎に新任看護婦が迫るのだが……？

現代において安楽死をテーマとして扱おうとすると、『高瀬舟』的なドラマチックなものよりも、この作品のような終末医療との組み合わせのほうが先に思い浮かぶのではないか。それだけ、現代日本において老人の安楽死は身近なテーマとなりつつある、ともいえる。

・ゲーテ『ファウスト』

中世ヨーロッパの錬金術師ファウストの伝説をもとにゲーテが書いた悲劇。学者ファウストと悪魔メフィストを主軸に、第1部ではファウストと素朴な少女の悲恋を、第2部では放浪の果てに待つ救済を描く。

エンタメとは言いにくいが、鷗外に興味を持ったならばゲーテは一度手を出してみて損はないと考えて紹介する。鷗外は『ファウスト』を翻訳しているし、その作品、特に彼の代表作『舞姫』には『ファウスト』第1部と重なるところがあると感じられるからだ。

・上田秀人作品

２０００年代に入り、時代文庫の市場が大きく変わった。それまでは定番作家の本がロングセラーとして売れていたのだが、文庫書き下ろしの時代小説が始まった。これはライトノベル以上のペースで新刊が出て、書店さんでの存在感を増したのである。このジャンルの第一人者が多数の人気シリーズを抱える佐伯泰英で、その次の世代が上田秀人である。

佐伯作品が何十巻と続くのに対して、十数巻で1シリーズがおわること、役職や歴史的新事実などにこだわりつつ人間を独特の死生観から描くことで、独自の立ち位置を獲得している作家だ。

オススメは1冊で完結している『幻影の天守閣』、その次に『闕所物奉行　裏帳合』シリーズ。その後は主人公の設定が気に入った作品を読もう。現代の社会問題や生き様を江戸時代を通して語るという側面もあり、切り口の勉強に向いている。また、うんちくの出し方、説明の仕方も非常にうまいのだ。

『夢十夜』

夏目漱石
Natsume Souseki

◎作家紹介

夏目漱石：1867年2月9日～1916年12月9日

明治期に活躍した小説家であり、また英文学者。

本名金之助。江戸（現在の東京都）生まれ。正岡子規や高浜虚子らと交流を持つ。

生後すぐに里子に出されたが、養父母の不仲のために9歳で生家に戻る（夏目家への復籍は21歳のとき）。

１８９０年、帝国大学文科大学英文科に入学。翌年、特待生に。実のところ英語は嫌いで、大学進学のために英語を学ぶか学ばざるべきか、迷った時期もあったという。

大学卒業後は愛媛、熊本で講師を歴任。１９００年、33歳で文科省の命により英国に留学する。留学費の不足と孤独感から、神経衰弱になる。帰国後は東京に住み、第一高等学校や帝国大学文科大学英文科の講師を兼任。

１９０５年（38歳）、文章会「山会」で『吾輩は猫である』を発表。翌年、同作を『ホトトギス』に掲載。１回の予定だったのが連載になる。その後も精力的に作品を発表する。

１９０６年、門下生と懇談する木曜会を開始。漱石の自宅は漱石山房と呼ばれた。この年、『坊ちゃん』発表。

１９１４年『こころ』発表。

１９１６年、49歳没。

◎『夢十夜』あらすじ

「こんな夢を見た。」

横たわる女が、主人公に向かって「死んだら、埋めてください。そして百年待っていてください」と願う。男は待つことを約束し、その夜を数える。

◎作品を読み解くポイント

この作品は連作短編のかたちである。

A：第一夜から三夜、第五夜に共通する「こんな夢を見た。」という書き出しは、どういった意味があるか

B：各話の主人公は、すべて同じ人物だろうか

〔作品本文〕

第一夜

こんな夢を見た。

腕組をして枕元に坐っていると、仰向に寝た女が、静かな声でもう死にますと云う。女は長い髪を枕に敷いて、輪郭の柔らかな瓜実顔をその中に横たえている。真白な頬の底に温かい血の色がほどよく差して、唇の色は無論赤い。とうてい死にそうには見えない。しかし女は静かな声で、もう死にますと判然云った。自分も確にこれは死ぬなと思った。そこで、そうかね、もう死ぬのかね、と上から覗き込むようにして聞いて見た。死にますとも、と云いながら、女はぱっちりと眼を開けた。大きな潤のある眼で、長い睫に包まれた中は、ただ一面に真黒であった。その真黒な眸の奥に、自分の姿が鮮に浮かんでいる。

自分は透き徹るほど深く見えるこの黒眼の色沢を眺めて、これでも死ぬのかと思った。それで、ねんごろに枕の傍へ口を付けて、死ぬんじゃなかろうね、大丈夫だろうね、とまた聞き返した。すると女は黒い眼を眠そうに睜たまま、やっぱり静かな声で、でも、死ぬんですもの、仕方がないわと云った。

じゃ、私の顔が見えるかいと一心に聞くと、見えるかいって、そら、そこに、写ってるじゃありませんかと、にこりと笑って見せた。自分は黙って、顔を枕から離した。腕組をしながら、どうしても死ぬのかなと思った。

しばらくして、女がまたこう云った。

「死んだら、埋めて下さい。大きな真珠貝で穴を掘って。そうして天から落ちて来る星の破片を墓標に置いて下さい。そうして墓の傍に待っていて下さい。また逢いに来ますから」

自分は、いつ逢いに来るかねと聞いた。

「日が出るでしょう。それから日が沈むでしょう。それからまた出るでしょう、そうしてまた沈むでしょう。——赤い日が東から西へ、東から西へと落ちて行くうちに、——あなた、待っていられますか」

自分は黙って首肯いた。女は静かな調子を一段

張り上げて、

「百年待っていて下さい」と思い切った声で云った。

「百年、私の墓の傍に坐って待っていて下さい。きっと逢いに来ますから」

　自分はただ待っていると答えた。すると、黒い眸のなかに鮮に見えた自分の姿が、ぼうっと崩れて来た。静かな水が動いて写る影を乱したように、流れ出したと思ったら、女の眼がぱちりと閉じた。長い睫の間から涙が頬へ垂れた。――もう死んでいた。

　自分はそれから庭へ下りて、真珠貝で穴を掘った。真珠貝は大きな滑かな縁の鋭どい貝であった。土をすくうたびに、貝の裏に月の光が差してきらきらした。湿った土の匂もした。穴はしばらくして掘れた。女をその中に入れた。そうして柔らかい土を、上からそっと掛けた。掛けるたびに真珠貝の裏に月の光が差した。

　それから星の破片の落ちたのを拾って来て、かろく土の上へ乗せた。星の破片は丸かった。長い間大空を落ちている間に、角が取れて滑かになったんだろうと思った。抱き上げて土の上へ置くうちに、自分の胸と手が少し暖くなった。

　自分は苔の上に坐った。これから百年の間こうして待っているんだなと考えながら、腕組をして、丸い墓石を眺めていた。そのうちに、女の云った通り日が東から出た。大きな赤い日であった。それがまた女の云った通り、やがて西へ落ちた。赤いまんまでのっと落ちて行った。一つと自分は勘定した。

　しばらくするとまた唐紅の天道がのそりと上って来た。そうして黙って沈んでしまった。二つとまた勘定した。

　自分はこう云う風に一つ二つと勘定して行くうちに、赤い日をいくつ見たか分らない。勘定しても、勘定しても、しつくせないほど赤い日が頭の上を通り越して行った。それでも百年がまだ来ない。しまいには、苔の生えた丸い石を眺めて、自分は女に欺されたのではなかろうかと思い出した。

　すると石の下から斜に自分の方へ向いて青い茎

が伸びて来た。見る間に長くなってちょうど自分の胸のあたりまで来て留まった。と思うと、すらりと揺ぐ茎の頂に、心持首を傾けていた細長い一輪の蕾が、ふっくらと弁を開いた。真白な百合が鼻の先で骨に徹えるほど匂った。そこへ遥の上から、ぽたりと露が落ちたので、花は自分の重みでふらふらと動いた。自分は首を前へ出して冷たい露の滴る、白い花弁に接吻した。自分が百合から顔を離す拍子に思わず、遠い空を見たら、暁の星がたった一つ瞬いていた。

「百年はもう来ていたんだな」とこの時始めて気がついた。

第二夜

こんな夢を見た。

和尚の室を退がって、廊下伝いに自分の部屋へ帰ると行灯がぼんやり点っている。片膝を座蒲団の上に突いて、灯心を掻き立てたとき、花のような丁子がぱたりと朱塗の台に落ちた。同時に部屋がぱっと明かるくなった。

襖の画は蕪村の筆である。黒い柳を濃く薄く遠近とかいて、寒むそうな漁夫が笠を傾けて土手の上を通る。床には海中文殊の軸が懸っている。焚き残した線香が暗い方でいまだに臭っている。広い寺だから森閑として、人気がない。黒い天井に差す丸行灯の丸い影が、仰向く途端に生きてるように見えた。

立膝をしたまま、左の手で座蒲団を捲って、右を差し込んで見ると、思った所に、ちゃんとあった。あれば安心だから、蒲団をもとのごとく直して、その上にどっかり坐った。

お前は侍である。侍なら悟れぬはずはなかろうと和尚が云った。そういつまでも悟れぬところをもって見ると、御前は侍ではあるまいと言った。人間の屑じゃと言った。ははあ怒ったなと云って笑った。口惜しければ悟った証拠を持って来いと云ってぷいと向をむいた。怪しからん。

隣の広間の床に据えてある置時計が次の刻を打つまでには、きっと悟って見せる。悟った上で、今夜また入室する。そうして和尚の首と悟りと引替にしてやる。悟らなければ、和尚の命が取れない。どうしても悟らなければならない。自分は侍である。

もし悟れなければ自刃する。侍が辱しめられて、生きている訳には行かない。綺麗に死んでしまう。

こう考えた時、自分の手はまた思わず布団の下へ這入った。そうして朱鞘の短刀を引き摺り出した。ぐっと束を握って、赤い鞘を向へ払ったら、冷たい刃が一度に暗い部屋で光った。凄いものが手元から、すうすうと逃げて行くように思われる。そうして、ことごとく切先へ集まって、殺気を一点に籠めている。自分はこの鋭い刃が、無念にも針の頭のように縮められて、九寸五分の先へ来てやむをえず尖ってるのを見て、たちまちぐさりとやりたくなった。身体の血が右の手首の方へ流れて来て、握っている束がにちゃにちゃする。唇が顫えた。

短刀を鞘へ収めて右脇へ引きつけておいて、それから全伽を組んだ。——趙州曰く無と。無とは何だ。糞坊主めとはがみをした。

奥歯を強く咬み締めたので、鼻から熱い息が荒く出る。こめかみが釣って痛い。眼は普通の倍も大きく開けてやった。

懸物が見える。行灯が見える。畳が見える。和尚の薬缶頭がありありと見える。鰐口を開いて嘲笑った声まで聞える。怪しからん坊主だ。どうしてもあの薬缶を首にしなくてはならん。悟ってやる。無だ、無だと舌の根で念じた。無だと云うのにやっぱり線香の香がした。何だ線香のくせに。

自分はいきなり拳骨を固めて自分の頭をいやと云うほど擲った。そうして奥歯をぎりぎりと噛んだ。両腋から汗が出る。背中が棒のようになった。膝の接目が急に痛くなった。膝が折れたってどうあるものかと思った。けれども痛い。苦しい。無はなかなか出て来ない。出て来ると思うとすぐ痛くなる。腹が立つ。無念になる。非常に口惜しくなる。涙がほろほろ出る。ひと思に身を巨巌の上にぶつけて、骨も肉もめちゃめちゃに砕いてしまいたくなる。

それでも我慢してじっと坐っていた。堪えがたいほど切ないものを胸に盛れて忍んでいた。その切ないものが身体中の筋肉を下から持上げて、毛穴から外へ吹き出よう吹き出ようと焦るけれども、どこも一面に塞がって、まるで出口がないような残刻極まる状態であった。

そのうちに頭が変になった。行灯も蕪村の画も、畳も、違棚も有って無いような、無くって有るように見えた。と云って無はちっとも現前しない。ただ好加減に坐っていたようである。ところへ忽然隣座敷の時計がチーンと鳴り始めた。

はっと思った。右の手をすぐ短刀にかけた。時計が二つ目をチーンと打った。

第三夜

こんな夢を見た。

六つになる子供を負ってる。たしかに自分の子である。ただ不思議な事にはいつの間にか眼が潰れて、青坊主になっている。自分が御前の眼はいつ潰れたのかいと聞くと、なに昔からさと答えた。声は子供の声に相違ないが、言葉つきはまるで大人である。しかも対等だ。

左右は青田である。路は細い。鷺の影が時々闇に差す。

「田圃へかかったね」と背中で云った。

「どうして解る」と顔を後ろへ振り向けるようにして聞いたら、

「だって鷺が鳴くじゃないか」と答えた。

すると鷺がはたして二声ほど鳴いた。

自分は我子ながら少し怖くなった。こんなものを背負っていては、この先どうなるか分らない。どこか打遣ゃる所はなかろうかと向うを見ると闇の中に大きな森が見えた。あすこならばと考え出す途端に、背中で、

「ふふん」と云う声がした。

「何を笑うんだ」

子供は返事をしなかった。ただ

「御父さん、重いかい」と聞いた。

「重かあない」と答えると

「今に重くなるよ」と云った。

自分は黙って森を目標にあるいて行った。田の中の路が不規則にうねってなかなか思うように出られない。しばらくすると二股になった。自分は股の根に立って、ちょっと休んだ。

「石が立ってるはずだがな」と小僧が云った。

なるほど八寸角の石が腰ほどの高さに立っている。表には左り日ヶ窪、右堀田原とある。闇だのに赤い字が明かに見えた。赤い字は井守の腹のような色であった。

「左が好いだろう」と小僧が命令した。左を見るとさっきの森が闇の影を、高い空から自分らの頭の上へ抛げかけていた。自分はちょっと躊躇した。

「遠慮しないでもいい」と小僧がまた云った。自分は仕方なしに森の方へ歩き出した。腹の中では、よく盲目のくせに何でも知ってるなと考えながら一筋道を森へ近づいてくると、背中で、「どうも盲目は不自由でいけないね」と云った。

「だから負ってやるからいいじゃないか」

「負ぶって貰ってすまないが、どうも人に馬鹿にされていけない。親にまで馬鹿にされるからいけない」

何だか厭になった。早く森へ行って捨ててしまおうと思って急いだ。

「もう少し行くと解る。——ちょうどこんな晩だったな」と背中で独言のように云っている。

「何が」と際どい声を出して聞いた。

「何がって、知ってるじゃないか」と子供は嘲けるように答えた。すると何だか知ってるような気がし出した。けれども判然とは分らない。ただこんな晩であったように思える。そうしてもう少し行けば分るように思える。分っては大変だから、分らないうちに早く捨ててしまって、安心しなくってはならないように思える。自分はますます足を早めた。

雨はさっきから降っている。路はだんだん暗くなる。ほとんど夢中である。ただ背中に小さい小僧がくっついていて、その小僧が自分の過去、現在、未来をことごとく照して、寸分の事実も洩らさない鏡のように光っている。しかもそれが自分の子である。そうして盲目である。自分はたまらなくなった。

「ここだ、ここだ。ちょうどその杉の根の処だ」

雨の中で小僧の声は判然聞えた。自分は覚えず留った。いつしか森の中へ這入っていた。一間ばかり先にある黒いものはたしかに小僧の云う通り杉の木と見えた。

「御父さん、その杉の根の処だったね」

「うん、そうだ」と思わず答えてしまった。

「文化五年辰年だろう」

なるほど文化五年辰年らしく思われた。

「御前がおれを殺したのは今からちょうど百年前だね」

自分はこの言葉を聞くや否や、今から百年前文化五年の辰年のこんな闇の晩に、この杉の根で、一人の盲目を殺したと云う自覚が、忽然として頭の中に起った。おれは人殺であったんだなと始めて気がついた途端に、背中の子が急に石地蔵のように重くなった。

第四夜

広い土間の真中に涼み台のようなものを据えて、その周囲に小さい床几が並べてある。台は黒光りに光っている。片隅には四角な膳を前に置いて爺さんが一人で酒を飲んでいる。肴は煮しめらしい。

爺さんは酒の加減でなかなか赤くなっている。その上顔中つやつやして皺と云うほどのものはどこにも見当らない。ただ白い髯をありたけ生やしているから年寄と云う事だけはわかる。自分は子供ながら、この爺さんの年はいくつなんだろうと思った。ところへ裏の筧から手桶に水を汲んで来た神さんが、前垂で手を拭きながら、

「御爺さんはいくつかね」と聞いた。爺さんは頬張った煮〆を呑み込んで、

「いくつか忘れたよ」と澄ましていた。神さんは拭いた手を、細い帯の間に挟んで横から爺さんの顔を見て立っていた。爺さんは茶碗のような大きなもので酒をぐいと飲んで、そうして、ふうと長い息を白い髯の間から吹き出した。すると神さん

が、

「御爺さんの家はどこかね」と聞いた。爺さんは長い息を途中で切って、

「臍の奥だよ」と云った。神さんは手を細い帯の間に突込んだまま、

「どこへ行くかね」とまた聞いた。すると爺さんが、また茶碗のような大きなもので熱い酒をぐいと飲んで前のような息をふうと吹いて、

「あっちへ行くよ」と云った。

「真直かい」と神さんが聞いた時、ふうと吹いた息が、障子を通り越して柳の下を抜けて、河原の方へ真直に行った。


爺さんが表へ出た。自分も後から出た。爺さんの腰に小さい瓢箪がぶら下がっている。肩から四角な箱を腋の下へ釣るしている。浅黄の股引を穿いて、浅黄の袖無しを着ている。足袋だけが黄色い。何だか皮で作った足袋のように見えた。


爺さんが真直に柳の下まで来た。柳の下に子供が三四人いた。爺さんは笑いながら腰から浅黄の手拭を出した。それを肝心綯のように細長く綯った。そうして地面の真中に置いた。それから手拭の周囲に、大きな丸い輪を描いた。しまいに肩にかけた箱の中から真鍮で製らえた飴屋の笛を出した。

「今にその手拭が蛇になるから、見ておろう。見ておろう」と繰返して云った。


子供は一生懸命に手拭を見ていた。自分も見ていた。

「見ておろう、見ておろう、好いか」と云いながら爺さんが笛を吹いて、輪の上をぐるぐる廻り出した。自分は手拭ばかり見ていた。けれども手拭はいっこう動かなかった。


爺さんは笛をぴいぴい吹いた。そうして輪の上を何遍も廻った。草鞋を爪立てるように、抜足をするように、手拭に遠慮をするように、廻った。怖そうにも見えた。面白そうにもあった。


やがて爺さんは笛をぴたりとやめた。そうして、肩に掛けた箱の口を開けて、手拭の首を、ちょいと撮んで、ぽっと放り込んだ。

「こうしておくと、箱の中で蛇になる。今に見せ

てやる。今に見せてやる」と云いながら、爺さんが真直に歩き出した。柳の下を抜けて、細い路を真直に下りて行った。自分は蛇が見たいから、細い道をどこまでも追いて行った。爺さんは時々「今になる」と云ったり、「蛇になる」と云ったりして歩いて行く。しまいには、

「今になる、蛇になる、
　きっとなる、笛が鳴る、」

と唄いながら、とうとう河の岸へ出た。橋も舟もないから、ここで休んで箱の中の蛇を見せるだろうと思っていると、爺さんはざぶざぶ河の中へ這入り出した。始めは膝くらいの深さであったが、だんだん腰から、胸の方まで水に浸って見えなくなる。それでも爺さんは

「深くなる、夜になる、
　真直になる」

と唄いながら、どこまでも真直に歩いて行った。そうして髯も顔も頭も頭巾もまるで見えなくなってしまった。

自分は爺さんが向岸へ上がった時に、蛇を見せるだろうと思って、蘆の鳴る所に立って、たった一人いつまでも待っていた。けれども爺さんは、とうとう上がって来なかった。

第五夜

こんな夢を見た。

何でもよほど古い事で、神代に近い昔と思われるが、自分が軍をして運悪く敗北たために、生擒になって、敵の大将の前に引き据えられた。

その頃の人はみんな背が高かった。そうして、みんな長い髯を生やしていた。革の帯を締めて、それへ棒のような剣を釣るしていた。弓は藤蔓の太いのをそのまま用いたように見えた。漆も塗ってなければ磨きもかけてない。極めて素樸なものであった。

敵の大将は、弓の真中を右の手で握って、その弓を草の上へ突いて、酒甕を伏せたようなものの上に腰をかけていた。その顔を見ると、鼻の上で、左右の眉が太く接続っている。その頃髪剃と云う

ものは無論なかった。

自分は虜だから、腰をかける訳に行かない。草の上に胡坐をかいていた。足には大きな藁沓を穿いていた。この時代の藁沓は深いものであった。立つと膝頭まで来た。その端の所は藁を少し編残して、房のように下げて、歩くとばらばら動くようにして、飾りとしていた。

大将は篝火で自分の顔を見て、死ぬか生きるかと聞いた。これはその頃の習慣で、捕虜にはだれでも一応はこう聞いたものである。生きると答えると降参した意味で、死ぬと云うと屈服しないと云う事になる。自分は一言死ぬと答えた。大将は草の上に突いていた弓を向うへ抛げて、腰に釣るした棒のような剣をするりと抜きかけた。それへ風に靡いた篝火が横から吹きつけた。自分は右の手を楓のように開いて、掌を大将の方へ向けて、眼の上へ差し上げた。待てと云う相図である。大将は太い剣をかちゃりと鞘に収めた。

その頃でも恋はあった。自分は死ぬ前に一目思う女に逢いたいと云った。大将は夜が開けて鶏が鳴くまでなら待つと云った。鶏が鳴くまでに女をここへ呼ばなければならない。鶏が鳴いても女が来なければ、自分は逢わずに殺されてしまう。

大将は腰をかけたまま、篝火を眺めている。自分は大きな藁沓を組み合わしたまま、草の上で女を待っている。夜はだんだん更ける。

時々篝火が崩れる音がする。崩れるたびに狼狽えたように焔が大将になだれかかる。真黒な眉の下で、大将の眼がぴかぴかと光っている。すると誰やら来て、新しい枝をたくさん火の中へ抛げ込んで行く。しばらくすると、火がぱちぱちと鳴る。暗闇を弾き返すような勇ましい音であった。

この時女は、裏の楢の木に繋いである、白い馬を引き出した。鬣を三度撫でて高い背にひらりと飛び乗った。鞍もない鐙もない裸馬であった。長く白い足で、太腹を蹴ると、馬はいっさんに駆け出した。誰かが篝りを継ぎ足したので、遠くの空が薄明るく見える。馬はこの明るいものを目懸けて闇の中を飛んで来る。鼻から火の柱のような息を二本出して飛んで来る。それでも女は細い足でしきりなしに馬の腹を蹴っている。馬は蹄の音が宙で鳴るほど早く飛んで来る。女の髪は吹流しのように闇の中に尾を曳いた。それでもまだ篝のある所まで来られない。

するとまっ暗な道の傍で、たちまちこけこっこうという鶏の声がした。女は身を空様に、両手に握った手綱をうんと控えた。馬は前足の蹄を堅い岩の上に発矢と刻み込んだ。

こけこっこうと鶏がまた一声鳴いた。

女はあっと云って、緊めた手綱を一度に緩めた。馬は諸膝を折る。乗った人と共に真向へ前へのめった。岩の下は深い淵であった。

蹄の跡はいまだに岩の上に残っている。鶏の鳴く真似をしたものは天探女である。この蹄の痕の岩に刻みつけられている間、天探女は自分の敵である。

第六夜

運慶が護国寺の山門で仁王を刻んでいると云う評判だから、散歩ながら行って見ると、自分より先にもう大勢集まって、しきりに下馬評をやっていた。

山門の前五六間の所には、大きな赤松があって、その幹が斜めに山門の甍を隠して、遠い青空まで伸びている。松の緑と朱塗の門が互いに照り合ってみごとに見える。その上松の位地が好い。門の左の端を眼障にならないように、斜に切って行って、上になるほど幅を広く屋根まで突出しているのが何となく古風である。鎌倉時代とも思われる。

ところが見ているものは、みんな自分と同じく、明治の人間である。その中でも車夫が一番多い。辻待をして退屈だから立っているに相違ない。

「大きなもんだなあ」と云っている。

「人間を拵えるよりもよっぽど骨が折れるだろう」とも云っている。

そうかと思うと、「へえ仁王だね。今でも仁王を彫るのかね。へえそうかね。私ゃまた仁王はみんな古いのばかりかと思ってた」と云った男がある。

「どうも強そうですね。なんだってえますぜ。昔から誰が強いって、仁王ほど強い人あ無いって云いますぜ。何でも日本武尊よりも強いんだってえからね」と話しかけた男もある。この男は尻を端折って、帽子を被らずにいた。よほど無教育な男と見える。

　運慶は見物人の評判には委細頓着なく鑿と槌を動かしている。いっこう振り向きもしない。高い所に乗って、仁王の顔の辺をしきりに彫り抜いて行く。

　運慶は頭に小さい烏帽子のようなものを乗せて、素袍だか何だかわからない大きな袖を背中で括っている。その様子がいかにも古くさい。わいわい云ってる見物人とはまるで釣り合が取れないようである。自分はどうして今時分まで運慶が生きているのかなと思った。どうも不思議な事があるものだと考えながら、やはり立って見ていた。

　しかし運慶の方では不思議とも奇体ともとんと感じ得ない様子で一生懸命に彫っている。仰向いてこの態度を眺めていた一人の若い男が、自分の方を振り向いて、

「さすがは運慶だな。眼中に我々なしだ。天下の英雄はただ仁王と我れとあるのみと云う態度だ。天晴れだ」と云って賞め出した。

　自分はこの言葉を面白いと思った。それでちょっと若い男の方を見ると、若い男は、すかさず、

「あの鑿と槌の使い方を見たまえ。大自在の妙境に達している」と云った。

　運慶は今太い眉を一寸の高さに横へ彫り抜いて、鑿の歯を竪に返すや否や斜すに、上から槌を打ち下した。堅い木を一と刻みに削って、厚い木屑が槌の声に応じて飛んだと思ったら、小鼻のおっ開いた怒り鼻の側面がたちまち浮き上がって来た。その刀の入れ方がいかにも無遠慮であった。そうして少しも疑念を挟んでおらんように見えた。

「よくああ無造作に鑿を使って、思うような眉や鼻ができるものだな」と自分はあんまり感心したから独言のように言った。するとさっきの若い男が、

「なに、あれは眉や鼻を鑿で作るんじゃない。あの通りの眉や鼻が木の中に埋っているのを、鑿と槌の力で掘り出すまでだ。まるで土の中から石を掘り出すようなものだからけっして間違うはずはない」と云った。

自分はこの時始めて彫刻とはそんなものかと思い出した。はたしてそうなら誰にでもできる事だと思い出した。それで急に自分も仁王が彫ってみたくなったから見物をやめてさっそく家へ帰った。

道具箱から鑿と金槌を持ち出して、裏へ出て見ると、せんだっての暴風で倒れた樫を、薪にするつもりで、木挽に挽かせた手頃な奴が、たくさん積んであった。

自分は一番大きいのを選んで、勢いよく彫り始めて見たが、不幸にして、仁王は見当らなかった。その次のにも運悪く掘り当てる事ができなかった。三番目のにも仁王はいなかった。自分は積んである薪を片っ端から彫って見たが、どれもこれも仁王を蔵しているのはなかった。ついに明治の木にはとうてい仁王は埋っていないものだと悟った。それで運慶が今日まで生きている理由もほぼ解った。

第七夜

何でも大きな船に乗っている。

この船が毎日毎夜すこしの絶間なく黒い煙を吐いて浪を切って進んで行く。凄じい音である。けれどもどこへ行くんだか分らない。ただ波の底から焼火箸のような太陽が出る。それが高い帆柱の真上まで来てしばらく挂っているかと思うと、いつの間にか大きな船を追い越して、先へ行ってしまう。そうして、しまいには焼火箸のようにじゅっといってまた波の底に沈んで行く。そのたんびに蒼い波が遠くの向うで、蘇枋の色に沸き返る。すると船は凄じい音を立ててその跡を追かけて行く。けれども決して追つかない。

ある時自分は、船の男を捕まえて聞いて見た。

「この船は西へ行くんですか」

船の男は怪訝な顔をして、しばらく自分を見て

いたが、やがて、

「なぜ」と問い返した。

「落ちて行く日を追かけるようだから」

船の男はからからと笑った。そうして向うの方へ行ってしまった。

「西へ行く日の、果は東か。それは本真か。東出る日の、御里は西か。それも本真か。身は波の上。楫枕。流せ流せ」と囃している。舳へ行って見たら、水夫が大勢寄って、太い帆綱を手繰っていた。

自分は大変心細くなった。いつ陸へ上がれる事か分らない。そうしてどこへ行くのだか知れない。ただ黒い煙を吐いて波を切って行く事だけはたしかである。その波はすこぶる広いものであった。際限もなく蒼く見える。時には紫にもなった。ただ船の動く周囲だけはいつでも真白に泡を吹いていた。自分は大変心細かった。こんな船にいるよりいっそ身を投げて死んでしまおうかと思った。

乗合はたくさんいた。たいていは異人のようであった。しかしいろいろな顔をしていた。空が曇って船が揺れた時、一人の女が欄に倚りかかって、しきりに泣いていた。眼を拭く手巾の色が白く見えた。しかし身体には更紗のような洋服を着ていた。この女を見た時に、悲しいのは自分ばかりではないのだと気がついた。

ある晩甲板の上に出て、一人で星を眺めていたら、一人の異人が来て、天文学を知ってるかと尋ねた。自分はつまらないから死のうとさえ思っている。天文学などを知る必要がない。黙っていた。するとその異人が金牛宮の頂にある七星の話をして聞かせた。そうして星も海もみんな神の作ったものだと云った。最後に自分に神を信仰するかと尋ねた。自分は空を見て黙っていた。

或時サローンに這入ったら派手な衣裳を着た若い女が向うむきになって、洋琴を弾いていた。その傍に背の高い立派な男が立って、唱歌を唄っている。その口が大変大きく見えた。けれども二人は二人以外の事にはまるで頓着していない様子であった。船に乗っている事さえ忘れているようであった。

自分はますますつまらなくなった。とうとう死ぬ事に決心した。それである晩、あたりに人のいない時分、思い切って海の中へ飛び込んだ。ところが――自分の足が甲板を離れて、船と縁が切れたその刹那に、急に命が惜しくなった。心の底からよせばよかったと思った。けれども、もう遅い。自分は厭でも応でも海の中へ這入らなければならない。ただ大変高くできていた船と見えて、身体は船を離れたけれども、足は容易に水に着かない。しかし捕まえるものがないから、しだいしだいに水に近づいて来る。いくら足を縮めても近づいて来る。水の色は黒かった。

　そのうち船は例の通り黒い煙を吐いて、通り過ぎてしまった。自分はどこへ行くんだか判らない船でも、やっぱり乗っている方がよかったと始めて悟りながら、しかもその悟りを利用する事ができずに、無限の後悔と恐怖とを抱いて黒い波の方へ静かに落ちて行った。

第八夜

床屋の敷居を跨いだら、白い着物を着てかたまっていた三四人が、一度にいらっしゃいと云った。

　真中に立って見廻すと、四角な部屋である。窓が二方に開いて、残る二方に鏡が懸っている。鏡の数を勘定したら六つあった。

　自分はその一つの前へ来て腰をおろした。すると御尻がぶくりと云った。よほど坐り心地が好くできた椅子である。鏡には自分の顔が立派に映った。顔の後には窓が見えた。それから帳場格子が斜に見えた。格子の中には人がいなかった。窓の外を通る往来の人の腰から上がよく見えた。

　庄太郎が女を連れて通る。庄太郎はいつの間にかパナマの帽子を買って被っている。女もいつの間に拵えたものやら。ちょっと解らない。双方とも得意のようであった。よく女の顔を見ようと思ううちに通り過ぎてしまった。

　豆腐屋が喇叭を吹いて通った。喇叭を口へあてがっているんで、頬ぺたが蜂に螫されたように膨れていた。膨れたまんまで通り越したものだから、気がかりでたまらない。生涯蜂に螫されているように思う。

芸者が出た。まだ御化粧をしていない。島田の根が緩んで、何だか頭に締りがない。顔も寝ぼけている。色沢が気の毒なほど悪い。それで御辞儀をして、どうも何とかですと云ったが、相手はどうしても鏡の中へ出て来ない。

すると白い着物を着た大きな男が、自分の後ろへ来て、鋏と櫛を持って自分の頭を眺め出した。自分は薄い髭を捩って、どうだろう物になるだろうかと尋ねた。白い男は、何にも云わずに、手に持った琥珀色の櫛で軽く自分の頭を叩いた。

「さあ、頭もだが、どうだろう、物になるだろうか」と自分は白い男に聞いた。白い男はやはり何も答えずに、ちゃきちゃきと鋏を鳴らし始めた。

鏡に映る影を一つ残らず見るつもりで眼を瞠っていたが、鋏の鳴るたんびに黒い毛が飛んで来るので、恐ろしくなって、やがて眼を閉じた。すると白い男が、こう云った。

「旦那は表の金魚売を御覧なすったか」

自分は見ないと云った。白い男はそれぎりで、しきりと鋏を鳴らしていた。すると突然大きな声で危険と云ったものがある。はっと眼を開けると、白い男の袖の下に自転車の輪が見えた。人力の梶棒が見えた。と思うと、白い男が両手で自分の頭を押えてうんと横へ向けた。自転車と人力車はまるで見えなくなった。鋏の音がちゃきちゃきする。

やがて、白い男は自分の横へ廻って、耳の所を刈り始めた。毛が前の方へ飛ばなくなったから、安心して眼を開けた。粟餅や、餅やあ、餅や、と云う声がすぐ、そこでする。小さい杵をわざと臼へあてて、拍子を取って餅を搗いている。粟餅屋は子供の時に見たばかりだから、ちょっと様子が見たい。けれども粟餅屋はけっして鏡の中に出て来ない。ただ餅を搗く音だけする。

自分はあるたけの視力で鏡の角を覗き込むようにして見た。すると帳場格子のうちに、いつの間にか一人の女が坐っている。色の浅黒い眉毛の濃い大柄な女で、髪を銀杏返しに結って、黒繻子の半襟のかかった素袷で、立膝のまま、札の勘定をしている。札は十円札らしい。女は長い睫を伏せて薄い唇を結んで一生懸命に、札の数を読んでいるが、その読み方がいかにも早い。しかも札の数はどこまで行っても尽きる様子がない。膝の上に乗っているのはたかだか百枚ぐらいだが、その百枚がいつまで勘定しても百枚である。

自分は茫然としてこの女の顔と十円札を見つめていた。すると耳の元で白い男が大きな声で「洗いましょう」と云った。ちょうどうまい折だから、椅子から立ち上がるや否や、帳場格子の方をふり返って見た。けれども格子のうちには女も札も何にも見えなかった。

代を払って表へ出ると、門口の左側に、小判なりの桶が五つばかり並べてあって、その中に赤い金魚や、斑入の金魚や、痩せた金魚や、肥った金魚がたくさん入れてあった。そうして金魚売がその後にいた。金魚売は自分の前に並べた金魚を見つめたまま、頬杖を突いて、じっとしている。騒がしい往来の活動にはほとんど心を留めていない。自分はしばらく立ってこの金魚売を眺めていた。けれども自分が眺めている間、金魚売はちっとも動かなかった。

第九夜

世の中が何となくざわつき始めた。今にも戦争が起りそうに見える。焼け出された裸馬が、夜昼となく、屋敷の周囲を暴れ廻ると、それを夜昼となく足軽共が犇きながら追かけているような心持がする。それでいて家のうちは森として静かである。

家には若い母と三つになる子供がいる。父はどこかへ行った。父がどこかへ行ったのは、月の出ていない夜中であった。床の上で草鞋を穿いて、黒い頭巾を被って、勝手口から出て行った。その時母の持っていた雪洞の灯が暗い闇に細長く射して、生垣の手前にある古い檜を照らした。

父はそれきり帰って来なかった。母は毎日三つになる子供に「御父様は」と聞いている。子供は何とも云わなかった。しばらくしてから「あっち」と答えるようになった。母が「いつ御帰り」と聞いてもやはり「あっち」と答えて笑っていた。その時は母も笑った。そうして「今に御帰り」と云う言葉を何遍となく繰返して教えた。けれども子供は「今に」だけを覚えたのみである。時々は「御父様はどこ」と聞かれて「今に」と答える事もあった。

夜になって、四隣が静まると、母は帯を締め直して、鮫鞘の短刀を帯の間へ差して、子供を細帯で背中へ背負って、そっと潜りから出て行く。母はいつでも草履を穿いていた。子供はこの草履の音を聞きながら母の背中で寝てしまう事もあった。

土塀の続いている屋敷町を西へ下って、だらだら坂を降り尽くすと、大きな銀杏がある。この銀杏を目標に右に切れると、一丁ばかり奥に石の鳥居がある。片側は田圃で、片側は熊笹ばかりの中を鳥居まで来て、それを潜り抜けると、暗い杉の木立になる。それから二十間ばかり敷石伝いに突き当ると、古い拝殿の階段の下に出る。鼠色に洗い出された賽銭箱の上に、大きな鈴の紐がぶら下がって昼間見ると、その鈴の傍に八幡宮と云う額が懸っている。八の字が、鳩が二羽向いあったような書体にできているのが面白い。そのほかにもいろいろの額がある。たいていは家中のものの射抜いた金的を、射抜いたものの名前に添えたのが多い。たまには太刀を納めたのもある。

鳥居を潜ると杉の梢でいつでも梟が鳴いている。そうして、冷飯草履の音がぴちゃぴちゃする。それが拝殿の前でやむと、母はまず鈴を鳴らしておいて、すぐにしゃがんで柏手を打つ。たいていはこの時梟が急に鳴かなくなる。それから母は一心不乱に夫の無事を祈る。母の考えでは、夫が侍であるから、弓矢の神の八幡へ、こうやって是非ない願をかけたら、よもや聴かれぬ道理はなかろうと一図に思いつめている。

子供はよくこの鈴の音で眼を覚まして、四辺を見ると真暗だものだから、急に背中で泣き出す事がある。その時母は口の内で何か祈りながら、背を振ってあやそうとする。すると旨く泣きやむ事もある。またますます烈しく泣き立てる事もある。

いずれにしても母は容易に立たない。
一通り夫の身の上を祈ってしまうと、今度は細帯を解いて、背中の子を摺りおろすように、背中から前へ廻して、両手に抱きながら拝殿を上って行って、「好い子だから、少しの間、待っておいでよ」ときっと自分の頬を子供の頬へ擦りつける。そうして細帯を長くして、子供を縛っておいて、その片端を拝殿の欄干に括りつける。それから段々を下りて来て二十間の敷石を往ったり来たり御百度を踏む。

拝殿に括りつけられた子は、暗闇の中で、細帯の丈のゆるす限り、広縁の上を這い廻っている。そう云う時は母にとって、はなはだ楽な夜である。けれども縛った子にひいひい泣かれると、母は気が気でない。御百度の足が非常に早くなる。大変息が切れる。仕方のない時は、中途で拝殿へ上って来て、いろいろすかしておいて、また御百度を踏み直す事もある。

こう云う風に、幾晩となく母が気を揉んで、夜の目も寝ずに心配していた父は、とくの昔に浪士のために殺されていたのである。

こんな悲い話を、夢の中で母から聞いた。

第十夜

庄太郎が女に攫われてから七日目の晩にふらりと帰って来て、急に熱が出てどっと、床に就いていると云って健さんが知らせに来た。

庄太郎は町内一の好男子で、至極善良な正直者である。ただ一つの道楽がある。パナマの帽子を被って、夕方になると水菓子屋の店先へ腰をかけて、往来の女の顔を眺めている。そうしてしきりに感心している。そのほかにはこれと云うほどの特色もない。

あまり女が通らない時は、往来を見ないで水菓子を見ている。水菓子にはいろいろある。水蜜桃や、林檎や、枇杷や、バナナを綺麗に籠に盛って、すぐ見舞物に持って行けるように二列に並べてある。庄太郎はこの籠を見ては綺麗だと云っている。商売をするなら水菓子屋に限ると云っている。そのくせ自分はパナマの帽子を被ってぶらぶら遊んでいる。

この色がいいと云って、夏蜜柑などを品評する事もある。けれども、かつて銭を出して水菓子を買った事がない。ただでは無論食わない。色ばかり賞めている。

ある夕方一人の女が、不意に店先に立った。身分のある人と見えて立派な服装をしている。その着物の色がひどく庄太郎の気に入った。その上庄太郎は大変女の顔に感心してしまった。そこで大事なパナマの帽子を脱って丁寧に挨拶をしたら、女は籠詰の一番大きいのを指して、これを下さいと云うんで、庄太郎はすぐその籠を取って渡した。すると女はそれをちょっと提げて見て、大変重い事と云った。

庄太郎は元来閑人の上に、すこぶる気作な男だから、ではお宅まで持って参りましょうと云って、女といっしょに水菓子屋を出た。それぎり帰って来なかった。

いかな庄太郎でも、あんまり呑気過ぎる。只事じゃ無かろうと云って、親類や友達が騒ぎ出していると、七日目の晩になって、ふらりと帰って来た。そこで大勢寄ってたかって、庄さんどこへ行っていたんだいと聞くと、庄太郎は電車へ乗って山へ行ったんだと答えた。

何でもよほど長い電車に違いない。庄太郎の云うところによると、電車を下りるとすぐと原へ出たそうである。非常に広い原で、どこを見廻しても青い草ばかり生えていた。女といっしょに草の上を歩いて行くと、急に絶壁の天辺へ出た。その時女が庄太郎に、ここから飛び込んで御覧なさいと云った。底を覗いて見ると、切岸は見えるが底は見えない。庄太郎はまたパナマの帽子を脱いで再三辞退した。すると女が、もし思い切って飛び込まなければ、豚に舐められますが好うござんすかと聞いた。庄太郎は豚と雲右衛門が大嫌だった。けれども命には易えられないと思って、やっぱり飛び込むのを見合せていた。ところへ豚が一匹鼻を鳴らして来た。庄太郎は仕方なしに、持っていた細い檳榔樹の洋杖で、豚の鼻頭を打った。豚はぐうと云いながら、ころりと引っ繰り返って、絶壁の下へ落ちて行った。庄太郎はほっと一と息接いでいるとまた一匹の豚が大きな鼻を庄太郎に擦りつけに来た。庄太郎はやむをえずまた洋杖を振り上げた。豚はぐうと鳴いてまた真逆様に穴の底へ転げ込んだ。するとまた一匹あらわれた。この時庄太郎はふと気がついて、向うを見ると、遥の青草原の尽きる辺から幾万匹か数え切れぬ豚が、群をなして一直線に、この絶壁の上に立っている庄太郎を目懸けて鼻を鳴らしてくる。庄太郎は心から恐縮した。けれども仕方がないから、近寄ってくる豚の鼻頭を、一つ一つ丁寧に檳榔樹の洋杖で打っていた。不思議な事に洋杖が鼻へ触りさえすれば豚はころりと谷の底へ落ちて行く。覗いて見ると底の見えない絶壁を、逆さになった豚が行列して落ちて行く。自分がこのくらい多くの豚を谷へ落したかと思うと、庄太郎は我ながら怖くなった。けれども豚は続々くる。黒雲に足が生えて、青草を踏み分けるような勢いで無尽蔵に鼻を鳴らしてくる。

庄太郎は必死の勇をふるって、豚の鼻頭を七日六晩叩いた。けれども、とうとう精根が尽きて、手が蒟蒻のように弱って、しまいに豚に舐められてしまった。そうして絶壁の上へ倒れた。

健さんは、庄太郎の話をここまでして、だからあんまり女を見るのは善くないよと云った。自分ももっともだと思った。けれども健さんは庄太郎のパナマの帽子が貰いたいと云っていた。

庄太郎は助かるまい。パナマは健さんのものだろう。

底本：『夏目漱石全集10巻』　ちくま文庫、筑摩書房
1988（昭和63）年7月26日第1刷発行
1996（平成8）年7月15日第5刷発行
底本の親本：『筑摩全集類聚版夏目漱石全集』　筑摩書房
1971（昭和46）年4月～1972（昭和47）年1月

◎作品を読み解くポイント（解説編）

Ａ：第一夜から三夜、第五夜に共通する「こんな夢を見た。」という書き出しは、どういった意味があるか

これが夢の話であることを読者に印象づけ、多少突飛な展開でも「夢ならばあるかもしれない」と思わせる。また、一見連続性のないそれぞれのストーリーを、連作短編として共通させている。

Ｂ：各話の主人公は、すべて同じ人物だろうか

人によって感じ方は違うだろう。

同じ人物の名前が出てきている部分もあるが、まったく時代の違うストーリーも描かれている。とはいえ夢ならばそれもあり得るし、夢を見ている人物の現在と、夢の中の時間が同じとは限らない。

『夢十夜』は、まず「こんな夢を見た。」という書き出しが有名な作品である。

短編、長編にかかわらず、最初の一文が作品の印象を決定づけるといっても過言ではない。その一文、あるいは数行で読者は作品に引き込まれるかもしれないし、逆に本を閉じてしまうかもしれない。どれだけ面白いストーリーが展開されようと、魅力的なキャラクターが活躍しようと、読んでもらえないことには始まらない。魅力的な書き出しとはなにか。作家にとって、永遠のテーマであろう。

また十の幻想的な夢の物語は、それぞれに意味を持っている。夢の中の出来事や物は、なにを象徴し、あるいは比喩するものだろうか。

それらについて、ここで何か意見を記すことは避けたい。数多の識者が研究を重ねてきたであろうし、明確な答えはないだろうから。興味があればそういった研究論文を紐解いてもらいたいものではあるが、なによりもまず、読者であるあなた自身に、考えてもらいたい。

たとえば第一夜。主人公の前に横たわる女とは。女と交わした約束とは。なぜ大きな真珠貝で墓を掘るのか。墓の目印となる星の破片とは。墓から咲いた百合とは。

こうやって掘り下げていくことで、それまで気づかなかった意味に気づき、自分なりの理由を見いだし、作品を深く味わえるのではないだろうか。

◎エンタメに役立つポイント

先にも述べたように、書き出しというのは重要である。印象的で、読者を物語に引き込む書き出しとは。どんな作品を書くときでも、常に考えてもらいたい。
そして今回のように、わかりやすいおきまりのパターン（今回は書き出しだが、物語の構成なども含む）は、連作短編やシリーズものを描く上では効果的だ。

◎若手女流作家が選ぶ推しの一文

「御前がおれを殺したのは今からちょうど百年前だね」

第三夜の最後で、子供が主人公に放った一言。衝撃の告白である。しかも「確かに自分の子」なのである。ホラー的な要素にも取れるし、やはり輪廻転生のある世界なんだろうかと想像力をかき立てられる。この場合「夢なのでなんでもあり」ととらえるのが正解かもしれないが。

（粟江）

自分が百合から顔を離す拍子に思わず、遠い空を見たら、暁の星がたった一つ瞬いていた。

十の夢のうち一番好きなのは第一夜だった。多くの幻想的な表現に想像を掻き立てられる。推しの一文はその中でも最も気に入ったものを選んだ。

（鳥居）

自分の足が甲板を離れて、船と縁が切れたその刹那に、急に命が惜しくなった。

ひとり船に乗り不安を抱いていた主人公は、ある晩船から身を投げる。行き先も目的もわからぬままで、自分を乗せて進んでしまう「人生」の船だ。船から飛び降り人生と決別した刹那、後戻りできなくなって唐突にこみ上げる後悔が、短い一文の中でリアルに表現されている。私はこの一文の言い回しにぐっと引き込まれた。

（菅沼）

◎同作者の代表的な作品

・『吾輩は猫である』

「吾輩は猫である。名前はまだ無い――」このあまりにも有名な書きだしで始まる、夏目漱石最初の小説。猫の視点で飼い主家族とそこに訪れる高等遊民（教育を受けているのに働かずに暮らす人々）の日常を皮肉たっぷりに描く。

・『坊ちゃん』

夏目漱石の著作の中で一番有名なのはこれだろうか。松山の中学校教師になった「坊ちゃん」と呼ばれる男が、子供たちに手を焼かされたり、教頭に天誅を食わせたりと好き勝手に暴れる話だ。

主人公は「親譲りの無鉄砲で子供の時から損ばかりしている」という通り、好青年とはいいがたく、相当に気ままな乱暴者だが、なんとはなしに憎めないところもある。カラッとした、面白い男だ。

今回の作品を読んだ後におすすめの　ライトノベル・エンタメ作品

・ルイス・キャロル『不思議の国のアリス』
白うさぎを追って穴に飛び込んだ少女アリスは、現実ではありえない異常なことが次々と起きる不思議な世界に迷い込んでしまって――。姉妹編・続編として『鏡の国のアリス』も。

夢が舞台の物語は数多いが、知名度でいえばこの作品にかなうものはなかなかないのでは。夢の世界が持つ美しさと醜さ、楽しさと恐ろしさを共に備えている作品だ。

・宮部みゆき『ドリームバスター』
異世界の犯罪者たちが、地球人の夢の中に逃げ込んだ。それを追うのが、ドリームバスターだ……。

夢の世界での冒険を主題にした作品も数多いが、中でも名前を知られているであろうものをここではピックアップする。

・澁澤龍彦・編『言葉の標本函　夢のかたち』
ベテラン作家がテーマを選んで編集したアンソロジーシリーズの一作でテーマは当然「夢」である。夢十夜のごった煮感が肌にあった人は、こういう形が面白いのではないか。

・乾緑郎『完全なる首長竜の日』
自殺未遂で意識不明のままの弟と、「センシング」という技術で意識の中に入ることでの対話を続けていた主人公。やがて現実と夢の世界が曖昧になっていき――。

科学技術の進歩は、神秘的な意識の世界へ足を踏み入れつつある。もしかしたらこれは遠くない先の物語かもしれない。

・夢枕獏『魔獣狩り』シリーズ
人の精神に潜り込む能力の持ち主、サイコダイバーが物語の中心になっていることから、サイコダイバーシリーズとも。夢の世界に潜り込む能力、というのも定番設定のひとつだ。これをどう活かすかは著者の腕次第である。

『人間椅子』

江戸川乱歩

Edogawa Ranpo

◎作家紹介

江戸川乱歩：1894年10月21日～1965年7月28日

大正から昭和にかけて活躍した小説家。本名平井太郎。日清戦争の開戦の年、三重県に生まれる。

筆名はアメリカの文豪エドガー・アラン・ポーにちなんでいる。

子供の頃から探偵小説の面白さに惹かれる。11歳頃から、友人らとたびたび雑誌を作っていた。

1913年（19歳）、早稲田大学大学部政治経済学科に入学。翌年、ドイル、ポーらの作品を英文で読み、短編探偵小説の面白さに目覚める。

さらに翌年の1915年（21歳）からドイルの翻訳に挑む。また処女小説『火縄銃』を執筆。

渡米して推理作家になる夢を抱いていたが諦め、大学卒業後は貿易会社に就職。その後も執筆活動や雑誌創刊などに取り組む。その後幾度となく転職を繰り返しているが、怠け者や気分屋というわけではなく、これには「職業作家になりたい」という強い思いがあった。その結果、乱歩が実業家として成功することはなかった。

1923年（29歳）、『二銭銅貨』発表。これまでにも執筆し、編集者に送るなどしていたが、これが乱歩のデビューとなる。当時の作家としては遅咲きの部類であるが、それまでに様々な職を経験していたことが、乱歩作品に厚みを持たせた。

新聞連載や文学雑誌の創刊などの影響により、大正に入って、大衆文学が流行した。当時大衆文学といえば時代小説であったため、その中で乱歩作品がどれほど異質なものであったかは、想像に難くない。

1939年、次第に戦時色が強まってくる時代、乱歩の『芋虫』が反戦的だとして、軍から削除を命じられる。その2年後には、乱歩の旧作が全て絶版になり、無収入となってしまった。しかし戦中、乱歩は「小松龍之介」の筆名で小説を書いていたという。

戦後、アメリカ兵が読み捨てた推理小説が古本屋に並べられていたのを発見し、これを読んでインスピレーションを刺激されたきっかけに、乱歩は再び推理小説の普及に尽力する。

１９５４年、還暦を記念して、江戸川乱歩賞の設立を発表。

１９６５年、脳出血により70歳で死去。

◎「人間椅子」あらすじ

作家である佳子夫人は、仕事を始める前に、書斎の椅子に座り、読者からのファンレターに目を通すことを日課としていた。

ある日の手紙の中に、小説の原稿かと思われる原稿用紙の束を見つける。突然原稿が送りつけられてくることは珍しくなかったが、それはある椅子職人からの、衝撃的な告白の手紙であった。

◎作品を読み解くポイント

この物語は恐怖を堪能するためのものだ。いったい何が怖いのか、考えてみよう。

A：佳子夫人が感じた「何となく異常な、妙に気味悪いもの」とはなにか

B：主人公の「夢」とはなにか

C：最後に届いた手紙には、一体どんな意味があるか

〔作品本文〕

佳子は、毎朝、夫の登庁を見送って了うと、それはいつも十時を過ぎるのだが、やっと自分のからだになって、洋館の方の、夫と共用の書斎へ、とじ籠るのが例になっていた。そこで、彼女は今、K雑誌のこの夏の増大号にのせる為の、長い創作にとりかかっているのだった。

美しい閨秀作家としての彼女は、此の頃では、外務省書記官である夫君の影を薄く思わせる程も、有名になっていた。彼女の所へは、毎日の様に未知の崇拝者達からの手紙が、幾通となくやって来た。

今朝とても、彼女は、書斎の机の前に坐ると、仕事にとりかかる前に、先ず、それらの未知の人々からの手紙に、目を通さねばならなかった。

それは何れも、極り切った様に、つまらぬ文句のものばかりであったが、彼女は、女の優しい心遣いから、どの様な手紙であろうとも、自分に宛られたものは、兎も角、一通りは読んで見ることにしていた。

簡単なものから先にして、二通の封書と、一葉のはがきとを見て了うと、あとにはかさ高い原稿らしい一通が残った。別段通知の手紙は貰(もら)っていないけれど、そうして、突然原稿を送って来る例は、これまでにしても、よくあることだった。それは、多くの場合、長々しく退屈極る代物であったけれど、彼女は兎も角も、表題丈(だけ)でも見て置こうと、封を切って、中の紙束を取出して見た。

それは、思った通り、原稿用紙を綴(と)じたものであった。が、どうしたことか、表題も署名もなく、突然「奥様」という、呼びかけの言葉で始まっているのだった。ハテナ、では、やっぱり手紙なのかしら、そう思って、何気なく二行三行と目を走らせて行く内に、彼女は、そこから、何となく異常な、妙に気味悪いものを予感した。そして、持前(もちまえ)の好奇心が、彼女をして、ぐんぐん、先を読ませて行くのであった。

奥様、

奥様の方では、少しも御存じのない男から、突然、此様(このよう)な無躾(ぶしつけ)な御手紙を、差上げます罪を、幾重(いくえ)にもお許し下さいませ。

こんなことを申上げますと、奥様は、さぞかしびっくりなさる事で御座いましょうが、私は今、あなたの前に、私の犯して来ました、世にも不思議な罪悪を、告白しようとしているのでございます。

私は数ヶ月の間、全く人間界から姿を隠して、本当に、悪魔の様な生活を続けて参りました。勿論(もちろん)、広い世界に誰一人、私の所業を知るものはありません。若(も)し、何事もなければ、私は、このまま永久に、人間界に立帰ることはなかったかも知れないのでございます。

ところが、近頃になりまして、私の心にある不思議な変化が起りました。そして、どうしても、この、私の因果な身の上を、懺悔(ざんげ)しないではいられなくなりました。ただ、かように申しましたばかりでは、色々御不審(ごふしん)に思召(おぼしめ)す点もございましょうが、どうか、兎も角も、この手紙を終りまで御読み下さいませ。そうすれば、何故(なぜ)、私がそんな気持になったのか。又何故、この告白を、殊更(ことさら)奥様に聞いて頂かねばならぬのか、それらのことが、悉く明白になるでございましょう。

さて、何から書き初めたらいいのか、余りに人間離れのした、奇怪千万な事実なので、こうした、人間世界で使われる、手紙という様な方法では、妙に面はゆくて、筆の鈍るのを覚えます。でも、迷っていても仕方がございません。兎も角も、事の起りから、順を追って、書いて行くことに致しましょう。

私は生れつき、世にも醜い容貌の持主でございます。これをどうか、はっきりと、お覚えなすっていて下さいませ。そうでないと、若し、あなたが、この無躾な願いを容れて、私にお逢い下さいました場合、たださえ醜い私の顔が、長い月日の不健康な生活の為に、二た目と見られぬ、ひどい姿になっているのを、何の予備知識もなしに、あなたに見られるのは、私としては、堪え難いことでございます。

私という男は、何と因果な生れつきなのでありましょう。そんな醜い容貌を持ちながら、胸の中では、人知れず、世にも烈しい情熱を、燃していたのでございます。私は、お化のような顔をした、その上極く貧乏な、一職人に過ぎない私の現実を忘れて、身の程知らぬ、甘美な、贅沢な、種々様々の「夢」にあこがれていたのでございます。

私が若し、もっと豊な家に生れていましたなら、金銭の力によって、色々の遊戯に耽けり、醜貌のやるせなさを、まぎらすことが出来たでもありましょう。それとも又、私に、もっと芸術的な天分が、与えられていましたなら、例えば美しい詩歌によって、此世の味気なさを、忘れることが出来たでもありましょう。併し、不幸な私は、何れの恵みにも浴することが出来ず、哀れな、一家具職人の子として、親譲りの仕事によって、其日其日の暮しを、立てて行く外はないのでございました。

私の専門は、様々の椅子を作ることでありました。私の作った椅子は、どんな難しい註文主にも、きっと気に入るというので、商会でも、私には特別に目をかけて、仕事も、上物ばかりを、廻して呉れて居りました。そんな上物になりますと、凭れや肘掛けの彫りものに、色々むずかしい註文があったり、クッションの工合、各部の寸法などに、微妙な好みがあったりして、それを作る者には、一寸素人の想像出来ない様な苦心が要るのでございますが、でも、苦心をすればした丈け、出来上った時の愉快というものはありません。生意気を申す様ですけれど、その心持ちは、芸術家が立派な作品を完成した時の喜びにも、比ぶべきものではないかと存じます。

一つの椅子が出来上ると、私は先ず、自分で、それに腰かけて、坐り工合を試して見ます。そして、味気ない職人生活の内にも、その時ばかりは、何とも云えぬ得意を感じるのでございます。そこへは、どの様な高貴の方が、或はどの様な美しい方がおかけなさることか、こんな立派な椅子を、註文なさる程のお邸だから、そこには、きっと、この椅子にふさわしい、贅沢な部屋があるだろう。壁間には定めし、有名な画家の油絵が懸り、天井からは、偉大な宝石の様な装飾電燈が、さがっているに相違ない。床には、高価な絨氈が、敷きつめてあるだろう。そして、この椅子の前のテーブルには、眼の醒める様な、西洋草花が、甘美な薫を放って、咲き乱れていることであろう。そんな妄想に耽っていますと、何だかこう、自分が、その立派な部屋の主にでもなった様な気がして、ほんの一瞬間ではありますけれど、何とも形容の出来ない、愉快な気持になるのでございます。

私の果敢ない妄想は、猶とめどもなく増長して参ります。この私が、貧乏な、醜い、一職人に過ぎない私が、妄想の世界では、気高い貴公子になって、私の作った立派な椅子に、腰かけているのでございます。そして、その傍には、いつも私の夢に出て来る、美しい私の恋人が、におやかにほほえみながら、私の話に聞入って居ります。そればかりではありません。私は妄想の中で、その人と手をとり合って、甘い恋の睦言を、囁き交しさえするのでございます。

ところが、いつの場合にも、私のこの、フーワリとした紫の夢は、忽ちにして、近所のお上さんの姦しい話声や、ヒステリーの様に泣き叫ぶ、其辺の病児の声に妨げられて、私の前には、又しても、醜い現実が、あの灰色のむくろをさらけ出すのでございます。現実に立帰った私は、そこに、夢の貴公子とは似てもつかない、哀れにも醜い、自分自身の姿を見出します。そして、今の先、私にほほえみかけて呉れた、あの美しい人は。……そんなものが、全体どこにいるのでしょう。その辺に、埃まみれになって遊んでいる、汚らしい子守女でさえ、私なぞには、見向いても呉れはしないのでございます。ただ一つ、私の作った椅子丈けが、今の夢の名残りの様に、そこに、ポツネンと残って居ります。でも、その椅子は、やがて、いずことも知れぬ、私達のとは全く別な世界へ、運び去られて了うのではありませんか。

私は、そうして、一つ一つ椅子を仕上げる度毎に、いい知れぬ味気なさに襲われるのでございます。その、何とも形容の出来ない、いやあな、いやあな心持は、月日が経つに従って、段々、私には堪え切れないものになって参りました。

「こんな、うじ虫の様な生活を、続けて行く位なら、いっそのこと、死んで了った方が増しだ」私は、真面目に、そんなことを思います。仕事場で、コツコツと鑿を使いながら、釘を打ちながら、或は、刺戟の強い塗料をこね廻しながら、その同じことを、執拗に考え続けるのでございます。「だが、待てよ、死んで了う位なら、それ程の決心が出来るなら、もっと外に、方法がないものであろうか。例えば……」そうして、私の考えは、段々恐ろしい方へ、向いて行くのでありました。

丁度その頃、私は、嘗って手がけたことのない、大きな皮張りの肘掛椅子の、製作を頼まれて居りました。此椅子は、同じY市で外人の経営している、あるホテルへ納める品で、一体なら、その本国から取寄せる筈のを、私の雇われていた、商会が運動して、日本にも舶来品に劣らぬ椅子職人がいるからというので、やっと註文を取ったものでした。それ丈けに、私としても、寝食を忘れてその製作に従事しました。本当に魂をこめて、夢中になってやったものでございます。

さて、出来上った椅子を見ますと、私は嘗って覚えない満足を感じました。それは、我乍(われなが)ら、見とれる程の、見事な出来ばえであったのです。私は例によって、四脚一組になっているその椅子の一つを、日当りのよい板の間へ持出して、ゆったりと腰を下しました。何という坐り心地のよさでしょう。フックラと、硬(こわ)すぎず軟(やわら)かすぎぬクッションのねばり工合、態(わざ)と染色を嫌って灰色の生地のまま張りつけた、鞣革(なめしがわ)の肌触り、適度の傾斜を保って、そっと背中を支えて呉れる、豊満な凭(もた)れ、デリケートな曲線を描いて、オンモリとふくれ上った、両側の肘掛け、それらの凡(すべ)てが、不思議な調和を保って、渾然(こんぜん)として「安楽(コンフォート)」という言葉を、そのまま形に現している様に見えます。

　私は、そこへ深々と身を沈め、両手で、丸々とした肘掛けを愛撫しながら、うっとりとしていました。すると、私の癖として、止めどもない妄想が、五色(ごしき)の虹の様に、まばゆいばかりの色彩を以(もっ)て、次から次へと湧(わ)き上って来るのです。あれを幻(まぼろし)というのでしょうか。心に思うままが、あんまりはっきりと、眼の前に浮んで来ますので、私は、若しや気でも違うのではないかと、空恐ろしくなった程でございます。

　そうしています内に、私の頭に、ふとすばらしい考えが浮んで参りました。悪魔の囁きというのは、多分ああした事を指すのではありますまいか。それは、夢の様に荒唐無稽(こうとうむけい)で、非常に不気味な事柄でした。でも、その不気味さが、いいしれぬ魅力となって、私をそそのかすのでございます。

　最初は、ただただ、私の丹誠(たんせい)を籠(こ)めた美しい椅子を、手離し度くない、出来ることなら、その椅子と一緒に、どこまでもついて行きたい、そんな単純な願いでした。それが、うつらうつらと妄想の翼を拡げて居ります内に、いつの間にやら、その日頃私の頭に醗酵(はっこう)して居りました、ある恐ろしい考えと、結びついて了ったのでございます。そして、私はまあ、何という気違いでございましょう。その奇怪極まる妄想を、実際に行(おこな)って見ようと思い立ったのでありました。

　私は大急ぎで、四つの内で一番よく出来たと思う肘掛椅子を、バラバラに毀(こわ)してしまいました。

そして、改めて、それを、私の妙な計画を実行するに、都合のよい様に造り直しました。

それは、極く大型のアームチェーアですから、掛ける部分は、床にすれすれまで皮で張りつめてありますし、其外、凭れも肘掛けも、非常に部厚に出来ていて、その内部には、人間一人が隠れていても、決して外から分らない程の、共通した、大きな空洞があるのです。無論、そこには、巌丈な木の枠と、沢山なスプリングが取りつけてありますけれど、私はそれらに、適当な細工を施して、人間が掛ける部分に膝を入れ、凭れの中へ首と胴とを入れ、丁度椅子の形に坐れば、その中にしのんでいられる程の、余裕を作ったのでございます。

そうした細工は、お手のものですから、十分手際よく、便利に仕上げました。例えば、呼吸をしたり外部の物音を聞く為に皮の一部に、外からは少しも分らぬ様な隙間を拵えたり、凭れの内部の、丁度頭のわきの所へ、小さな棚をつけて、何かを貯蔵出来る様にしたり、ここへ水筒と、軍隊用の堅パンとを詰め込みました。ある用途の為めに大きなゴムの袋を備えつけたり、その外様々の考案を廻らして、食料さえあれば、その中に、二日三日這入りつづけていても、決して不便を感じない様にしつらえました。謂わば、その椅子が、人間一人の部屋になった訳でございます。

私はシャツ一枚になると、底に仕掛けた出入口の蓋を開けて、椅子の中へ、すっぽりと、もぐりこみました。それは、実に変てこな気持でございました。まっ暗な、息苦しい、まるで墓場の中へ這入った様な、不思議な感じが致します。考えて見れば、墓場に相違ありません。私は、椅子の中へ這入ると同時に、丁度、隠れ蓑でも着た様に、この人間世界から、消滅して了う訳ですから。

間もなく、商会から使のものが、四脚の肘掛椅子を受取る為に、大きな荷車を持って、やって参りました。私の内弟子が（私はその男と、たった二人暮しだったのです）何も知らないで、使のものと応待して居ります。車に積み込む時、一人の人夫が「こいつは馬鹿に重いぞ」と怒鳴りましたので、椅子の中の私は、思わずハッとしましたが、一体、肘掛椅子そのものが、非常に重いのですから、別段あやしまれることもなく、やがて、ガタガタという、荷車の振動が、私の身体（からだ）にまで、一種異様の感触を伝えて参りました。

　非常に心配しましたけれど、結局、何事もなく、その日の午後には、もう私の這入った肘掛椅子は、ホテルの一室に、どっかりと、据えられて居りました。後で分ったのですが、それは、私室ではなくて、人を待合せたり、新聞を読んだり、煙草（たばこ）をふかしたり、色々の人が頻繁（ひんぱん）に出入りする、ローンジとでもいう様な部屋でございました。

　もうとっくに、御気づきでございましょうが、私の、この奇妙な行いの第一の目的は、人のいない時を見すまして、椅子の中から抜け出し、ホテルの中をうろつき廻って、盗みを働くことでありました。椅子の中に人間が隠れていようなどと、そんな馬鹿馬鹿しいことを、誰が想像致しましょう。私は、影の様に、自由自在に、部屋から部屋を、荒し廻ることが出来ます。そして、人々が、騒ぎ始める時分には、椅子の中の隠家（かくれが）へ逃げ帰って、息を潜（ひそ）めて、彼等の間抜けな捜索を、見物していればよいのです。あなたは、海岸の波打際（なみうちぎわ）などに、「やどかり」という一種の蟹（かに）のいるのを御存じでございましょう。大きな蜘蛛（くも）の様な恰好をしていて、人がいないと、その辺を我物顔に、のさばり歩いていますが、一寸でも人の跫音（あしおと）がしますと、恐ろしい速さで、貝殻（かいがら）の中へ逃げ込みます。そして、気味の悪い、毛むくじゃらの前足を、少しばかり貝殻から覗かせて、敵の動静を伺って居ります。私は丁度あの「やどかり」でございました。貝殻の代りに、椅子という隠家を持ち、海岸ではなくて、ホテルの中を、我物顔に、のさばり歩くのでございます。

　さて、この私の突飛（とっぴ）な計画は、それが突飛であった丈け、人々の意（い）表外に出でて、見事に成功致しました。ホテルに着いて三日目には、もう、たんまりと一仕事済ませて居た程でございます。いざ盗みをするという時の、恐ろしくも、楽しい心持、うまく成功した時の、何とも形容し難（がた）い嬉しさ、それから、人々が私のすぐ鼻の先で、あっちへ逃げた、こっちへ逃げたと大騒ぎをやっているのを、じっと見ているおかしさ。それがまあ、どの様な不思議な魅力を持って、私を楽しませたことでございましょう。

でも、私は今、残念ながら、それを詳しくお話している暇はありません。私はそこで、そんな盗みなどよりは、十倍も二十倍も、私を喜ばせた所の、奇怪極まる快楽を発見したのでございます。

そして、それについて、告白することが、実は、この手紙の本当の目的なのでございます。

お話を、前に戻して、私の椅子が、ホテルのローンジに置かれた時のことから、始めなければなりません。

椅子が着くと、一しきり、ホテルの主人達が、その坐り工合を見廻って行きましたが、あとは、ひっそりとして、物音一つ致しません。多分部屋には、誰もいないのでしょう。でも、到着匆々、椅子から出ることなど、迚も恐ろしくて出来るものではありません。私は、非常に長い間（ただそんなに感じたのかも知れませんが）少しの物音も聞き洩すまいと、全神経を耳に集めて、じっとあたりの様子を伺って居りました。

そうして、暫くしますと、多分廊下の方からでしょう、コツコツと重苦しい跫音が響いて来ました。それが、二三間向うまで近付くと、部屋に敷かれた絨氈の為に、殆ど聞きとれぬ程の低い音に代りましたが、間もなく、荒々しい男の鼻息が聞え、ハッと思う間に、西洋人らしい大きな身体が、私の膝の上に、ドサリと落ちてフカフカと二三度はずみました。私の太腿と、その男のガッシリした偉大な臀部とは、薄い鞣皮一枚を隔てて、暖味を感じる程も密接しています。幅の広い彼の肩は、丁度私の胸の所へ凭れかかり、重い両手は、革を隔てて、私の手と重なり合っています。そして、男がシガーをくゆらしているのでしょう。男性的な、豊な薫が、革の隙間を通して漾って参ります。

奥様、仮にあなたが、私の位置にあるものとして、其場の様子を想像してごらんなさいませ。それは、まあ何という、不思議千万な情景でございましょう。私はもう、余りの恐ろしさに、椅子の中の暗闇で、堅く堅く身を縮めて、わきの下からは、冷い汗をタラタラ流しながら、思考力もなにも失って了って、ただもう、ボンヤリしていたことでございます。

その男を手始めに、その日一日、私の膝の上には、色々な人が入り替り立替り、腰を下しました。そして、誰も、私がそこにいることを――彼等が柔いクッションだと信じ切っているものが、実は私という人間の、血の通った太腿であるということを――少しも悟らなかったのでございます。

まっ暗で、身動きも出来ない革張りの中の天地。それがまあどれ程、怪しくも魅力ある世界でございましょう。そこでは、人間というものが、日頃目で見ている、あの人間とは、全然別な不思議な生きものとして感ぜられます。彼等は声と、鼻息と、跫音と、衣ずれの音と、そして、幾つかの丸々とした弾力に富む肉塊に過ぎないのでございます。私は、彼等の一人一人を、その容貌の代りに、肌触りによって識別することが出来ます。あるものは、デブデブと肥え太って、腐った肴の様な感触を与えます。それとは正反対に、あるものは、コチコチに痩せひからびて、骸骨のような感じが致します。その外、背骨の曲り方、肩胛骨の開き工合、腕の長さ、太腿の太さ、或は尾骶骨の長短など、それらの凡ての点を綜合して見ますと、どんな似寄った背恰好の人でも、どこか違った所があります。人間というものは、容貌や指紋の外に、こうしたからだ全体の感触によっても、完全に識別することが出来るに相違ありません。

異性についても、同じことが申されます。普通の場合は、主として容貌の美醜によって、それを批判するのでありましょうが、この椅子の中の世界では、そんなものは、まるで問題外なのでございます。そこには、まる裸の肉体と、声音と、匂とがあるばかりでございます。

奥様、余りにあからさまな私の記述に、どうか気を悪くしないで下さいまし、私はそこで、一人の女性の肉体に、(それは私の椅子に腰かけた最初の女性でありました。)烈しい愛着を覚えたのでございます。

声によって想像すれば、それは、まだうら若い異国の乙女でございました。丁度その時、部屋の中には誰もいなかったのですが、彼女は、何か嬉しいことでもあった様子で、小声で、不思議な歌を歌いながら、躍る様な足どりで、そこへ這入って参りました。そして、私のひそんでいる肘掛椅子の前まで来たかと思うと、いきなり、豊満な、それでいて、非常にしなやかな肉体を、私の上へ投げつけました。しかも、彼女は何がおかしいのか、突然アハアハ笑い出し、手足をバタバタさせて、網の中の魚の様に、ピチピチとはね廻るのでございます。

それから、殆ど半時間ばかりも、彼女は私の膝の上で、時々歌を歌いながら、その歌に調子を合せでもする様に、クネクネと、重い身体を動かして居りました。

これは実に、私に取っては、まるで予期しなかった驚天動地の大事件でございました。女は神聖なもの、いや寧ろ怖いものとして、顔を見ることさえ遠慮していた私でございます。其私が、今、身も知らぬ異国の乙女と、同じ部屋に、同じ椅子に、それどころではありません、薄い鞣皮一重を隔てて肌のぬくみを感じる程も、密接しているのでございます。それにも拘らず、彼女は何の不安もなく、全身の重みを私の上に委ねて、見る人のない気安さに、勝手気儘な姿体を致して居ります。私は椅子の中で、彼女を抱きしめる真似をすることも出来ます。皮のうしろから、その豊な首筋に接吻することも出来ます。その外、どんなことをしようと、自由自在なのでございます。

この驚くべき発見をしてからというものは、私は最初の目的であった盗みなどは第二として、ただもう、その不思議な感触の世界に、惑溺して了ったのでございます。私は考えました。これこそ、この椅子の中の世界こそ、私に与えられた、本当のすみかではないかと。私の様な醜い、そして気の弱い男は、明るい、光明の世界では、いつもひけ目を感じながら、恥かしい、みじめな生活を続けて行く外に、能のない身体でございます。それが、一度、住む世界を換えて、こうして椅子の中で、窮屈な辛抱をしていさえすれば、明るい世界では、口を利くことは勿論、側へよることさえ許されなかった、美しい人に接近して、その声を聞き肌に触れることも出来るのでございます。

椅子の中の恋（！）それがまあ、どんなに不可思議な、陶酔的な魅力を持つか、実際に椅子の中へ這入って見た人でなくては、分るものではありません。それは、ただ、触覚と、聴覚と、そして僅の嗅覚のみの恋でございます。暗闇の世界の恋でございます。決してこの世のものではありません。これこそ、悪魔の国の愛慾なのではございますまいか。考えて見れば、この世界の、人目につかぬ隅々では、どの様に異形な、恐ろしい事柄が、行われているか、ほんとうに想像の外でございます。

無論始めの予定では、盗みの目的を果しさえすれば、すぐにもホテルを逃げ出す積りでいたのですが、世にも奇怪な喜びに、夢中になった私は、逃げ出すどころか、いつまでもいつまでも、椅子の中を永住のすみかにして、その生活を続けていたのでございます。

夜々の外出には、注意に注意を加えて、少しも物音を立てず、又人目に触れない様にしていましたので、当然、危険はありませんでしたが、それにしても、数ヶ月という、長い月日を、そうして少しも見つからず、椅子の中に暮していたというのは、我ながら実に驚くべき事でございました。

殆ど二六時中、椅子の中の窮屈な場所で、腕を曲げ、膝を折っている為に、身体中が痺れた様になって、完全に直立することが出来ず、しまいには、料理場や化粧室への往復を、躄の様に、這って行った程でございます。私という男は、何という気違いでありましょう。それ程の苦しみを忍んでも、不思議な感触の世界を見捨てる気になれなかったのでございます。

中には、一ヶ月も二ヶ月も、そこを住居のようにして、泊りつづけている人もありましたけれど、元来ホテルのことですから絶えず客の出入りがあります。随って私の奇妙な恋も、時と共に相手が変って行くのを、どうすることも出来ませんでした。そして、その数々の不思議な恋人の記憶は、普通の場合の様に、その容貌によってではなく、主として身体の恰好によって、私の心に刻みつけられているのでございます。

あるものは、仔馬の様に精悍で、すらりと引き締った肉体を持ち、あるものは、蛇の様に妖艶で、クネクネと自在に動く肉体を持ち、あるものは、ゴム鞠の様に肥え太って、脂肪と弾力に富む肉体を持ち、又あるものは、ギリシャの彫刻の様に、ガッシリと力強く、円満に発達した肉体を持って居りました。その外、どの女の肉体にも、一人一人、それぞれの特徴があり魅力があったのでございます。

そうして、女から女へと移って行く間に、私は又、それとは別な、不思議な経験をも味いました。

その一つは、ある時、欧洲のある強国の大使が（日本人のボーイの噂話によって知ったのですが）其偉大な体躯を、私の膝の上にのせたことでございます。それは、政治家としてよりも、世界的な詩人として、一層よく知られていた人ですが、それ丈けに、私は、その偉人の肌を知ったことが、わくわくする程も、誇らしく思われたのでございます。彼は私の上で、二三人の同国人を相手に、十分ばかり話をすると、そのまま立去て了いました。無論、何を云っていたのか、私にはさっぱり分りませんけれど、ジェスチュアをする度に、ムクムクと動く、常人よりも暖いかと思われる肉体の、くすぐる様な感触が、私に一種名状すべからざる刺戟を、与えたのでございます。

その時、私はふとこんなことを想像しました。若し！　この革のうしろから、鋭いナイフで、彼の心臓を目がけて、グサリと一突きしたなら、どんな結果を惹起すであろう。無論、それは彼に再び起つことの出来ぬ致命傷を与えるに相違ない。彼の本国は素より、日本の政治界は、その為に、どんな大騒ぎを演じることであろう。新聞は、どんな激情的な記事を掲げることであろう。それは、日本と彼の本国との外交関係にも、大きな影響を与えようし、又芸術の立場から見ても、彼の死は世界の一大損失に相違ない。そんな大事件が、自分の一挙手によって、易々（やすやす）と実現出来るのだ。それを思うと、私は、不思議な得意を感じないではいられませんでした。

もう一つは、有名なある国のダンサーが来朝した時、偶然彼女がそのホテルに宿泊して、たった一度ではありましたが、私の椅子に腰かけたことでございます。その時も、私は、大使の場合と似た感銘を受けましたが、その上、彼女は私に、嘗（か）つて経験したことのない理想的な肉体美の感触を与えて呉れました。私はそのあまりの美しさに卑しい考えなどは起す暇（ひま）もなく、ただもう、芸術品に対する時の様な、敬虔（けいけん）な気持で、彼女を讃美したことでございます。

その外、私はまだ色々と、珍しい、不思議な、或は気味悪い、数々の経験を致しましたが、それらを、ここに細叙（さいじょ）することは、この手紙の目的でありませんし、それに大分（だいぶ）長くなりましたから、急いで、肝心の点にお話を進めることに致しましょう。

さて、私がホテルへ参りましてから、何ヶ月かの後、私の身の上に一つの変化が起ったのでございます。といいますのは、ホテルの経営者が、何かの都合で帰国することになり、あとを居抜きのまま、ある日本人の会社に譲り渡したのであります。すると、日本人の会社は、従来の贅沢な営業方針を改め、もっと一般向きの旅館として、有利な経営を目論（もくろ）むことになりました。その為に不用になった調度などは、ある大きな家具商に委託して、競売せしめたのでありますが、その競売目録の内に、私の椅子も加わっていたのでございます。

私は、それを知ると、一時はガッカリ致しました。そして、それを機（き）として、もう一度娑婆（しゃば）へ立帰り、新しい生活を始めようかと思った程でございます。その時分には、盗みためた金が相当の額に上っていましたから、仮令（たとい）、世の中へ出ても、以前の様に、みじめな暮しをすることはないのでした。が、又思い返して見ますと、外人のホテルを出たということは、一方に於（お）ては、大きな失望でありましたけれど、他方に於ては、一つの新しい希望を意味するものでございました。といいますのは、私は数ヶ月の間も、それ程色々の異性を愛したにも拘らず、相手が凡て異国人であった為に、それがどんな立派な、好もしい肉体の持主であっても、精神的に妙な物足りなさを感じない訳には行きませんでした。やっぱり、日本人は、同じ日本人に対してでなければ、本当の恋を感じることが出来ないのではあるまいか。私は段々、そんな風に考えていたのでございます。そこへ、丁度私の椅子が競売に出たのであります。今度は、ひょっとすると、日本人に買いとられるかも知れない。そして、日本人の家庭に置かれるかも知れない。それが、私の新しい希望でございました。私は、兎も角も、もう少し椅子の中の生活を続けて見ることに致しました。

　道具屋の店先で、二三日の間、非常に苦しい思いをしましたが、でも、競売が始まると、仕合せなことには、私の椅子は早速買手がつきました。古くなっても、十分人目を引く程、立派な椅子だったからでございましょう。

　買手はY市から程遠からぬ、大都会に住んでいた、ある官吏でありました。道具屋の店先から、その人の邸まで、何里かの道を、非常に震動の烈しいトラックで運ばれた時には、私は椅子の中で死ぬ程の苦しみを嘗めましたが、でも、そんなことは、買手が、私の望み通り日本人であったという喜びに比べては、物の数でもございません。

　買手のお役人は、可成立派な邸の持主で、私の椅子は、そこの洋館の、広い書斎に置かれましたが、私にとって非常に満足であったことには、その書斎は、主人よりは、寧ろ、その家の、若く美しい夫人が使用されるものだったのでございます。それ以来、約一ヶ月の間、私は絶えず、夫人と共に居りました。夫人の食事と、就寝の時間を除いては、夫人のしなやかな身体は、いつも私の上に在りました。それというのが、夫人は、その間、書斎につめきって、ある著作に没頭していられたからでございます。

　私がどんなに彼女を愛したか、それは、ここに管々しく申し上げるまでもありますまい。彼女は、私の始めて接した日本人で、而も十分美しい肉体の持主でありました。私は、そこに、始めて本当の恋を感じました。それに比べては、ホテルでの、数多い経験などは、決して恋と名づくべきものではございません。その証拠には、これまで一度も、そんなことを感じなかったのに、その夫人に対して丈け私は、ただ秘密の愛撫を楽しむのみではあき足らず、どうかして、私の存在を知らせようと、色々苦心したのでも明かでございましょう。

　私は、出来るならば、夫人の方でも、椅子の中の私を意識して欲しかったのでございます。そして、虫のいい話ですが、私を愛して貰い度く思ったのでございます。でも、それをどうして合図致しましょう。若し、そこに人間が隠れているということを、あからさまに知らせたなら、彼女はきっと、驚きの余り、主人や召使達に、その事を告げるに相違ありません。それでは凡て(すべ)が駄目になって了うばかりか、私は、恐ろしい罪名を着て、法律上の刑罰をさえ受けなければなりません。

　そこで、私は、せめて夫人に、私の椅子を、この上にも居心地よく感じさせ、それに愛着を起させようと努めました。芸術家である彼女は、きっと常人以上の、微妙な感覚を備えているに相違ありません。若しも、彼女が、私の椅子に生命を感じて呉れたなら、ただの物質としてではなく、一つの生きものとして愛着を覚えてくれたなら、それ丈けでも、私は十分満足なのでございます。

　私は、彼女が私の上に身を投げた時には、出来る丈けフーワリと優しく受ける様に心掛けました。彼女が私の上で疲れた時分には、分らぬ程にソロソロと膝を動かして、彼女の身体の位置を換える様に致しました。そして、彼女が、うとうとと、居眠りを始める様な場合には、私は、極く極く幽(かすか)に、膝をゆすって、揺籃(ようらん)の役目を勤めたことでございます。

　その心遣(こころや)りが報(むく)いられたのか、それとも、単に私の気の迷いか、近頃では、夫人は、何となく私の椅子を愛している様に思われます。彼女は、丁度嬰児(あかんぼ)が母親の懐(ふところ)に抱かれる時の様な、又は、処女(おとめ)が恋人の抱擁(ほうよう)に応じる時の様な、甘い優しさを以て私の椅子に身を沈めます。そして、私の膝の上で、身体を動かす様子までが、さも懐しげに見えるのでございます。

かようにして、私の情熱は、日々に烈しく燃えて行くのでした。そして、遂には、ああ奥様、遂には、私は、身の程もわきまえぬ、大それた願いを抱く様になったのでございます。たった一目、私の恋人の顔を見て、そして、言葉を交すことが出来たなら、其まま死んでもいいとまで、私は、思いつめたのでございます。

奥様、あなたは、無論、とっくに御悟りでございましょう。その私の恋人と申しますのは、余りの失礼をお許し下さいませ。実は、あなたなのでございます。あなたの御主人が、あのY市の道具店で、私の椅子を御買取りになって以来、私はあなたに及ばぬ恋をささげていた、哀れな男でございます。

奥様、一生の御願いでございます。たった一度、私にお逢い下さる訳には行かぬでございましょうか。そして、一言でも、この哀れな醜い男に、慰めのお言葉をおかけ下さる訳には行かぬでございましょうか。私は決してそれ以上を望むものではありません。そんなことを望むには、余りに醜く、汚れ果てた私でございます。どうぞどうぞ、世にも不幸な男の、切なる願いを御聞き届け下さいませ。

私は昨夜、この手紙を書く為に、お邸を抜け出しました。面と向って、奥様にこんなことをお願いするのは、非常に危険でもあり、且つ私には迚も出来ないことでございます。

そして、今、あなたがこの手紙をお読みなさる時分には、私は心配の為に青い顔をして、お邸のまわりを、うろつき廻って居ります。

若し、この、世にも無躾なお願いをお聞き届け下さいますなら、どうか書斎の窓の撫子の鉢植に、あなたのハンカチをおかけ下さいまし、それを合図に、私は、何気なき一人の訪問者としてお邸の玄関を訪れるでございましょう。

そして、このふしぎな手紙は、ある熱烈な祈りの言葉を以て結ばれていた。

佳子は、手紙の半程まで読んだ時、已に恐しい予感の為に、まっ青になって了った。

そして、無意識に立上ると、気味悪い肘掛椅子の置かれた書斎から逃げ出して、日本建ての居間の方へ来ていた。手紙の後の方は、いっそ読まないで、破り棄てて了おうかと思ったけれど、どうやら気懸りなままに、居間の小机の上で、兎も角も、読みつづけた。

彼女の予感はやっぱり当っていた。

これはまあ、何という恐ろしい事実であろう。彼女が毎日腰かけていた、あの肘掛椅子の中には、見も知らぬ一人の男が、入っていたのであるか。

「オオ、気味の悪い」

彼女は、背中から冷水をあびせられた様な、悪寒を覚えた。そして、いつまでたっても、不思議な身震いがやまなかった。

彼女は、あまりのことに、ボンヤリして了って、これをどう処置すべきか、まるで見当がつかぬのであった。椅子を調べて見る（？）どうしてどうして、そんな気味の悪いことが出来るものか。そこには仮令、もう人間がいなくても、食物その他の、彼に附属した汚いものが、まだ残されているに相違ないのだ。

「奥様、お手紙でございます」

ハッとして、振り向くと、それは、一人の女中が、今届いたらしい封書を持て来たのだった。

佳子は、無意識にそれを受取って、開封しようとしたが、ふと、その上書を見ると、彼女は、思わずその手紙を取りおとした程も、ひどい驚きに打たれた。そこには、さっきの無気味な手紙と寸分違わぬ筆癖をもって、彼女の名宛が書かれてあったのだ。

彼女は、長い間、それを開封しようか、しまいかと迷っていた。が、とうとう、最後にそれを破って、ビクビクしながら、中身を読んで行った。手紙はごく短いものであったけれど、そこには、彼女を、もう一度ハッとさせた様な、奇妙な文言が記されていた。

突然御手紙を差上げます無躾を、幾重にもお許し下さいまし。私は日頃、先生のお作を愛読しているものでございます。別封お送り致しましたのは、私の拙(つたな)い創作でございます。御一覧の上、御批評が頂けますれば、此上の幸(さいわい)はございません。ある理由の為に、原稿の方は、この手紙を書きます前に投函致しましたから、已に御覧済みかと拝察致します。如何(いかが)でございましたでしょうか。若し、拙作(せっさく)がいくらかでも、先生に感銘を与え得たとしますれば、こんな嬉しいことはないのでございますが。

原稿には、態(わざ)と省いて置きましたが、表題は「人間椅子」とつけたい考えでございます。

では、失礼を顧(かえり)みず、お願いまで。匆々(そうそう)。

初出：『苦楽』プラトン社
1925（大正14）年10月

底本：「江戸川乱歩全集　第1巻
屋根裏の散歩者」光文社文庫、光文社
2004（平成16）年7月20日
初版1刷発行
底本の親本：「江戸川乱歩全集　第五巻」平凡社
1931（昭和6）年7月

◎作品を読み解くポイント（解説編）

A：佳子夫人が感じた「何となく異常な、妙に気味悪いもの」とはなにか

　佳子夫人が驚かされるであろうと、そして佳子夫人に対して主人公が罪を犯してきたことを告白すると、主人公が最初に提示している。しかし佳子夫人にはその時点でまったく心当たりがない。だからこそ気味が悪く、その正体が知りたくて読み進めてしまう。

B：主人公の「夢」とはなにか

　裕福な家に生まれ、金銭の力で色々な遊興にふけり、己の醜い外見を紛らわせること。芸術的な天分があり、たとえば美しい詩歌によってこの世の味気なさを忘れること。どちらも自分の不遇や不満をなくすためのものである。

C：最後に届いた手紙には、一体どんな意味があるか

　1通の手紙で全てが明かされないため、最初の手紙でそれが真実だと信じ込んでしまう。そして時間差で種明かしがされることによって、一度は信じてしまったものがフィクションであったことを知ると同時に、その作品の完成度の高さに驚かされる仕組みとなっている。


『人間椅子』は、結末を描かない物語である。

　これを聞いて、あなたはどう思うだろうか。ある人は「そうだよね」と思うだろうし、またある人は「え、どうして？」と思うだろう。疑問に思った人はある意味で素直な人である。最後の手紙の内容をそのまま受け取り、「椅子の中に人はいなかったんだ、よかった」と考えたわけだから。

　しかし、物語を丁寧に読み込んでいくと、あの手紙をそのまま信じるのはちょっと無理がある。詳しくは「女流作家が選ぶ推しの一文」の鳥居氏のコーナーで解説しているから、そこを参照して欲しい。気づいていなかった人はさぞゾッとするだろう。

　――さて、改めてこの物語の結末について考えてみよう。手紙で真相は明かされたようでいて、実際にはむしろ謎が増えた。やはり椅子の中に人が入っていたのか、それともただストーカーがいただけか。あるいは、何かの悪戯だったのか。

　手紙を受け取った後の佳子夫人の反応も、その後の彼女も描かれていないから、私たちはただただ想像するしかない。そしてその想像の中で、「椅子の中に入っていたかもしれない人間」の気持ち悪さはどんどんと増幅していく。明かされないからこそ怖い、気持ち悪い――それこそが『人間椅子』の恐ろしさではないか。

◎エンタメに役立つポイント

少しずつ情報が開示されることによって、手紙の主である男の告白の内容が見えてくる。特別なトリックを解き明かすような大がかりなミステリーではないが、昨今増えているライトミステリーのような作品に十分に応用できる。

また情報の出し方によってミスリードし、読者を一層驚かせることもできる。

◎若手女流作家が選ぶ推しの一文

私は、彼女が私の上に身を投げた時には、出来る丈けフーワリと優しく受ける様心掛けました。

最初にこれを読んだときに思ったのは「気持ち悪い！」。椅子に入る男の話はすでにさんざん気持ち悪いと思ったのだが、その中でも、この文章が一番気持ち悪かった。たったひとりでくつろいでいたはずなのに、見知らぬ男に抱かれていただなんて！　我がことではないのに、夫人と同じ女性として、想像するだけでも鳥肌ものだった。

ならばなぜこの文章を推すのか。それはこの変態性こそが、この作品を引き立てていると思ったからである。ときとして、ふりきった変態性、あるいは暴力性は、作品を引き立てる。逆に中途半端にしてしまうと、作品がぼやけてしまう。

（栗江）

どうか書斎の窓の撫子の鉢植に、あなたのハンカチをおかけ下さいまし

ラストのオチにホッとした人（特に女性）もいるかもしれない。私もそのひとり。が、この一文を読み返しもう一度ゾッとした。男は佳子の自宅の様子を知っているのだ。しかもそれなりに詳しく。なにより、桂子が日がな書斎に籠るのを、書斎に肘掛椅子があるのを把握している。該当する人物としては夫と女中が挙げられる。女性である女中がここまでの作品を描くとは考えにくい。夫なら筆癖で気付くだろうが、代筆を頼めばいいだけなので候補からははずれない（実際にそういった論がある）。

しかし、男は赤の他人であることを私は推す。その方がよりゾッとするからだ。人間椅子はフィクションかもしれないが、佳子のストーカーであることには間違いないのだから。

（鳥居）

それというのが、夫人は、その間、書斎につめきって、ある著作に没頭していられたからでございます。

私はこの文章の意味を理解したとき、鳥肌がたつほど恐ろしくなった。確かに気持ちが悪くはある。けれど、椅子の中で生活している男の様子は時折ユーモラスに描かれており、椅子の世界（生活）を楽しんでいるようで、私は気持ち悪さよりも面白い話だと感じながら読み進めていた。なので、この一文の衝撃はより大きかった。佳子は手紙の途中で真実を悟り部屋を移動していたが、もし座っている状態でこの一文を読んでしまったら、私なら恐怖で立ち上がることもできなくなるだろう。

（菅沼）

◎同作者の代表的な作品

・**『怪人二十面相』シリーズ**

名探偵明智小五郎とその助手の小林少年のコンビが、怪人二十面相と対決するシリーズ。

本書でも紹介しているイギリスの名探偵ホームズや、フランスの怪盗紳士ルパンの影響を強く受けた、日本の探偵もの＆怪盗ものの重要作品。雰囲気の違いや手法の違いをぜひ読み比べてほしい。さらに現代の作品とも手法が相当違う（クローズアップするシーンの違いなど）ので、その点でも目を通すと驚きと発見があるだろう。また、このシリーズは「少年探偵団」ものの代表選手としても読む価値が高い。

・**『D坂の殺人事件』**

密室殺人事件を「私」と明智小五郎が追う、短編推理小説。『怪人二十面相』に先立つ明智小五郎の初登場作品である。

・**『二銭銅貨』**

暗号解読をテーマにした、江戸川乱歩のデビュー作であるとともに、日本初の本格推理小説としても知られる作品。

・**『押絵と旅する男』**

語り手が汽車で出会ったのは、美少女の押絵を携えて旅をする奇妙な男だった……。

京極夏彦『百鬼夜行』シリーズへの影響も感じられる、不思議な味の短編。

今回の作品を読んだ後におすすめの ライトノベル・エンタメ作品

・エドマンド・ウォレス・ヒルディック『マガーク少年探偵団』シリーズ

江戸川乱歩といえば小林少年率いる少年探偵団という人も多いだろうが、一口に少年探偵団といっても書き手によって様々な形があっていいし、実際東西の作家たちが様々な少年探偵団を描いている。

『マガーク少年探偵団』はその中でも探偵団の面々がそれぞれ個性的で、読んでいて楽しくなるシリーズだ。

・志駕晃『スマホを落としただけなのに』

ある男が落とし物のスマホを拾い、待ち受け画像の写真で持ち主の恋人に惹かれたことから事件が始まる。

現代人に必須のスマホ・SNSをキーワードにしつつ、異常者に翻弄される恐怖を描くサイコスリラー。時代が変わって変わるもの、変わらないものがあることを見比べてほしい。

・真藤順丈『庵堂三兄弟の聖職』

遺体を加工する職業を受け継ぐ3兄弟、それぞれの葛藤と成長を描く作品。

何か特別に怪奇なことが起きるわけではないが、遺体と向き合う特殊な職業に関わる3兄弟のおかれた精神状態には、江戸川乱歩的な怪奇のにおいがあると見て、ここに紹介する。

・長谷敏司『円環少女』シリーズ

異世界から魔法使いが訪れる地球で、罪を犯してこの世界に送り込まれた少女とそのパートナーである青年が戦うライトノベル。

この作品には強烈な個性の持ち主（平たく言えば「変態」）が多数登場し、それがバトルや登場人物たちの複雑な過去・因縁と並んだシリーズの大きな目玉になっている。乱歩作品の変人・変態たちに劣らぬキャラクターに興味があれば。

・綾里けいし『B.A.D.』

異能の力を持つ傲慢な美少女にして探偵事務所社長と、彼女に振り回される平凡な青年が怪奇な事件に遭遇していく物語。

怪奇で妖しく、そして醜くも美しい雰囲気に、乱歩に近いところを感じるため、ここに紹介する。ライトノベルというとキャラ萌え、爽快な展開などが目立つかもしれないが、こういう作品もあるのだ。

『黒猫』 エドガー・アラン・ポー 訳：佐々木直次郎

Edgar Allan Poe　Sasaki Naojirou

◎作家紹介

エドガー・アラン・ポー：
1809年1月19日～1849年10月7日

アメリカの詩人にして小説家。

父の失踪と母の死で孤児となり、養父に育てられて成長（アランは養父の名）するという複雑な生まれの持ち主。正式に入籍されることはなかったが、子のいなかった養母に大層かわいがられた。

養父の事業拡大のためにイングランドに渡り、私学や寄宿学校で学ぶ。イングランドの裕福な子弟並の教育を受けていたという。複数の外国語を修め、成績は優秀であった。その後両親とともにアメリカに帰国。

やがて養父との不和から軍隊に入るが、この頃に最初の詩集を発表している。その後、軍隊を離れてからは詩作を中心に数々の作品を発表した。

その名声の第1は『大鴉』をはじめとする詩人としてのものであり、特にボードレール、マラルメ、ヴァレリーという3人の偉大な詩人が愛好したことから、彼は「近代詩の祖」として目されることになった。

また、ポーは探偵小説（ミステリー小説）の祖としても知られ、動物が犯人（『モルグ街の殺人』）、暗号の解読（『黄金虫』）、探偵が犯人（『お前が犯人だ』）、盲点の利用（『盗まれた手紙』）など、基礎的なトリックの多くが彼の作品をその始まりとすると考えられている。

◎『黒猫』あらすじ

明日絞首刑になる男が、己の罪を書き遺す。

動物好きの男は、結婚したのちも様々な動物を飼った。その中に1匹の黒猫があり、男によく懐いた。しかし男は酒におぼれるようになり、豹変していく……。

◎作品を読み解くポイント

手記という形で、主人公の独白が続く。

A：「天邪鬼の精神」とはどんなものか

B：2番目の黒猫は結局何だったのだろうか

C：主人公はどのような精神的状況にあったか

私がこれから書こうとしているきわめて奇怪な、またきわめて素朴な物語については、自分はそれを信じてもらえるとも思わないし、そう願いもしない。自分の感覚でさえが自分の経験したことを信じないような場合に、他人に信じてもらおうなどと期待するのは、ほんとに正気の沙汰とは言えないと思う。だが、私は正気を失っている訳ではなく、――また決して夢みているのでもない。しかしあす私は死ぬべき身だ。で、今日のうちに自分の魂の重荷をおろしておきたいのだ。私の第一の目的は、一連の単なる家庭の出来事を、はっきりと、簡潔に、注釈ぬきで、世の人々に示すことである。それらの出来事は、その結果として、私を恐れさせ――苦しめ――そして破滅させた。だが私はそれをくどくどと説明しようとは思わない。私にはそれはただもう恐怖だけを感じさせた。――多くの人々には恐ろしいというよりも怪奇なものに見えるであろう。今後、あるいは、誰か知者があらわれてきて、私の幻想を単なる平凡なことにしてしまうかもしれぬ。――誰か私などよりももっと冷静な、もっと論理的な、もっとずっと興奮しやすくない知性人が、私が畏怖をもって述べる事がらのなかに、ごく自然な原因結果の普通の連続以上のものを認めないようになるであろう。

　子供のころから私はおとなしくて情けぶかい性質で知られていた。私の心の優しさは仲間たちにからかわれるくらいにきわだっていた。とりわけ動物が好きで、両親もさまざまな生きものを私の思いどおりに飼ってくれた。私はたいていそれらの生きものを相手にして時を過し、それらに食物をやったり、それらを愛撫したりするときほど楽しいことはなかった。この特質は成長するとともにだんだん強くなり、大人になってからは自分の主な楽しみの源泉の一つとなったのであった。忠実な利口な犬をかわいがったことのある人には、そのような愉快さの性質や強さをわざわざ説明する必要はほとんどない。動物の非利己的な自己犠牲的な愛のなかには、単なる人間のさもしい友情や薄っぺらな信義をしばしば嘗めたことのある人の心をじかに打つなにものかがある。

私は若いころ結婚したが、幸いなことに妻は私と性の合う気質だった。私が家庭的な生きものを好きなのに気がつくと、彼女はおりさえあればとても気持のいい種類の生きものを手に入れた。私たちは鳥類や、金魚や、一匹の立派な犬や、兎（うさぎ）や、一匹の小猿（こざる）や、一匹の猫などを飼った。

この最後のものは非常に大きな美しい動物で、体じゅう黒く、驚くほどに利口だった。この猫の知恵のあることを話すときには、心ではかなり迷信にかぶれていた妻は、黒猫というものがみんな魔女が姿を変えたものだという、あの昔からの世間の言いつたえを、よく口にしたものだった。もっとも、彼女だっていつでもこんなことを本気で考えていたというのではなく、――私がこの事がらを述べるのはただ、ちょうどいまふと思い出したからにすぎない。

プルートォ(1)――というのがその猫の名であった――は私の気に入りであり、遊び仲間であった。食物をやるのはいつも私だけだったし、彼は家じゅう私の行くところへどこへでも一緒に来た。往来へまでついて来ないようにするのには、かなり骨が折れるくらいであった。

私と猫との親しみはこんなぐあいにして数年間つづいたが、そのあいだに私の気質や性格は一般に――酒癖という悪鬼のために――急激に悪いほうへ（白状するのも恥ずかしいが）変ってしまった。私は一日一日と気むずかしくなり、癇癪（かんしゃく）もちになり、他人の感情などちっともかまわなくなってしまった。妻に対しては乱暴な言葉を使うようになった。しまいには彼女の体に手を振り上げるまでになった。飼っていた生きものも、もちろん、その私の性質の変化を感じさせられた。私は彼らをかまわなくなっただけではなく、虐待（ぎゃくたい）した。けれども、兎や、猿や、あるいは犬でさえも、なにげなく、または私を慕って、そばへやって来ると、遠慮なしにいじめてやったものだったが、プルートォをいじめないでおくだけの心づかいはまだあった。しかし私の病気はつのってきて――ああ、アルコールのような恐ろしい病気が他にあろうか！――ついにはプルートォでさえ――いまでは年をとって、したがっていくらか怒りっぽくなっているプルートォでさえ、私の不機嫌のとばっちりをうけるようになった。

ある夜、町のそちこちにある自分の行きつけの酒場の一つからひどく酔っぱらって帰って来ると、その猫がなんだか私の前を避けたような気がした。私は彼をひっとらえた。そのとき彼は私の手荒さにびっくりして、歯で私の手にちょっとした傷をつけた。と、たちまち悪魔のような憤怒が私にのりうつった。私は我を忘れてしまった。生来のやさしい魂はすぐに私の体から飛び去ったようであった。そしてジン酒におだてられた悪鬼以上の憎悪が体のあらゆる筋肉をぶるぶる震わせた。私はチョッキのポケットからペンナイフを取り出し、それを開き、そのかわいそうな動物の咽喉をつかむと、悠々とその眼窩から片眼をえぐり取った。この憎むべき凶行をしるしながら、私は面をあからめ、体がほてり、身ぶるいする。

朝になって理性が戻ってきたとき——一晩眠って前夜の乱行の毒気が消えてしまったとき——自分の犯した罪にたいしてなかば恐怖の、なかば悔恨の情を感じた。が、それもせいぜい弱い曖昧な感情で、心まで動かされはしなかった。私はふたたび無節制になって、間もなくその行為のすべての記憶を酒にまぎらしてしまった。

そのうちに猫はいくらかずつ回復してきた。眼のなくなった眼窩はいかにも恐ろしい様子をしてはいたが、もう痛みは少しもないようだった。彼はもとどおりに家のなかを歩きまわっていたけれども、当りまえのことであろうが私が近づくとひどく恐ろしがって逃げて行くのだった。私は、前にあんなに自分を慕っていた動物がこんなに明らかに自分を嫌うようになったことを、初めは悲しく思うくらいに、昔の心が残っていた。しかしこの感情もやがて癇癪に変っていった。それから、まるで私を最後の取りかえしのつかない破滅に陥らせるためのように、天邪鬼の心持がやってきた。この心持を哲学は少しも認めてはいない。けれども、私は、自分の魂が生きているということと同じくらいに、天邪鬼が人間の心の原始的な衝動の一つ——人の性格に命令する、分つことのできない本源的な性能もしくは感情の一つ——であるということを確信している。してはいけないという、ただそれだけの理由で、自分が邪悪な、あるいは愚かな行為をしていることに、人はどんなにかしばしば気づいたことであろう。人は、掟を、単にそれが掟（おきて）であると知っているだけのために、その最善の判断に逆らってまでも、その掟を破ろうとする永続的な性向を、持っていはしないだろうか？　この天邪鬼の心持がいま言ったように、私の最後の破滅を来たしたのであった。なんの罪もない動物に対して自分の加えた傷害をなおもつづけさせ、とうとう仕遂げさせるように私をせっついたのは、魂の自らを苦しめようとする——それ自身の本性に暴虐を加えようとする——悪のためにのみ悪をしようとする、この不可解な切望であったのだ。ある朝、冷然と、私は猫の首に輪索（わなわ）をはめて、一本の木の枝につるした。——眼から涙を流しながら、心に痛切な悔恨を感じながら、つるした。——その猫が私を慕っていたということを知っていればこそ、猫が私を怒らせるようなことはなに一つしなかったということを感じていればこそ、つるしたのだ。——そうすれば自分は罪を犯すのだ、——自分の不滅の魂をいとも慈悲ぶかく、いとも畏（おそ）るべき神の無限の慈悲の及ばない彼方（かなた）へ置く——もしそういうことがありうるなら——ほどにも危うくするような極悪罪を犯すのだ、ということを知っていればこそ、つるしたのだった。

　この残酷な行為をやった日の晩、私は火事だという叫び声で眠りから覚まされた。私の寝台のカーテンに火がついていた。家全体が燃え上がっていた。妻と、召使と、私自身とは、やっとのことでその火災からのがれた。なにもかも焼けてしまった。私の全財産はなくなり、それ以来私は絶望に身をまかせてしまった。

　この災難とあの凶行とのあいだに因果関係をつけようとするほど、私は心の弱い者ではない。しかし私は事実のつながりを詳しく述べているのであって、——一つの鐶（かん）でも不完全にしておきたくないのである。火事のつぎの日、私は焼跡へ行ってみた。壁は、一カ所だけをのぞいて、みんな焼け落ちていた。この一カ所というのは、家の真ん中あたりにある、私の寝台の頭板に向っていた、あまり厚くない仕切壁のところであった。ここの漆喰だけはだいたい火の力に耐えていたが、――この事実を私は最近そこを塗り換えたからだろうと思った。この壁のまわりに真っ黒に人がたかっていて、多くの人々がその一部分を綿密な熱心な注意をもって調べているようだった。「妙だな！」「不思議だね？」という言葉や、その他それに似たような文句が、私の好奇心をそそった。近づいてみると、その白い表面に薄肉彫りに彫ったかのように、巨大な猫の姿が見えた。その痕はまったく驚くほど正確にあらわれていた。その動物の首のまわりには縄があった。

　最初この妖怪――というのは私にはそれ以外のものとは思えなかったからだが――を見たとき、私の驚愕と恐怖とは非常なものだった。しかしあれこれと考えてみてやっと気が安まった。猫が家につづいている庭につるしてあったことを私は思い出した。火事の警報が伝わると、この庭はすぐに大勢の人でいっぱいになり、――そのなかの誰かが猫を木から切りはなして、開いていた窓から私の部屋のなかへ投げこんだものにちがいない。これはきっと私の寝ているのを起すためにやったものだろう。そこへ他の壁が落ちかかって、私の残虐の犠牲者を、その塗りたての漆喰の壁のなかへ押しつけ、そうして、その漆喰の石灰と、火炎と、死骸から出たアンモニアとで、自分の見たような像ができあがったのだ。

　いま述べた驚くべき事実を、自分の良心にたいしてはぜんぜんできなかったとしても、理性にたいしてはこんなにたやすく説明したのであるが、それでも、それが私の想像に深い印象を与えたことに変りはなかった。幾月ものあいだ私はその猫の幻像を払いのけることができなかった。そしてそのあいだ、悔恨に似ているがそうではないある漠然とした感情が、私の心のなかへ戻ってきた。私は猫のいなくなったことを悔むようにさえなり、そのころ行きつけの悪所（あくしょ）でそれの代りになる同じ種類の、またいくらか似たような毛並のものがいないかと自分のまわりを捜すようにもなった。

ある夜、ごくたちの悪い酒場に、なかば茫然（ぼうぜん）として腰かけていると、その部屋の主な家具をになっているジン酒かラム酒の大樽（おおだる）の上に、なんだか黒い物がじっとしているのに、とつぜん注意をひかれた。私はそれまで数分間その大樽のてっぺんのところをじっと見ていたので、いま私を驚かせたことは、自分がもっと早くその物に気がつかなかったという事実なのであった。私は近づいて行って、それに手を触れてみた。それは一匹の黒猫――非常に大きな猫――で、プルートォくらいの大きさは十分あり、一つの点をのぞいて、あらゆる点で彼にとてもよく似ていた。プルートォは体のどこにも白い毛が一本もなかったが、この猫は、胸のところがほとんど一面に、ぼんやりした形ではあるが、大きな、白い斑点（はんてん）で蔽（おお）われているのだ。

私がさわると、その猫はすぐに立ち上がり、さかんにごろごろ咽喉を鳴らし、私の手に体をすりつけ、私が目をつけてやったのを喜んでいるようだった。これこそ私の探している猫だった。私はすぐにそこの主人にそれを買いたいと言い出した。が主人はその猫を自分のものだとは言わず、――ちっとも知らないし――いままでに見たこともないと言うのだった。

私は愛撫をつづけていたが、家へ帰りかけようとすると、その動物はついて来たいような様子を見せた。で、ついて来るままにさせ、歩いて行く途中でおりおりかがんで軽く手で叩（たた）いてやった。家へ着くと、すぐに居ついてしまい、すぐ妻の非常なお気に入りになった。

私はというと、間もなくその猫に対する嫌悪の情が心のなかに湧（わ）き起るのに気がついた。これは自分の予想していたこととは正反対であった。しかし――どうしてだか、またなぜだかは知らないが――猫がはっきり私を好いていることが私をかえって厭（いや）がらせ、うるさがらせた。だんだんに、この厭でうるさいという感情が嵩（こう）じてはげしい憎しみになっていった。私はその動物を避けた。ある慚愧の念と、以前の残酷な行為の記憶とが、私にそれを肉体的に虐待しないようにさせたのだ。数週の間、私は打つとか、その他手荒なことはしなかった。がしだいしだいに——ごくゆっくりと——言いようのない嫌悪の情をもってその猫を見るようになり、悪疫の息吹から逃げるように、その忌むべき存在から無言のままで逃げ出すようになった。

　疑いもなく、その動物に対する私の憎しみを増したのは、それを家へ連れてきた翌朝、それにもプルートォのように片眼がないということを発見したことであった。けれども、この事がらのためにそれはますます妻にかわいがられるだけであった。妻は、以前は私のりっぱな特徴であり、また多くのもっとも単純な、もっとも純粋な快楽の源であったあの慈悲ぶかい気持を、前にも言ったように、多分に持っていたのだ。

　しかし、私がこの猫を嫌えば嫌うほど、猫のほうはいよいよ私を好くようになってくるようだった。私のあとをつけまわり、そのしつこさは読者に理解してもらうのが困難なくらいであった。私が腰かけているときにはいつでも、椅子の下にうずくまったり、あるいは膝の上へ上がって、しきりにどこへでもいまいましくじゃれついたりした。立ち上がって歩こうとすると、両足のあいだへ入って、私を倒しそうにしたり、あるいはその長い鋭い爪を私の着物にひっかけて、胸のところまでよじ登ったりする。そんなときには、殴り殺してしまいたかったけれども、そうすることを差し控えたのは、いくらか自分の以前の罪悪を思い出すためであったが、主としては——あっさり白状してしまえば——その動物がほんとうに怖かったためであった。

　この怖さは肉体的災害の怖さとは少し違っていた、——が、それでもそのほかにそれをなんと説明してよいか私にはわからない。私は告白するのが恥ずかしいくらいだが——そうだ、この重罪人の監房のなかにあってさえも、告白するのが恥ずかしいくらいだが——その動物が私の心に起させた恐怖の念は、実にくだらない一つの妄想のために強められていたのであった。その猫と前に殺した猫との唯一の眼に見える違いといえば、さっき話したあの白い毛の斑点なのだが、妻はその斑点のことで何度か私に注意していた。この斑点は、大きくはあったが、もとはたいへんぼんやりした形であったということを、読者は記憶せられるであろう。ところが、だんだんに——ほとんど眼につかないほどにゆっくりと、そして、長いあいだ私の理性はそれを気の迷いだとして否定しようとあせっていたのだが——それが、とうとう、まったくきっぱりした輪郭となった。それはいまや私が名を言うも身ぶるいするような物の格好になった。——そして、とりわけこのために、私はその怪物を嫌い、恐れ、できるなら思いきってやっつけてしまいたいと思ったのであるが、——それはいまや、恐ろしい——もの凄い物の——絞首台の——形になったのだ！　——おお、恐怖と罪悪との——苦悶と死との痛ましい恐ろしい刑具の形になったのだ！

そしていまこそ私は実に単なる人間の惨めさ以上に惨めであった。一匹の畜生が——その仲間の奴を私は傲然と殺してやったのだ——一匹の畜生が私に——いと高き神の像に象って造られた人間である[2]私に——かくも多くの堪えがたい苦痛を与えるとは！　ああ！　昼も夜も私はもう安息の恩恵というものを知らなくなった！　昼間はかの動物がちょっとも私を一人にしておかなかった。夜には、私は言いようもなく恐ろしい夢から毎時間ぎょっとして目覚めると、そいつの熱い息が自分の顔にかかり、そのどっしりした重さが——私には払い落す力のない悪魔の化身が——いつもいつも私の心臓の上に圧しかかっているのだった！

こういった呵責に押しつけられて、私のうちに少しばかり残っていた善も敗北してしまった。邪悪な考えが私の唯一の友となった、——もっとも暗黒な、もっとも邪悪な考えが。私のいつもの気むずかしい気質はますますつのって、あらゆる物やあらゆる人を憎むようになった。そして、いまでは幾度もとつぜんに起るおさえられぬ激怒の発作に盲目的に身をまかせたのだが、なんの苦情も言わない私の妻は、ああ！　それを誰よりもいつもひどく受けながら、辛抱づよく我慢したのだった。

ある日、妻はなにかの家の用事で、貧乏のために私たちが仕方なく住んでいた古い穴蔵のなかへ、私と一緒に降りてきた。猫もその急な階段を私のあとへついて降りてきたが、もう少しのことで私を真っ逆さまに突き落そうとしたので、私はかっと激怒した。怒りのあまり、これまで自分の手を止めていたあの子供らしい怖さも忘れて、斧（おの）を振り上げ、その動物をめがけて一撃に打ち下ろそうとした。それを自分の思ったとおりに打ち下ろしたなら、もちろん、猫は即座に死んでしまったろう。が、その一撃は妻の手でさえぎられた。この邪魔立てに悪鬼以上の憤怒に駆られて、私は妻につかまれている腕をひき放し、斧を彼女の脳天に打ちこんだ。彼女は呻（うめ）き声もたてずに、その場で倒れて死んでしまった。

この恐ろしい殺人をやってしまうと、私はすぐに、きわめて慎重に、死体を隠す仕事に取りかかった。昼でも夜でも、近所の人々の目にとまる恐れなしには、それを家から運び去ることができないということは、私にはわかっていた。いろいろの計画が心に浮んだ。あるときは死骸を細かく切って火で焼いてしまおうと考えた。またあるときには穴蔵の床にそれを埋める穴を掘ろうと決心した。さらにまた、庭の井戸のなかへ投げこもうかとも——商品のように箱のなかへ入れて普通やるように荷造りして、運搬人に家から持ち出させようかとも、考えてみた。最後に、これらのどれよりもずっといいと思われる工夫を考えついた。中世紀の僧侶（そうりょ）たちが彼らの犠牲者を壁に塗りこんだと伝えられているように——それを穴蔵の壁に塗りこむことに決めたのだ。

そういった目的にはその穴蔵はたいへん適していた。そこの壁はぞんざいにできていたし、近ごろ粗い漆喰を一面に塗られたばかりで、空気が湿っているためにその漆喰が固まっていないのだった。その上に、一方の壁には、穴蔵の他のところと同じようにしてある、見せかけだけの煙突か暖炉のためにできた、突き出た一カ所があった。ここの煉瓦（れんが）を取りのけて、死骸を押しこみ、誰の目にもなに一つ怪しいことの見つからないように、前のとおりにすっかり壁を塗り潰（つぶ）すことは、造作なくできるにちがいない、と私は思った。

そしてこの予想ははずれなかった。鉄梃（かなてこ）を使って私はたやすく煉瓦を動かし、内側の壁に死体を注意深く寄せかけると、その位置に支えておきながら、大した苦もなく全体をもとのとおりに積み直した。できるかぎりの用心をして膠泥（モルタル）と、砂と、毛髪とを手に入れると、前のと区別のつけられない漆喰をこしらえ、それで新しい煉瓦細工の上をとても念入りに塗った。仕上げてしまうと、万事がうまくいったのに満足した。壁には手を加えたような様子が少しも見えなかった。床の上の屑（くず）はごく注意して拾い上げた。私は得意になってあたりを見まわして、こう独言（ひとりごと）を言った。――「さあ、これで少なくとも今度だけは己（おれ）の骨折りも無駄（むだ）じゃなかったぞ」

次に私のやることは、かくまでの不幸の原因であったあの獣を捜すことであった。とうとう私はそれを殺してやろうと堅く決心していたからである。そのときそいつに出会うことができたなら、そいつの命はないに決っていた。が、そのずるい動物は私のさっきの怒りのはげしさにびっくりしたらしく、私がいまの気分でいるところへは姿を見せるのを控えているようであった。その厭でたまらない生きものがいなくなったために私の胸に生じた、深い、この上なく幸福な、安堵（あんど）の感じは、記述することも、想像することもできないくらいである。猫はその夜じゅう姿をあらわさなかった。――で、そのために、あの猫を家へ連れてきて以来、少なくとも一晩だけは、私はぐっすりと安らかに眠った。そうだ、魂に人殺しの重荷を負いながらも眠ったのだ！

二日目も過ぎ三日目も過ぎたが、それでもまだ私の呵責者は出てこなかった。もう一度私は自由な人間として呼吸した。あの怪物は永久にこの屋内から逃げ去ってしまったのだ！　私はもうあいつを見ることはないのだ！　私の幸福はこの上もなかった！　自分の凶行の罪はほとんど私を不安にさせなかった。二、三の訊問は受けたが、それには造作なく答えた。家宅捜索さえ一度行われた、――が無論なにも発見されるはずがなかった。私は自分の未来の幸運を確実だと思った。

　殺人をしてから四日目に、まったく思いがけなく、一隊の警官が家へやって来て、ふたたび屋内を厳重に調べにかかった。けれども、自分の隠匿の場所はわかるはずがないと思って、私はちっともどぎまぎしなかった。警官は私に彼らの捜索について来いと命じた。彼らはすみずみまでも残るくまなく捜した。とうとう、三度目か四度目に穴蔵へ降りて行った。私は体の筋一つ動かさなかった。私の心臓は罪もなくて眠っている人の心臓のように穏やかに鼓動していた。私は穴蔵を端から端へと歩いた。腕を胸の上で組み、あちこち悠々と歩きまわった。警官はすっかり満足して、引き揚げようとした。私の心の歓喜は抑えきれないくらい強かった。私は、凱歌のつもりでたった一言でも言ってやり、また自分の潔白を彼らに確かな上にも確かにしてやりたくてたまらなかった。

「皆さん」と、とうとう私は、一行が階段をのぼりかけたときに、言った。「お疑いが晴れたことをわたしは嬉しく思います。皆さん方のご健康を祈り、それからも少し礼儀を重んぜられんことを望みます。ときに、皆さん、これは――これはなかなかよくできている家ですぜ」「なにかをすらすら言いたいはげしい欲望を感じて、私は自分の口にしていることがほとんどわからなかった」――「すてきによくできている家だと言っていいでしょうな。この壁は――お帰りですか？　皆さん――この壁はがんじょうにこしらえてありますよ」そう言って、ただ気違いじみた空威張りから、手にした杖で、ちょうど愛妻の死骸が内側に立っている部分の煉瓦細工を、強くたたいた。

　だが、神よ、魔王の牙より私を護りまた救いたまえ！　私の打った音の反響が鎮まるか鎮まらぬかに、その墓のなかから一つの声が私に答えたのであった！　――初めは、子供の啜り泣きのように、なにかで包まれたような、きれぎれな叫び声であったが、それから急に高まって、まったく異様な、人間のものではない、一つの長い、高い、連続した金切声となり、――地獄に墜ちてもだえ苦しむ者と、地獄に墜して喜ぶ悪魔との咽喉から一緒になって、ただ地獄からだけ聞えてくるものと思われるような、なかば恐怖の、なかば勝利の、号泣――慟哭するような悲鳴――となった。

私自身の気持は語るも愚かである。気が遠くなって、私は反対の側の壁へとよろめいた。一瞬間、階段の上にいた一行は、極度の恐怖と畏懼とのために、じっと立ち止った。次の瞬間には、幾本かの逞しい腕が壁をせっせとくずしていた。壁はそっくり落ちた。もうひどく腐爛して血魂が固まりついている死骸が、そこにいた人々の眼前にすっくと立った。その頭の上に、赤い口を大きくあけ、爛々たる片眼を光らせて、あのいまわしい獣が坐っていた。そいつの奸策が私をおびきこんで人殺しをさせ、そいつのたてた声が私を絞刑吏に引渡したのだ。その怪物を私はその墓のなかへ塗りこめておいたのだった!

(1) Pluto ――ローマ神話の下界の王。冥府の王の名。

(2) 旧約全書創世記第一章第二十六―二十七節、「神いい給いけるは我儕に象りて我儕の像のごとく我儕人を造り……と、神その像の如くに人を創造たまえり。即ち神の像の如くに之を造り云々」

底本:『黒猫・黄金虫』新潮文庫、新潮社
1951(昭和26)年8月15日発行
1995(平成7)年10月15日89刷改版
1997(平成9)年第93刷

◎作品を読み解くポイント（解説編）

A：「天邪鬼の精神」とはどんなものか

愛するものを傷つけたい精神。逆の道をいきたい心。

B：2番目の黒猫は結局何だったのだろうか

普通に考えれば「ただ似ているだけ」で、主人公の明らかに尋常でない有り様からすればそれで問題ない。しかし、もしかしたら本当に最初の黒猫の復讐なのかもしれない、と考えることもできる。

C：主人公はどのような精神的状況にあったか

妻を殺したことへの罪悪感の記述が少なく、己の犯罪が露見するような場にあっても「神よ守り給え」と言っていることから、通常の精神状態ではない。狂気の中にあったと考えるべきではないか。このようなキャラクターに共感できるか、というのも考えてみてほしい。

本書では、普段ライトノベルに親しむ読者があまり読まないような、しかし現在メジャーな作品に如実な影響を与えているような作品をなるべく多く取り上げたいと考えた。もちろんポーは日本人ではないし、その作品も日本語の文学ではない。本書のコンセプトからは外れると思われるだろうが、確実に日本の数々の文豪に影響を与えたひとりであり、本書でもぜひ紹介したいと思ってここに収録した。

エリオットという詩人が「誰も自分の作品がポーによって影響されていないとは確信できない」と語っているが、まさしくその通りなのだ。

ペンネームをポーからもじったという江戸川乱歩はもちろん、谷崎潤一郎、佐藤春夫、芥川龍之介、中河与一、坂口安吾といった錚々（そうそう）たる作家たちが彼の影響を受けていると見られている。

また探偵小説というジャンルそのものが、彼の影響によるものだ。ポーがいなければ、日本だけでなく、世界に探偵小説が存在しなかったかもしれない。

特に今作『黒猫』から感じ取って欲しいのは、描写によって雰囲気を作るということだ。この作品は「ゴシックホラー」というジャンルに分類されるが、シンプルな描写にはない言葉遣いによって、独特な雰囲気を作っている。

そしてその影響は、前述したとおり、本書で取り上げているほかの作家にも見られる。一体どのあたりが、どういった描写が、ポーの影響によるものだろうか。それを探しながら読むのも面白い。

そしてこの物語の主人公に対して、どこか違和感を覚えなかっただろうか。残虐的な主人公に共感できないということではなく、たとえば二番目の黒猫への異常な苛立ちや、妻を殺害したことに罪悪感がないことに。

この作品は主人公の手記として進むため、一貫して主人公の主観のみで語られている。そのためか、ともすればさらりと読み流してしまいそうにもなる。しかし、そこに主人公の異常性が見えてくる。その観点をもって読み返してみると、また新たな発見がないだろうか。

◎エンタメに役立つポイント

本書で紹介してきた作品の多くに共通するところではあるのだが、これらの雰囲気や手法をそっくりそのままエンタメに持ち込んでもまず読者には受け入れられない。時代性が違うからだ。しかし、面白さのポイント、読者の興味を引くポイントというのは時代が変わってもそう変わるものではない。

特に今回はその傾向が顕著。『黒猫』の狂気と恐怖、そのどこが魅力で、どう変えたらエンタメになるか、考えてほしい。例えば前述した「違和感」を抱いてもらうために、現代ならどうするのが一番良いだろうか？

◎若手女流作家が選ぶ推しの一文

この邪魔立てに悪鬼以上の憤怒に駆られて、私は妻につかまれている腕をひき放し、斧を彼女の脳天に打ち込んだ。彼女は呻き声もたてずに、その場で倒れて死んでしまった。

主人公が妻を殺してしまったシーン。黒猫に関しては、いかに愛らしく、いかに目障りで憎たらしく思ったかを語っているのに対し、愛する妻を殺したことに関しては、ほとんどこの2つの文章だけ、簡単な説明しかなされていない。考えて見ればかなり恐ろしい光景であるはずなのに、非常にあっさりとしている。後悔や悲しみは書かれておらず、おそらくそれらを感じていなかったのだろう。すぐさま自分の犯罪を隠匿するための思考をめぐらせている。その淡泊さが、かえって主人公を恐ろしく感じさせた。恐怖を感じさせる文章や演出というものは、必ずしも、その凄惨さを克明に描くことではない。

（粟江）

今日のうちに自分の魂の重荷をおろしておきたいのだ。

秀逸な表現だな、と印象に残っていた冒頭部分の一文。これから懺悔の語りが始まるのか……と読み進め、読了した時に感じたのは「この男、いけしゃあしゃあと！」だった。魂の重荷＝懺悔だと読みとった私が愚かだったと後悔したくらいだ。男は自分の満足のためだけに話したのである。

読み終えた後にもう一度冒頭部分に戻ってみてほしい。印象が変わるかと思う。

（鳥居）

眼から涙を流しながら、心に痛切な悔恨を感じながら、つるした。

虐待行為を行う際の描写である。涙を流しながら、猫を吊し殺してしまう行為に矛盾を感じずにはいられない。猫が自分になついていることを知っていた。その上で殺すことがより一層の悪であることを主人公は知っていたのだ。それがひどい行いであることも理解していたからこそ涙が流れたのだろうけれど、すべてをわかった上で自ら残虐な行為に手を染めることに狂気と、酒のせいだけではない主人公の本質的な恐ろしさが垣間見える。

（菅沼）

◎同作者の代表的な作品

・**『アッシャー家の崩壊』**

語り手は旧友が住む屋敷に出かける。しかし旧友は同居する妹の死をきっかけに狂気に陥り、奇妙な事件が起きていく。

『黒猫』と並んでポーのゴシックホラーとして著名な作品。ホラーとしてはこちらの方がよりオーソドックスかもしれない。

・**『黄金虫』**

キャプテン・キッドの財宝を探すさまを描いた冒険小説。

暗号解読が物語の根幹にあるところが特色で、いわゆる暗号ものの祖といわれる。

・**『大鴉』**

これは小説ではなく詩で、青空文庫にもないので敷居は高いかもしれないが、ポーといえば、という作品なので一度は目を通したい。

「ネバーモア」というキーワードは有名で、時に引用されたり雰囲気づくりの要素としてほかの作品で活用されることもあるので、様々な形で見ることもあるだろう。

今回の作品を読んだ後におすすめの　ライトノベル・エンタメ作品

・クトゥルフ神話もの各種

　ハワード・フィリップス・ラヴクラフトの作品群、及びそれに影響を受けた作家たちによる、奇怪な神々にまつわる物語はクトゥルフ神話ものなどと呼ばれて広く知られている。

　実はそのラヴクラフトはポーの影響を少なからず受けているとされる。宇宙的脅威の存在など違いも多くあるが、近いところは多分にある。

・江戸川乱歩『怪人二十面相』シリーズ

　東京の闇を闊歩して数々の犯罪を起こす怪人二十面相をはじめとする怪人たちに、名探偵とその助手、また少年探偵団が挑む。

　本人の項目でも一度紹介したが、ペンネームをポーからもらった作家の代表作。作風としてはポーの直系というよりはいろいろなものの影響を混ぜて独自に解釈したという印象が強く、比べると勉強になる。

・櫛木理宇『ホーンテッド・キャンパス』

　幽霊が見えるが、オカルト好きではない主人公が、片思いの相手に近づくためにオカルト研究会に所属していたら、幽霊絡みの事件に次々遭遇して……という短編集。

　オカルト、ミステリー、青春の組み合わせのバランスが気持ち良く、楽しく読める。ホラーやオカルトをアクセントとして使いたい人のお手本として。

・田中芳樹『夏の魔術』シリーズ

　青年は夏休みに旅に出た先で、奇妙な館に迷い込む。少女とともに脱出を図るが次々と奇妙な事件が起きる。

　田中芳樹は『銀河英雄伝説』『アルスラーン戦記』などスケールの大きな作品で知られる作家だが、実はホラー・伝奇方面の作品も多い。その中でもこの作品、特に一巻はゴシックホラーの影響が濃く、恐怖や異常の演出が強烈で、一読の価値があるかと思う。

・桜庭一樹『GOSICK』

　第2次大戦前夜、ヨーロッパの小国に留学した日本人の少年が、美しいが図書館にこもってばかりの奇妙な少女に出会い、それをきっかけに様々な事件に巻き込まれていく。

　ゴシックホラーでミステリーだが、ライトノベル的なエンターテインメント性にもちゃんと目を配っているという、本書のテーマの見本のような作品。

☆『まだらのひも』アーサー・コナン・ドイル

Arthur Conan Doyle

訳：海野十三 Unno Juza
改訳：大久保ゆう Okubo Yu

◎作家紹介

アーサー・コナン・ドイル：
1859年5月22日～1930年7月7日

イギリスの小説家、また医者。ドイルの故郷は、文豪ウォルター・スコットらを輩出しており、作家に憧れつつも、医師を目指して医学部に入学する。

医学博士の資格を得て医者として開業したのち、幼少期に母のおかげで騎士や英雄の物語に親しんでいたせいもあってか、娯楽小説を余暇で書き始める。

『ホームズ』シリーズの成功によって後世のミステリに絶大な影響を与えたとされるが、本人にとって作家の本分は歴史小説にあり、ホームズを代表作とみられることは本人にとって頭痛の種であったともいう。

そのため、一度ホームズが死ぬエピソードを書いたものの、読者からの強烈な要望を受け、結局「実はホームズは生きていた」話を書かざるを得なくなったほどだ。

また意外なところでは、心霊主義に傾き、オカルトの世界に興味を持っていたことも知られている。

◎『まだらのひも』あらすじ

探偵ホームズと、その友人である医師ワトソンは、ベイカー街で同じ下宿に暮らしていた。

そんな2人のもとに、喪服姿の若い女性が助けを求めてやってくる。女性は、2年前に姉が「まだらのひも」というダイイングメッセージを残して謎の死を遂げた、と話す。そしていま、自分もまた当時の姉と同じ状況に置かれ、恐怖を感じているという。しかも義理の父との関係は悪く、彼には姉妹を殺す動機があった。

それからすぐに義理の父が脅しに来るような事件もありつつ、ロンドンでの調査後に彼女の屋敷を訪ねたホームズとワトソンは彼女の屋敷を訪ね、調査して真相にたどり着く。

その日の夜、彼女の部屋で待ち構えていたホームズが襲いかかってきた何ものかを撃退する。それは通風口を通ってきた毒蛇であり、義理の父が仕向けたものだった。その後、財産を求めて彼女を殺そうとしていた義理の父は毒蛇に噛まれて死んでしまうのであった。

◎作品を読み解くポイント（解説編）

A：ロマ（いわゆるジプシー）の集団は何のために配置された要素か

ホームズ自身が語っているように、ミスリード（誤解）が目的。ロマは怪しげな存在であり、疑うのも無理はないが、だからこそ真相が意外なものになる。

B：まだらのひも出現のクライマックスシーンの緊迫感はどんな演出から来ているか

出現と撃退のアクションはもちろんそうだが、物語冒頭からの雰囲気の盛り上がりがここに繋がっているからこその緊迫感だ。

C：短編として綺麗にまとまっている作品だが、そこには結末の仕掛けが関わっている。それはどのようなものだろうか

犯人が因果応報で死ぬこと、またホームズが断固たる態度をとっていること。主人公や作者が迷うと雰囲気が濁ることがある。

推理小説（探偵小説）の祖は先に紹介したエドガー・アラン・ポーと見られ、彼のあとにも幾人か推理小説の書き手が現れてこのジャンルが広がった。アガサ・クリスティやエラリー・クイーンなどの名前を聞いたことがある人も多いはずだ。しかし、最も人気があり、後世に絶大な影響を与えた探偵を創りだしたのは、やはりこのアーサー・コナン・ドイルであったというべきだろう。彼を外して、ミステリー小説は語れない。

その影響は個性的な名探偵、読者の共感がしやすい助手、奇妙な事件を持ち込む依頼人というミステリーのスタイルが（かなりの部分で同種の要素が『モルグ街の殺人事件』に見られるにも関わらず）「ホームズもの」と呼ばれるほどだ。

やはりホームズシリーズにある謎解きの面白さ、キャラクターの魅力によるエンタメ性は、ポーの時よりも更に増していると言ってよい。こうしたフーダニットやパズラー、本格と呼ばれるタイプの「物語の謎と仕掛けが大事」な推理小説の面白さをしっかりおさえておいて損はないと思って今回ピックアップした。

謎解き（トリック、ギミック）に面白さがあるのは勿論のこと、それがちゃんとエンタメ的な、そしてストーリー的な面白さに繋がっていなければ意味がない。今回紹介した作品は、それぞれ「最初の事件が意外性のある展開につながっている」や「読者をアンフェアではなく気持ちよく騙していて、ラストもすっきりしている」など、ストーリーの面白さと事件の謎や仕掛けがつながっている。

またシャーロック・ホームズシリーズは、近年にまで人気のあるバディものとしても大変に参考になる。これはタイプの違う2人の魅力的なキャラクターが、ともに事件を解決していく物語のスタイルだ。

同シリーズに関して言えば、ホームズというちょっと変わった天才は、しばしば常識人を置いてけぼりにする。読者と同じように振り回されている登場人物が、彼の相棒であり、物語の語り手でもあるワトソン博士だ。ワトソン博士の存在が橋渡しになり、読者はワトソンとともに、ホームズの魅力を追いかけることになる。これもまた、作家を志す者として見逃せない手法ではないか。

◎エンタメに役立つポイント

ホームズは天才肌でエキセントリックと非常に個性的なキャラクターで、彼と常識人の（しかし実は優れた能力を持っている）ワトソン博士との掛け合いは現代のエンタメでも通用するほどの面白さがある。

◎若手女流作家が選ぶ推しの一文

ただ見えたのは、ひどく青ざめ、恐怖と嫌悪にゆがんだホームズの顔だけだ。

「まだらのひも」こと毒沼蛇を撃退したホームズの様子である。ホームズは報酬（金銭）ではなく、面白い事件かどうかで仕事を選んでいる。ほかにもつかみ所がないなど、変人と言わざるを得ない。

だがこのシーンでは、やはり命の危機に対面したばかりだからか、ホームズとしては意外ともいえる、人間らしい一面がうかがえる。また、それほど緊迫したシチュエーションであったとも言える。試練を乗り越え、事件を解決したホームズのかっこよさと、思わず垣間見えた人間らしさに、ぐっとくる一文である。

（栗江）

鎧戸が、ほんのわずかな光さえも遮り、我々は絶対の闇に待つ。

謎の真意を知るためには、恐怖にも打ち勝たねばならない。命の危機が迫っている上に視界がきかない暗闇の中は、想像を絶する恐怖だったのではないだろうか。しかし、この描写があるからこそ、真実への期待度がより一層高まるのだ。

（鳥居）

今回の相手はその上を行くが、ワトソン、しかし僕らはそのさらに上を行く。

事件を解くため、その時を待つホームズがワトソンに告げる台詞だ。ホームズはワトソンをその場に連れていくことさえ迷うほど、今回の事件が危険であることを予想し、「巧妙で恐ろしい」事件とまで表現している。今回の犯人は一級犯罪をしのぐ相手であるが、その上を行くという強気な言葉が印象深く、わくわくさせられる台詞ではないだろうか。

（菅沼）

◎同作者の代表的な作品

・『バスカヴィル家の犬』

富豪バスカヴィル家の当主が奇怪な死を遂げる。その現場には巨大な犬の足跡があった。ホームズは依頼を受けてこの謎を探る。

ドイルのホームズものは大きくわけて長編と短編があり、これは長編。そして長編の中でも最も評判がよく、ホームズものの最高傑作という声さえある。オカルト・ホラー的な入りから、やがて因縁や真実が明らかになる様は圧巻。

ホームズものは青空文庫には限られた数しかないが、他に翻訳しているサイトがあるので、そちらを見ていろいろと探してみるのもいい。

・『失われた世界』

これは別ジャンル、探検、冒険もの。チャレンジャー教授を始めとする冒険家たちが、秘境に挑む物語で、チャレンジャー教授シリーズもいくつかある。

さらには著者が本分とした歴史もの『白衣の騎士団』などもある。ドイルはけっして「ホームズだけの作家」などではないのだ。

今回の作品を読んだ後におすすめのライトノベル・エンタメ作品

・モーリス・ルブラン『アルセーヌ・ルパン』シリーズ

しばしばホームズと対比される怪盗ルパンの活躍を描く。中にはホームズをモデルにしたキャラクター（邦訳では「ホームズ」とそのものずばりに訳してしまうことが多いが、原文ではドイルからの抗議を受けて微妙に名前を変えている）との対決をテーマにした作品もいくつもある。

怪盗ものというイメージが強いが、長いシリーズの中でルパンの立場は様々に変遷を遂げ、中期から冒険小説的な色合いを強めていく。さらにはルパンが偽名を使い探偵として働くものもあって、ホームズより幅が広いと言える。

日本では「3代目」の知名度が高いが、実際に読んでみると全く違う面白さを秘めている。これを「名前は知っている」で済ますのはもったいない。

・西尾維新『忘却探偵』シリーズ

『掟上今日子の備忘録』に始まる、「眠ることで記憶を失ってしまう」女探偵の活躍を描いたシリーズ。

ドイルがホームズで道を開いたミステリー、探偵ものは今なお大きな人気を得ているが、近年は「キャラミス」と呼ばれるようなキャラの個性を強調した作品が注目される。この『忘却探偵』シリーズもそうだ。

もともと「名探偵」はホームズに見られるように個性的なキャラが多く、この点に注目されるのは当然といえよう。あなたなら、どんな探偵、どんな助手を物語に登場させるだろうか？

・赤川次郎『三毛猫ホームズ』シリーズ

刑事と猫のコンビが事件を追う。ホームズの影響を受けた日本の大衆ミステリにも様々な形があるが、これはその典型的な形のひとつ。

・ナンシー・スプリンガー『エノーラ・ホームズの事件簿』シリーズ

ホームズの妹、エノーラが男女差別の激しいこの時代のイギリスで自立するために奮闘する物語。

ホームズのパロディ、パスティーシュは多く存在するが、その中でも白眉の作品のひとつ。

・望月麻衣『京都寺町三条のホームズ』

「ホームズ」の異名を持つ骨董品鑑定士と、とある事情からそこでバイトを始めた少女が、さまざまな事件に遭遇するミステリー。

他にもホームズのパスティーシュ作品は多種多様に存在し、ライトノベルにも「ホームズもの」はある。たとえば近年ではホームズの時代を現代イギリスに翻案したドラマ『SHERLOCK』なども人気があるので、是非見てみてほしい。

『最後の一枚の葉』オー・ヘンリー 訳：結城浩

O.Henry Yuki Hiroshi

◎作家紹介

オー・ヘンリー：

1862年9月11日～1910年6月5日

アメリカの小説家。短編・掌編／ショートショート小説の書き手として名を広く知られる。彼の作品にはユーモア（滑稽な面白さ）とペーソス（何となく身に迫る悲しい気持ち）があり、多くの読者を惹きつけた。

本名はウィリアム・シドニー・ポーター。医者の子として生まれるも生活は安定せず、様々な職業を転々としたあと、文筆の道を志して雑誌を立ち上げたが行き詰まり、記者になった。

その後、かつて勤めていた銀行から横領の容疑をかけられ、国外へ逃亡するも妻の出産を受けて帰国。収監され囚人になるも、この頃に小説を書き始め、罪を償い終えたあともこのペンネームで書き続けた。

残念ながら小説を書き始めてから数年で、酒や過労が原因になって倒れて亡くなってしまったが、13冊の短編集で合計270余りの短編を世に残した。

◎『最後の一枚の葉』あらすじ

病に倒れた女性が、窓から見える蔦(つた)の葉を自らに重ね、最後の1枚が落ちたら自分が死ぬのだと考える。これを聞いた老画家はその思い込みを笑う。

やがて嵐が来るが、蔦の葉はなぜか落ちず、女性は病を乗り越える。やがて、その葉の真相がわかるが、老画家は……。

◎作品を読み解くポイント

オー・ヘンリーの作品では様々なすれ違いや思い込み、勘違いがあって、それが滑稽だったり感動的だったりといったオチにつながっている。この作品の場合、どんな効果になっているだろうか。

A：老人はなぜ命をかけて葉を描いたのか

B：老人と葉はモチーフとして重ねられた存在と考えることができる。それはなにか

C：作者がこの物語で表現しようとしたと思われるテーマはなにか

ワシントン・スクエア西にある小地区は、道路が狂ったように入り組んでおり、「プレース」と呼ばれる区域に小さく分かれておりました。この「プレース」は不可思議な角度と曲線を描いており、一、二回自分自身と交差している通りがあるほどでした。かつて、ある画家は、この通りが貴重な可能性を持っていることを発見しました。例えば絵や紙やキャンバスの請求書を手にした取り立て屋を考えてみてください。取り立て屋は、この道を歩き回ったあげく、ぐるりと元のところまで戻ってくるに違いありません。一セントも取り立てることができずにね。

それで、芸術家たちはまもなく、奇妙で古いグリニッチ・ヴィレッジへとやってきました。そして、北向きの窓と十八世紀の切り妻とオランダ風の屋根裏部屋と安い賃貸料を探してうろついたのです。やがて、彼らは しろめ製のマグやこんろ付き卓上なべを一、二個、六番街から持ち込み、「コロニー」を形成することになりました。

ずんぐりした三階建ての煉瓦造りの最上階では、スーとジョンジーがアトリエを持っていました。「ジョンジー」はジョアンナの愛称です。スーはメイン州の、ジョンジーはカリフォルニア州の出身でした。二人は八番街の「デルモニコの店」の定食で出会い、芸術と、チコリーのサラダと、ビショップ・スリーブの趣味がぴったりだとわかって、共同のアトリエを持つことになったのでした。

それが五月のことでした。十一月に入ると、冷たく、目に見えないよそ者がそのコロニーを巡り歩きはじめました。そのよそ者は医者から肺炎氏と呼ばれ、氷のような指でそこかしこにいる人に触れていくのでした。この侵略者は東の端から大胆に歩きまわり、何十人もの犠牲者に襲いかかりました。しかし、狭くて苔むした「プレース」の迷宮を通るときにはさすがの彼の足取りも鈍りました。

肺炎氏は騎士道精神に満ちた老紳士とは呼べませんでした。息が荒く、血にまみれた手を持った年寄りのエセ者が、カリフォルニアのそよ風で血の気の薄くなっている小柄な婦人を相手に取るなどというのは フェアプレイとは言えますまい。しかし肺炎氏はジョンジーを襲いました。その結果ジョンジーは倒れ、自分の絵が描いてある鉄のベッドに横になったまま少しも動けなくなりました。そして小さなオランダ風の窓ガラスごしに、隣にある煉瓦造りの家の何もない壁を見つめつづけることになったのです。

ある朝、灰色の濃い眉をした多忙な医者がスーを廊下に呼びました。

「助かる見込みは ―― そう、十に一つですな」医者は、体温計の水銀を振り下げながら言いました。「で、その見込みはあの子が『生きたい』と思うかどうかにかかっている。こんな風に葬儀屋の側につこうとしてたら、どんな薬でもばかばかしいものになってしまう。あのお嬢さんは、自分はよくならない、と決めている。あの子が何か心にかけていることはあるかな?」

「あの子は ―― いつかナポリ湾を描きたいって言ってたんです」とスーは言いました。

「絵を描きたいって? ―― ふむ。もっと倍くらい実のあることは考えていないのかな ―― 例えば男のこととか」

「男?」スーは びあぼんの弦の音みたいな鼻声で言いました。「男なんて ―― いえ、ないです。先生。そういう話はありません」

「ふむ。じゃあそこがネックだな」医者は言いました。「わたしは、自分の力のおよぶ限りのこと、科学ができることはすべてやるつもりだ。でもな、患者が自分の葬式に来る車の数を数え始めたら、薬の効き目も半減なんだよ。もしもあなたがジョンジーに、冬にはどんな外套の袖が流行るのか、なんて質問をさせることができるなら、望みは十に一つから五に一つになるって請け合うんだがね」

医者が帰ると、スーは仕事部屋に入って日本製のナフキンがぐしゃぐしゃになるまで泣きました。やがてスーはスケッチブックを持ち、口笛でラグタイムを吹きつつ、胸を張ってジョンジーの部屋に入っていきました。

ジョンジーはシーツをかけて横になっていました。しわ一つもシーツに寄せることなく、顔は窓に向けたままでした。ジョンジーが眠っていると思い、スーは口笛をやめました。

スーはスケッチブックをセットすると、雑誌小説の挿絵をペンとインクで描きはじめました。若い作家は文学の道を切り開くために雑誌小説を書きます。若き画家は芸術の道を切り開くためにその挿絵を描かなければならないのです。

スーが、優美な馬のショー用のズボンと片眼鏡を主人公のアイダホ州カウボーイのために描いているとき、低い声が数回繰り返して聞こえました。スーは急いでベッドのそばに行きました。

ジョンジーは目を大きく開いていました。そして窓の外を見ながら数を数えて——逆順に数を数えているのでした。

「じゅうに」とジョンジーは言い、少し後に「じゅういち」と言いました。それから「じゅう」「く」と言い、それから「はち」と「なな」をほとんど同時に言いました。

スーはいぶかしげに窓の外を見ました。何を数えているのだろう？ そこには草もなくわびしい庭が見えるだけで、煉瓦の家の何もない壁は二十フィートも向こうなのです。根元が節だらけで腐りかかっている、とても、とても古いつたがその煉瓦の壁の中ほどまで這っていました。冷たい秋の風はつたの葉に吹き付けて、もう裸同然となった枝は崩れかかった煉瓦にしがみついているのでした。

「なあに？」スーは尋ねました。

「ろく」とジョンジーはささやくような声で言いました。「早く落ちてくるようになったわ。三日前は百枚くらいあったのよ。数えていると頭が痛くなるほどだったわ。でもいまは簡単。ほらまた一枚。もう残っているのは五枚だけね」

「何が五枚なの？ スーちゃんに教えてちょうだい」

「葉っぱよ。つたの葉っぱ。最後の一枚が散るとき、わたしも一緒に行くのよ。三日前からわかっていたの。お医者さんは教えてくれなかったの?」

「まあ、そんな馬鹿な話は聞いたことがないわよ」スーはとんでもないと文句を言いました。「古いつたの葉っぱと、あなたが元気になるのと、どんな関係があるっていうの? あなたは、あのつたをとても大好きだったじゃない、おばかさん。そんなしょうもないこと言わないでちょうだい。あのね、お医者さんは今朝、あなたがすぐによくなる見込みは——えっと、お医者さんが言ったとおりの言葉で言えば——「一に十だ」って言うのよ。それって、ニューヨークで電車に乗るとか、建設中のビルのそばを通るぐらいしか危なくないってことよ。ほらほら、スープを少し飲んで。そしてこのスーちゃんをスケッチに戻らせてね。そしたらスーちゃんは編集者にスケッチを売ってね、病気のベビーにはポートワインを買ってね、はらぺこの自分にはポークチョップを買えるでしょ」

「もう、ワインは買わなくていいわ」目は窓の外に向けたまま、ジョンジーは言いました。「ほらまた一枚。ええ、もう、スープもいらないの。残りの葉は たったの四枚。暗くなる前に最後の一枚が散るのを見たいな。そして私もさよならね」

「ジョンジー、ねえ」スーはジョンジーの上にかがみ込んで言いました。「お願いだから目を閉じて、私の仕事が終わるまで窓の外を見ないって約束してくれない? この絵は、明日までに出さなきゃいけないのよ。描くのに明かりがいるの。でなきゃ日よけを降ろしてしまうんだけど」

「他の部屋では描けないの?」とジョンジーは冷たく尋ねました。

「あなたのそばにいたいのよ」とスーは答えました。「それに、あんなつたの葉っぱなんか見てほしくないの」

「終わったらすぐに教えてね」とジョンジーは言い、目を閉じ、倒れた像のように白い顔をしてじっと横になりました。「最後の一枚が散るのを見たいの。もう待つのは疲れたし。考えるのにも疲れたし。自分がぎゅっと握り締めていたものすべてを放したいの。そしてひらひらひらっと行きたいのよ。あの哀れで、疲れた木の葉みたいに」

「もうおやすみなさい」とスーは言いました。

「ベーアマンさんのところまで行って、年老いた穴倉の隠遁者のモデルをしてもらわなくっちゃいけないの。すぐに戻ってくるわ。戻ってくるまで動いちゃだめよ」

ベーアマン老人はスーたちの下の一階に住んでいる画家でした。六十は越していて、ミケランジェロのモーセのあごひげが、カールしつつ森の神サチュロスの頭から小鬼の体へ垂れ下がっているという風情です。ベーアマンは芸術的には失敗者でした。四十年間、絵筆をふるってきましたが、芸術の女神の衣のすそに触れることすらできませんでした。傑作をものするんだといつも言っていましたが、いまだかつて手をつけたことすらありません。ここ数年間は、ときおり商売や広告に使うへたな絵以外にはまったく何も描いていませんでした。ときどき、プロのモデルを雇うことのできないコロニーの若い画家のためにモデルになり、わずかばかりの稼ぎを得ていたのです。ジンをがぶがぶのみ、これから描く傑作について今でも語るのでした。ジンを飲んでいないときは、ベーアマンは気むずかしい小柄な老人で、誰であれ、軟弱な奴に対してはひどくあざ笑い、自分のことを、階上に住む若き二人の画家を守る特別なマスチフ種の番犬だと思っておりました。

ベーアマンはジンのジュニパーベリーの香りをぷんぷんさせて、階下の薄暗い部屋におりました。片隅には何も描かれていないキャンバスが画架に乗っており、二十五年もの間、傑作の最初の一筆が下ろされるのを待っていました。スーはジョンジーの幻想をベーアマンに話しました。この世に対するジョンジーの関心がさらに弱くなったら、彼女自身が一枚の木の葉のように弱くもろく、はらはらと散ってしまうのではないか…。スーはそんな恐れもベーアマンに話しました。

ベーアマン老人は、赤い目をうるませつつ、そんなばかばかしい想像に、軽蔑と嘲笑の大声を上げたのです。

「なんだら！」とベーアマンは叫びました。「いったいぜんたい、葉っぱが、けしからん つたから散るから死ぬなんたら、ばかなこと考えている人がいるのか。そんなのは聞いたこともないぞ。あほ隠居ののろまのモデールなんかやらんぞ。何でらそんなんたらつまらんことをあの子のあたまに考えさせるんだら。あのかわいそうなかわいいヨーンジーに」

「病気がひどくて、体も弱っているのよ」とスーは言いました。「高熱のせいで、気持ちが落ち込んでて、おかしな考えで頭がいっぱいなのよ。えーえ、いいわよベーアマンさん。もしも私のためにモデルになってくれないなら、しなくて結構よ。でも、あなたはいやな老いぼれの——老いぼれのコンコンチキだわ」

「あんたも女ってわけだ」とベーアマンは叫びました。「モデールにならんと誰が言ったらんか。いいかね。あんたと一緒に行くったらさ。モーデルの準備はできてると、三十分もの間、言おうとしたったらさ。ゴット！　ここは、ヨーンジーさんみたいな素敵なお嬢さんが病気で寝込むところじゃないったら。いつか、わしが傑作を描いたらって、わしらはみんなここを出ていくんだら。ゴット！　そうなんだら」

上の階に着いたとき、ジョンジーは眠っていました。スーは日よけを窓のしきいまで引っ張りおろし、ベーアマンを別の部屋へ呼びました。そこで二人はびくびくしながら窓の外のつたを見つめました。そして一言も声を出さず、しばし二人して顔を見合わせました。ひっきりなしに冷たい雨が降り続き、みぞれまじりになっていました。ベーアマンは青い古シャツを着て、ひっくり返したなべを大岩に見たて、穴倉の隠遁者として座りました。

次の朝、一時間ねむったスーが目を覚ますと、ジョンジーはどろんとした目を大きく開いて、降ろされた緑の日よけを見つめていました。

「日よけをあげて。見たいの」ジョンジーはささやくように命じました。

スーはしぶしぶ従いました。

けれども、ああ、打ち付ける雨と激しい風が長い夜の間荒れ狂ったというのに、つたの葉が一枚、煉瓦の壁に残っておりました。それは、最後の一枚の葉でした。茎のつけねは深い緑で、ぎざぎざのへりは黄色がかっておりました。その葉は勇敢にも地上二十フィートほどの高さの枝に残っているのでした。

「これが最後の一枚ね」ジョンジーが言いました。「昨晩のうちに散ると思っていたんだけど。風の音が聞こえていたのにね。でも今日、あの葉は散る。一緒に、私も死ぬ」

「ねえ、お願いだから」スーは疲れた顔を枕の方に近づけて言いました。「自分のことを考えないっていうなら、せめて私のことを考えて。私はどうしたらいいの?」

でも、ジョンジーは答えませんでした。神秘に満ちた遠い旅立ちへの準備をしている魂こそ、この世で最も孤独なものなのです。死という幻想がジョンジーを強くとらえるにつれ、友人や地上とのきずなは弱くなっていくようでした。

昼が過ぎ、たそがれどきになっても、たった一枚残った つたの葉は、壁をはう枝にしがみついておりました。やがて、夜が来るとともに北風が再び解き放たれる一方、雨は窓を打ち続け、低いオランダ風のひさしからは雨粒がぼたぼたと落ちていきました。

朝が来て明るくなると、ジョンジーは無慈悲にも、日よけを上げるようにと命じました。

つたの葉は、まだそこにありました。

ジョンジーは横になったまま、長いことその葉を見ていました。やがて、スーを呼びました。スーはチキンスープをガスストーブにかけてかき混ぜているところでした。

「わたしは、とても悪い子だったわ、スーちゃん」とジョンジーは言いました。「何かが、あの最後の葉を散らないようにして、わたしが何て悪いことを思っていたか教えてくれたのね。死にたいと願うのは、罪なんだわ。ねえ、スープを少し持ってきて、それから中にワインを少し入れたミルクも、それから――ちがうわ、まず鏡を持ってきて。それから枕を何個か私の後ろに押し込んで。そしたら体を起こして、あなたが料理するのが見られるから」

それから一時間たって、ジョンジーはこう言いました。

「スーちゃん。わたし、いつか、ナポリ湾を描きたいのよ」

午後にあの医者がやってきました。帰り際、スーも廊下に出ました。

「五分五分だ」と医者はスーの細く震えている手をとって言いました。「よく看病すればあなたの勝ちになる。これからわたしは下の階にいる別の患者を診なければならん。ベーアマンと言ったな――画家、なんだろうな。この患者も肺炎なんだ。もう高齢だし、体も弱っているし、急性だし。彼の方は、助からんだろう。だが今日、病院に行って、もう少し楽になるだろう」

次の日、医者はスーに言いました。「もう危険はない。あなたの勝ちだ。あと必要なのは栄養と看病――それだけだよ」

その午後、スーはベッドのところに来ました。ジョンジーはそこで横になっており、とても青くて全く実用的じゃないウールのショルダースカーフを満足げに編んでおりました。スーは、枕も何もかも全部まとめて抱きかかえるように手を回しました。

「ちょっと話したいことがあるのよ、白ねずみちゃん」とスーは言いました。「今日、ベーアマンさんが病院で肺炎のためお亡くなりになったの。病気はたった二日だけだったわ。一日目の朝、下の自分の部屋で痛みのためどうしようもない状態になっているのを管理人さんが見つけたんですって。靴も服もぐっしょり濡れていて、氷みたいに冷たくなっていたそうよ。あんなひどい晩にいったいどこに行ってたのか、はじめは想像もできなかったみたいだけど、まだ明かりのついたランタンが見つかって、それから、元の場所から引きずり出されたはしごが見つかったのよ。それから、散らばっていた筆と、緑と黄色が混ぜられたパレットも。それから、――ねえ、窓の外を見てごらんなさい。あの壁のところ、最後の一枚のつたの葉を見て。どうして、あの葉、風が吹いてもひらひら動かないのか、不思議に思わない？ ああ、ジョンジー、あれがベーアマンさんの傑作なのよ――あの葉は、ベーアマンさんが描いたものなのよ。最後の一枚の葉が散った夜に」

http://www.hyuki.com/trans/leaf.html

――より引用

◎作品を読み解くポイント（解説編）

A：老人はなぜ命をかけて葉を描いたのか。

女性を救うための自己犠牲と考えることもできる。しかし、自らが生涯をかけた芸術の力を証明するため、と考えることもまたできる。

B：老人と葉はモチーフとして重ねられた存在と考えることができる。それはなにか。

命は散っていくが、老人が命をかけた芸術は消えない。芸術の永遠性。

C：作者がこの物語で表現しようとしたと思われるテーマはなにか。

蔦の葉と自分の命を重ねる思い込みの愚かしさ、あるいは命をかけた行いの素晴らしさ。その両方共に「思いの力」と考えることができる。

『最後の一葉』『最後の木の葉』などの邦訳もあるが、引用元の通りにした。原題は『The Last Leaf』。

おそらく、「オー・ヘンリー」という作家の名前を聞いたことがある人はあまりいないだろう。しかし、教科書に採用されることは結構多いし、何よりも物語パターンやシチュエーション、オチがよく他作品に使われるので、既視感を感じる人は相当にいるはず。

たとえば、この作品における
「最後の葉が落ちるとき、命もなくなる（と思い込んでいる）」
などがその典型だ。どこかで、定番シチュエーションとして（なんならパロディの元ネタとして）見たことがあるだろう。

それらの「元ネタ」をきちんと知ることは、皆さんが自分の作品を書き、アイディアを生み出す中でも、大いに参考になるはずだ。というのも、元ネタと実際の作品は切り取り方や活かし方が結構違ったりするからだ。

たとえば『最後の一枚の葉』の場合、ネタを活用しているエンタメ作品では「老人の描いた葉」部分はあまり見ることがなく、「（愚かだったり狭い視点だったりからの思い込みによる）死の表現」としての命と蔦の葉を重ねるところが主に使われるのが面白いところといえる。つまり、そちらのほうが自分の作品には使える、読者には響く、と考えるからそちらを切り取るわけだ。

この視点は幅広く使える。たとえば現実に起きた事件やエピソードを自分の作品に取り込むにあたって、元ネタをそのまま使うのではなく、「どうしたら面白いか」

「どうしたら自分の作品に適応するか」を考えることへつながるわけだ。

さて、オー・ヘンリーのパターンやシチュエーション、オチがなぜ広まったのかといえばそれはもちろん面白いから、読者に響くからだが、それだけではない。作品として魅力的だったからだ。

魅力的な短編には、ちょっとしたオチに加えて、ユーモラスな会話と、生き生きしたキャラクターがほしい。この3つがあれば、物語はしっかりと成立する。

長編だと様々な要素をくっつけることによってとりあえず物語を作ることはできるが、短編作品ではこの3つの要素を使いこなせないとなかなか面白い物語にはならないのだ。

この3つの要素はバラエティーやコント、そして実際の会話などから学ぶことができるが、「何が良いのか」という見本なしではなかなか答えにたどり着けない。

そんな時、日本人の作品なら星新一の諸作品、そして外国人ならこのオー・ヘンリーがオススメだ。生き生きとしたキャラクター性と、感動や感嘆の気持ちを両立させるためにはどうしたらいいのか、じっくり読み込んで学んでほしい。

◎エンタメに役立つポイント

オー・ヘンリー作品はアメリカ人の庶民文化を大いに取り込むことで、物語を読者にとって身近なものにしている。

そして、その身近なキャラクターが、決して現実から離れすぎていない（それでいてありふれすぎてもいない）出来事や事件に巻き込まれることで、短編としての面白さを作っている。短くて面白い作品、ド派手な展開がなくとも面白い物語を作るにあたっては、この視点が欠かせない。

◎若手女流作家が選ぶ推しの一文

茎のつけねは深い緑で、ぎざぎざのへりは黄色がかっておりました。

この作品の中で、最後の一葉の描写はやけに丁寧に感じられた。少々違和感を覚えるほど。それが絵であることがわかったとき、リアルな描写だからこそのミスリードのように感じられた。答えは最初からそこにあったのではないかと。

（栗江）

神秘に満ちた遠い旅立ちへの準備をしている魂こそ、この世で最も孤独なものなのです。

死に向かう表現でこれほど明確かつ、美しい表現はない。「最も孤独」という悲しい事実のはずなのに、どこか崇拝を覚えてしまうほどである。この他にも想像に容易い且つ美しさを感じる喩えの表現が散りばめられている。

（鳥居）

「患者が自分の葬式に来る車の数を数え始めたら、薬の効き目も半減なんだよ」

死への覚悟、または生への諦めといった患者の心を的確に表現している。枯れ木に残る葉を数えるジョンジーもまた、死を覚悟した患者のひとりだ。しかし、偏屈な老人のたったひとつの優しい嘘で、死へのカウントダウンが希望へと変わる。その対比がより印象的だ。

（菅沼）

◎同作者のおすすめ作品

・『賢者の贈り物』

貧しい夫婦はお互いへクリスマスのプレゼントを用意するため、自分の大事なものを手放す。しかしそこには滑稽ながらも美しい勘違いがあって……。

おそらく『最後の一枚の葉』と並んでオー・ヘンリーの作品（あるいは彼が考えた物語パターン）の中で最も有名なものであろう。

その構図の素晴らしさ、いつの時代にも通用する普遍さはもちろんとして、注目してほしいのが描写だ。作中では非常に細かく当時のアメリカ人の生活が反映・強調されていて、現代の私たちはともかく、当時のアメリカ人読者にとっては非常に身近なものとして物語を受け取ることができる。

・『罪と覚悟（よみがえった改心）』

元銀行破りの男は既に足を洗っていたが、彼を追って刑事がやってくる。やがて男は人を救うか自らの身を守るかの2択を迫られ……。

人情の機微、人間としての生き様が描かれている作品だ。「カッコイイ男」が書きたい人にとってひとつの指針になるだろう。

・『魔女のパン（善女のパン）』

パン屋の女主人は、よく来る客の素性について思いを巡らし、また恋心を抱く。しかし、そこから思いついたおせっかいのせいで、とんでもないことになってしまう。

ここで紹介しているオー・ヘンリーの作品としては珍しい、ちょっとブラックなオチ。しかし勘違いが軸になっているという点では共通している。

・『都会の敗北』

故郷に戻ってきた名士と、その妻。夫の本当の顔を見た妻の反応を描く物語。ほっこりとした感動話だ。

今回の作品を読んだ後におすすめの ライトノベル・エンタメ作品

・サキの短編

スコットランドの作家。オー・ヘンリーと並ぶ短編の名手として知られる人物だが、方向性はかなり違い、毒が効いている。読み比べてみよう。

・乙一『きみにしか聞こえない CALLING YOU』

孤独な少女の頭の中で突然電話が鳴り響くところから始まる『Calling You』他3編収録の短編集。日本の青少年向けエンタメの世界における、よい短編の書き手として紹介する。

この作家は青春小説的なさわやかな方向のものから、ダークな方向のものまで、雰囲気が様々なので、1作で決めつけずに色々と読んで見るのがオススメだ。

・有川浩『阪急電車』

阪急電車の中で起きる事件・出来事を描いた短編連作。人情の機微、庶民の心を描くという点で共通する。ただ、こちらのほうがより「キャラクター小説的」ではある。どちらが好みか、また自分の書きたいものを書くためにはどんなところが参考になるか、考えてみよう。

・藤沢周平作品

人情の機微は海外小説や現代小説の専売特許ではない。時代小説でもしばしば重要な要素として登場する。

時代小説は実に多様なのでどこから読むかは難しいが、入り口としておすすめの作家である。

また、引き裂かれた淡い思いと藩内の陰謀を描く『蝉しぐれ』を始めとして、映画になった時代小説も多い。近年は評判のいい時代劇映画も多いので、そちらから手を出すといいだろう。

・綾崎隼『花鳥風月』シリーズ

すれ違いが重要なテーマになる青春ミステリシリーズだ。オー・ヘンリーの作品でも、しばしばすれ違いや思い込みがキーになる。

付録　近現代日本文学史

◆近代と現代の文学史を知る理由

この項では、本書で扱っている作品の多くが書かれた明治から昭和の日本における近代文学の歴史を紹介する。

その目的は本書で紹介している数々の作品と作家たちについて理解するための補助線だが、それだけではない。文学史の中で登場する作家たちの作品は多く、（本書収録の作品群のように）青空文庫で読むことができる。そのような新たな読書体験のための呼び水となれば幸いである。

文学という言葉の意味は非常に幅広く、詩歌なども含まれる（人によっては詩歌をこそ文学の中心に置く）が、ここでは本書の目的・性質から、小説……それも純文学と呼ばれるような芸術志向の強い作品を中心に紹介する。ご理解いただきたい。

当然のことではあるが、近代文学以前にも日本文学の歴史は連綿と紡がれてきた。『古事記』『日本書紀』に代表される日本神話があり、日本最古の物語とされる『竹取物語』がある。

平安時代、紫式部（むらさきしきぶ）の『源氏物語』は当時の風俗と価値観を丁寧に描いて今なお高い人気を誇っている。中世には琵琶法師の語った『平家物語』など軍記物がもてはやされたし、江戸時代には多種多様な戯作が人々の娯楽になった。これらの伝統的な日本文学の影響も少なからず受けつつ、海外の小説文化を大いに取り入れて始まったのが近代日本文学の歴史である。

◆近代日本文学前史

一般に、日本史においては江戸時代を近世とし、明治以降を近代とする。では近代文学は明治元年をその誕生の年とするのかといえば、そんなに単純なわけがない。明治最初の20年間はあくまで江戸時代の、従来の文学の影響が強く、近代文学の目覚めには明治20年代を待たねばならない。

もちろん明治初期も新しい小説は書かれていたが、それは一般に近代文学とはみなされない。例えば仮名垣魯（かながきろ）

文（ぶん）は『万国航海　西洋道中膝栗毛』『牛店雑談　安愚楽鍋』など新しい時代を題材にとった作品を発表したが、これは江戸時代の滑稽本の延長線上にすぎなかった。

一方でジュール・ヴェルヌ『八十日間世界一周』やダニエル・デフォー『ロビンソン・クルーソー』、ウィリアム・シェイクスピア『ロミオとジュリエット』、ジョヴァンニ・ボッカッチョ『デカメロン』など海外の小説や物語も入ってきたが、それは実学的な好奇心に基づく興味や洒落本や伝奇本の一種として楽しまれた。

なお、本書で紹介しているアーサー・コナン・ドイルの『シャーロック・ホームズ』シリーズが本邦に入ってくるのはもう少し後、明治20年代後半である。

どうしてこうなったのかといえば、明治初期が「実学の時代」であったからだろう。求められたのは政治、経済、産業のための知識であって、文学のような国家の発展に益しないものはどうしても後回しになったわけだ。

それでも明治10年代には自由民権運動をバックに政治小説が流行ったが、これも古典的な類型に従っているだけで新しい時代の小説とは見なしにくい。結局、明治前半の20年間は、皆激動の時代に適応して生きていくのが精一杯で、文学どころではなかったのだ。

◆近代日本文学の目覚め

ただ、明治も20年頃になると時代も落ち着き、文化に目を向ける余裕も出てきたようで、それまでの停滞が嘘のように近代文学の萌芽が立て続いて現れる。

近代日本文学の始まりとみなされるのが、坪内逍遙（つぼうちしょうよう）による小説『一読三歎　当世書生気質』及び文学論『小説神髄』だ。これが１８８５年から１８８６年にかけてのことである。特に『小説神髄』では西洋諸国における小説が女子供のおもちゃではなく崇高な美術・芸術であることを主張し、人の情欲を描く真の芸術としての文学を作るのだと高く目標を掲げた。

これに深い影響を受け、１８８７年に二葉亭四迷（ふたばていしめい）が第一篇を発表した『浮雲』こそ日本における最初の近代小説とされる。その特徴としてしばしば言及されるのが言文一致体……つまり、喋り言葉（口語）と書き言葉（文語）が同じ（そっくりそのままとは限らない）文章のことだ。言文を一致させようという試みは明治維新の中で西洋文化取り入れのため推進されたもので、『浮雲』はその最初期の実現例とされる。とはいえ実際のところ『浮雲』の言文一致体は不完全で、江戸時代の戯作のそれと大した違いはないともいう。

むしろ『浮雲』が近代文学の端緒と目されるのは、主人公のあり方や言動に作者の内心が込められ、またそれが故に読者もまた主人公のことを我が事のように思う、という感情移入の構造がしっかりと成立しているからに他ならない。小説は人の情と欲を書いてこそだというのはまさに『小説神髄』の通りだが、それとあわせて時代性をしっかり掴んでこそウケるのだという真理がここで確かに提起されているように思う。

言文一致の運動は進行しつつも結局成就するのは太平洋戦争後のことであるし、『浮雲』も未完で終わるのだが、しかし後世に大きな影響を与えたのは間違いない。

『小説神髄』から影響を受けたのは二葉亭四迷だけではない。尾崎紅葉と彼の仲間である硯友社（１８８５年発足）の人々もまた『小説神髄』を読んで近代文学を志したのだが、やり方が違った。西洋近代文学の実現を目指した二葉亭四迷と違い、硯友社は江戸時代に流行った戯作、特に元禄年間の一斉を風靡した井原西鶴の文学を、近代の視点・手法でもう一度光を与えようとしたのである。明治20年代という時代が、過度の西洋化に立ち止まり、見直そうとした時代であったのも大きいのだろう。

『金色夜叉』をはじめとする尾崎紅葉の作品は大いに評価され、また硯友社はギルド（同業者組合）的存在と言われるほどに文壇で大きな力を持った。

尾崎は同じく人気作家になった幸田露伴と並び評され、この時代を「紅露時代」と呼んだほどだ。なお、幸田露伴も『小説神髄』に影響を受けたひとりである。

一方で坪内とはまた別の立場から近代文学を切り開こうとした人もいる。『舞姫』の森鷗外がまさにそうで、軍医でありドイツ留学によって実際に西洋を見たという経験から坪内らの文学論を批判した。

他にこの時代で大きく評価された作家としては、北村透谷の『文学界』から出た樋口一葉がいる。日本初の職業女流作家であった彼女は、紫式部以来の才媛と呼ばれたという。

なお、本書が主に収録対象とする純文学、すなわち娯楽をモットーとする大衆文学（娯楽文学、通俗文学）に対する、純粋に芸術を追求する文学の概念が生まれたのもこの明治のことである。実は純文学という言葉・概念自体が近現代日本文学特有であり、ここまで見てきたような文学史の歴史の中で、江戸時代の戯作のような通俗的な娯楽ではない、真の芸術を作り出すのだという意気込みのもとで作り出されたのだと考えるべきだろう。

純文学という言葉はその後、時に私小説とほとんど同一視された時期などもあり、その言葉の意味が揺らぎながら、またしばしば純文学と大衆文学の違いについて議論になったりしつつ、現在まで続いている。なお現代においては、純文学の賞である芥川賞と、大衆文学の賞である直木賞の近年のラインナップを見比べる限り、両者の差はかなり小さくなってきているようではある。

◆自然主義の時代

１９０３年、紅露時代の終わりが訪れる。尾崎紅葉が『金色夜叉』の完結を見ないまま死んだのだ。さらに翌年から翌々年にかけての日露戦争などに代表される時代の変化を受け、日本文学の風潮も急激に変化する。それまで日本の文学界に支配的な影響力を及ぼしていた硯友社系文壇が没落し、新たな勢力が姿を現したのだ。

西洋の自然主義文学の影響を受け、日本でも自然主義、つまり因習を打破して世界のあり方をありのままに書こうという文学運動が巻き起こった。１９０６年、島崎藤村の『破戒』こそがその端緒とされるが、日本独自の展開に大きな影響を与えたのは翌年発表の田山花袋『蒲団』であった。この作品において田山は己の恥（立派な大人であるのに、若い女性の弟子への恋心からくる懊悩に苦しむ）をありのままに、そして己のこととして書いたのである。この作品のヒットの結果、日本での自然主義文学は私小説（自分のことをそのまま書く小説）に近しい存在と認識されていくのだ。

なお、自然主義文学ブームの中で、以前から活動していたが大きく注目されることは少なかった国木田独歩が自然主義の先駆者的存在として再評価されたことを付記しておく。

自然主義は１９０９年から１９１０年にかけて絶頂を迎えたが、１９１０年に転機が訪れる。天皇暗殺を企んだ社会主義者・反政府主義者が逮捕された幸徳事件が起きたのである。この際に逮捕されたジャーナリストの幸徳秋水が有名なのでこう呼ばれている。この事件の後、反政府的な思想家・知識人は弾圧を受けるようになり、文学者たちも影響を受けざるを得なかったとされる。結果、自然主義文学者たちも方向を転化する。因習打破というどうしても社会とぶつかり合わざるを得なくなる方針を諦めて、より内的な方向へ向かっていったというのである。

反自然主義の森鴎外、夏目漱石、永井荷風、北原白秋らの活動が一気に動くのもこの時期のことであり、日本文学の趨勢が大きく変わっていった。

なお、永井荷風、谷崎潤一郎、佐藤春夫、北原白秋らのことを耽美派（唯美派）と呼ぶ。美に耽溺する、都会的な物語と理解されるようだ。

同時期に活躍し始めるのが、１９１０年の同人誌『白樺』創刊に端を発する白樺派だ。個人主義、ロマン主義、理想主義を特徴とし、ありのままの自分、自己のアピールが作中に見いだせる白樺派の作品群は私小説の隆盛に繋がったとされる。ありのままの自分を書くという点では自然主義文学に近いが、どうしても卑下があった自然主義文学に対して、白樺派には同種の屈託が見出せない。

代表的な作家としては、中心的存在としての武者小路実篤、理想を小説作品にした志賀直哉、白樺派の甘さを内部批判して乗り越えようとした有島武郎などの名前が上がる。

◆華やかな大正文壇

１９１２年に年号が明治から大正へ切り替わり、文学の潮流も動いていく。

大正時代の日本文学は、明治に入ってきた西洋文学がようやく根付いて花開いた時期だ。

大正文壇は漱石・鴎外の二大巨頭を中心に、鴎外寄りの耽美派、漱石寄りの芥川龍之介・菊池寛ら『新思潮』派、どちらかと言えば中間の白樺派などが共存・交流・相互影響というべき関係を作っていたようだ。

菊池寛は自身が作家として成功したのはもちろんのこと、文芸春秋社を立ち上げ、直木賞芥川賞をスタートするなど活躍。作家が知的な名士になった。

芥川龍之介は大正時代に現れた文学スターであり、エリートや秀才たちが作家に憧れるようになったのは彼らのことである。１９２７年、つまり昭和２年の芥川自殺は大正文学の終焉と言えるが、しかしその死が彼をスターにしたのもまた事実であろう。

大正時代は詩歌が最も盛んになった時代でもあった。室生犀星や佐藤春夫のような小説に進出して名声を築いた人たちだけでなく、北原白秋や高村光太郎らが大きな足跡を残した。

◆新感覚派、プロレタリア文学、そして文芸復興

しかし、時代は変わる。大正の終わり、昭和の黎明期

には世界的な政治情勢が激変し、それは芸術の世界にも大きな影響を与えた。この時期には新感覚派とプロレタリア文学が巻き起こった。

　新感覚派は西洋から入ってきた新しい手法に強く影響を受けた若い作家たちである。中心人物の横光利一は大衆文学に着目して、純文学でもありまた通俗文学でもある作品を目指した。また、のちに東洋人初のノーベル文学賞の受賞者となった川端康成も新感覚派出身。この時期の彼の代表作が有名な『伊豆の踊子』だ。

　一方のプロレタリア文学は、当時盛んになりつつあった社会主義運動から生まれた文学である。1929〜30年にはあらゆる文壇を席巻する勢いであった。代表的な作品としては小林多喜二『蟹工船』がよく知られているが、その小林は特高（運動・思想を取り締まる警察機構）に捕まり、獄中で死んでいる。小林が死んだ翌年には弾圧により社会主義運動が後退、プロレタリア文学組織も次々解散し、プロレタリア作家たちも「転向」を始め、その心境や立場を小説という形で世に出した。

　1930〜32年には反プロレタリア文学の旗印を掲げて新興芸術派運動が巻き起こったが、短期間で2つのグループで分裂し、解散している。この運動には『風立ちぬ』の堀辰雄や、『山椒魚』の井伏鱒二などが参加している。また梶井基次郎も傍流のひとりとして位置付けられることがあるようだ。

　見逃せない動きとして、大正後期から昭和前期にかけて、大衆文学が大いに勃興したことがある。芸術至上主義、自然主義のあたりから、文学はかつての戯作のような庶民の娯楽ではなくなっていたが、中里介山の『大菩薩峠』など、娯楽として読める小説が現れていく。具体的には、白井喬二、吉川英治、直木三十五、大佛次郎、長谷川伸などの新進文学者が大衆小説へ進出して成功する。あるいは研究家・評論家畑から岡本綺堂・野村胡堂もそうだ。

　海外作品に強く刺激された探偵小説もまず江戸川乱歩、続いて横溝正史という流れで大いに人気になった。彼らの作品の怪奇・幻想的な要素は近代日本文学に欠けがちなもので、それが庶民の心を掴んだとされる。

　プロレタリア文学が後退した1933年からは「文芸復興」が起こる。大正文壇の書き手たちの復活、私小説の再評価という動きだ。これを持って日本文学は近代から現代への移行が始まったのだという。

　その背景にあったのは、第二次世界大戦へつながっていく世界の流れもそうだが、最も大きいのは理想優先思想優先のプロレタリア文学の崩壊で、改めて純粋に芸術を突き詰めようという動きが生まれたことであろう。

特に昭和10年代（１９３５～）には時代適応型のリアリズム文学と、反逆型の芸術至上主義（太宰治、坂口安吾など）の2つの大きな流れがあった。ここから日本における現代文学が確立するのかと思いきや、大きなブレーキがかかってしまう。戦争だ。

１９３７年から４５年にかけて、日本は戦争のただ中にあった。日中戦争の泥沼から太平洋戦争（第2次世界大戦）へという先の見えない戦争の時代の中で、作家たちの多くは士気高揚のための作品を書くか、そうでなければ沈黙するかを余儀なくされた。芽生えかけた現代文学の流れは頓挫したと言わざるを得ない。

◆戦後の文学

敗戦とともにいくつもの雑誌が新創刊あるいは復刊した。当初大いに求められたのは戦前から活躍していた大家、ベテラン作家たちの作品で、たとえば谷崎潤一郎『細雪』などは戦中発表を禁じられつつ書き溜められていた作品である。また、軍国主義が終わって言論が自由になったことから、かつて弾圧されたプロレタリア文学の復活、左翼文学の発展が起きると思われたが、これはあまり大きな動きにはならなかったようだ。

前者は古き良き時代、後者は新しい時代をイメージさせるものであったが、そのどちらも敗戦期の混乱の中で明日をも知れぬ暮らす人々には縁遠いものであった。そんな虚無を抱えた人々には、坂口安吾・織田作之助・太宰治と言った無頼派（新戯作派）の作家たちの作品が大いに響くところがあったのである。

以後、純文学の世界は戦後派と呼ばれる作家たちが席巻する一方で、戦前から中堅作家として活躍していた作家たちが中間小説、すなわち純文学に娯楽性を加え通俗小説との「中間」に位置する作品群を書いて大いに評判を取った。

その後は「第三の新人」の登場、週刊誌や普及し始めたテレビなどマスコミの拡大を背景にスターとしてもてはやされる作家たち（『太陽の季節』で芥川賞を獲得した石原慎太郎などはその象徴的な存在であった）、三島由紀夫の人気獲得と衝撃的な割腹自殺と、以後も日本文学史は続いていく。しかし、本書で扱っている範囲からは外れていくので、ここで本項を終わりたい。

近現代日本文学の動き・集団

坪内逍遥『小説神髄』『一読三歎　当世書生気質』
→日本における近代文学の目覚め、芸術としての文学を主張

尾崎紅葉『金色夜叉』と硯友社
→明治後半の文壇を主導

二葉亭四迷『浮雲』
→日本最初の近代文学

尾崎紅葉と幸田露伴をあわせて「紅露時代」

自然主義文学
島崎藤村『破戒』や田山花袋『蒲団』など
→ありのままを書こうとする運動。やがて内向的な方向へ

白樺派
武者小路実篤、志賀直哉・有島武郎など
→個人主義、ロマン主義・理想主義

耽美派
谷崎潤一郎・永井荷風など
→都会的な作家・作品たち

『新思潮』派
芥川龍之介、菊池寛など
→大正文学のスター輩出

プロレタリア文学
小林多喜二『蟹工船』など
→社会主義運動から。理想優先

新感覚派
横光利一、川端康成など
→西洋の新手法に影響

新興芸術派
→反プロレタリア文学を掲げるも、短期間で解散

「文芸復興」
→プロレタリア文学退潮後現代文学の芽生えに

日中戦争・太平洋戦争によって文学の発展は大きくブレーキするも戦後に無頼派（太宰治、坂口安吾）など新たな流れが生まれる

おわりに＆主要参考文献

本書のベースになったのは、専門学校で一年間の授業を行うために作成したテキストである。

実際の授業は生徒の皆さんに数本の短編を読んでもらい、そのうえで４００字であらすじをまとめて感想を書くという形式で進めてもらった。これは要約力、文章力をつけるとともに、自身のプロットを読みやすくし、さらには己が持つ独自の感性を認識するためであった。また、そもそも基礎として読んでおくべき作品に触れてほしいという思いも強い。

繰り返すが、本書の解説は唯一の正解というわけではないので、そこは勘違いをしないでほしい。あくまで、私や粟江都萌子氏、そしてまた榎本事務所としての解釈であり、考え方を例示しただけなのだ。むしろ、皆さんには色々な意見を持ってほしい。今、小説を書きたいと思っている皆さんが昔の作品をどう思うか。そして、今もなお消えずに残っているこれらの作品を、現代の感覚でどう理解するか。それが楽しみである。

また、本書執筆にあたっては粟江都萌子氏に編集領域を含めて、多大な協力をいただいたため、ここに感謝を記す。弊社で運営しているＷｅｂサイト「榎本秋プロデュース 創作ゼミ」にて「粟江都萌子のクリエイター志望に送るやさしい文学案内」を連載中なので、こちらもあわせてご覧いただきたい。

榎本秋

◎主要参考文献

・『日本大百科全書』（小学館）
・『集英社 世界文学大事典 1～6』（集英社）
・『新総合図説国語　改訂新版』（東京書籍）
・中野久夫『太宰治・生涯と作品の深層心理』（審美社）
・檀一雄『太宰と安吾』（ＫＡＤＯＫＡＷＡ／角川学芸出版）
・海老井英次『日本の作家１００人　芥川龍之介人と文学』（勉誠出版）
・芥川龍之介『羅生門・鼻』（新潮文庫）
・『ちくま日本文学全集36　中島敦』（筑摩書房）
・『作家の自伝53　坂口安吾』（日本図書センター）
・坂口安吾『堕落論』（集英社）
・樋口一葉『にごりえ・たけくらべ』（新潮社）
・『ちくま日本文学全集41　樋口一葉』（筑摩書房）
・戸松泉『日本の作家１００人　樋口一葉人と文学』（勉誠出版）
・筑摩書房編集部『ちくま評伝シリーズ〈ポルトレ〉小泉八雲――日本を見つめる西洋の眼差し』（筑摩書房）
・『作家の自伝１０３　小川未明』（日本図書センター）
・梶井基次郎『檸檬』（ＫＡＤＯＫＡＷＡ）
・眞有澄香『日本の作家１００人　泉鏡花人と文学』（勉誠出版）
・中川芳子『私の森鴎外・高瀬川』（編集工房ノア）
・生松敬三『近代日本の思想家４　森鴎外』（東京大学出版会）
・夏目漱石『夢十夜・草枕』（集英社）
・武光誠『江戸川乱歩とその時代』（ＰＨＰ研究所）
・八木敏雄・巽孝之編『エドガー・アラン・ポーの世紀　生誕２００周年記念必携』（研究社）
・北原尚彦監修『シャーロック・ホームズ完全解読』（宝島社）
・奥野健男『日本文学史　近代から現代へ』（中央公論新社）
・丸谷才一『日本文学史早わかり』（講談社）

文学で「学ぶ／身につく／力がつく」
創作メソッド

2020年8月31日　第1刷発行

著者　榎本秋・粟江都萌子・榎本事務所

発行者　道家佳織

編集・発行　株式会社DBジャパン
〒151-0053 東京都渋谷区代々木2-23-1
ニューステイトメナー865

電話　03-6304-2431

ファックス　03-6369-3686

e-mail　books@db-japan.co.jp

装丁・DTP　菅沼由香里（榎本事務所）

印刷・製本　大日本法令印刷株式会社

執筆・編集協力　鳥居彩音・榎本海月・菅沼由香里・槇尾慶祐（ともに榎本事務所）

ISBN978-4-86140-106-0
Printed in Japan 2020

※本書は2016年10月1日に株式会社秀和システムより刊行された『ライトノベルのための日本文学で学ぶ創作術』を底本に、大幅な増補・改定を行なったものです。

※本書では、ウェブサイト「青空文庫」で掲載されている、著者の死後50年が経過して著作権が消滅した作品を活用しています。引用・掲載した作品のうち『まだらのひも』『最後の一枚の葉』の翻訳はクリエイティブ・コモンズ・ライセンスに基づいて公開されたものです。